清馨民国风

清馨民国风

河山漫记

梁启超 胡适等著 朱丹编

首都经济贸易大学出版社
Capital University of Economics and Business Press

图书在版编目(CIP)数据

河山漫记/梁启超,胡适等著;朱丹编. ——北京:首都经济贸易大学出版社,2015.4
（清馨民国风）
ISBN 978-7-5638-2309-3

Ⅰ.①河… Ⅱ.①梁… ②胡… ③朱… Ⅲ.①散文集—中国—现代 Ⅳ.①I266

中国版本图书馆 CIP 数据核字(2014)第 296725 号

河山漫记
梁启超 胡适 等著 朱丹 编

责任编辑	赵 侠
封面设计	张弥迪
出版发行	首都经济贸易大学出版社
地　　址	北京市朝阳区红庙（邮编 100026）
电　　话	(010)65976483　65065761　65071505(传真)
网　　址	http://www.sjmcb.com
E-mail	publish@cueb.edu.cn
经　　销	全国新华书店
照　　排	北京砚祥志远激光照排技术有限公司
印　　刷	临沂圣贤印刷有限公司
开　　本	880 毫米×1230 毫米　1/32
字　　数	220 千字
印　　张	8.625
版　　次	2015 年 4 月第 1 版　2019 年 10 月第 2 次印刷
书　　号	ISBN 978-7-5638-2309-3/I·33
定　　价	26.00 元

图书印装若有质量问题,本社负责调换
版权所有　侵权必究

前　言

这本书中的几十篇文字，都曾刊载于民国时期的出版物。其中一些篇目，近二三十年中曾经从繁体字变为简体字，或多或少为今人所知；但更多的篇目，似乎一直以繁体字竖排的形式，掩隐在岁月的尘埃中，直到我们发现或找到它们，再把它们转换为简体字，以现在这套"清馨民国风"丛书为载体，呈献给当今的读者。

收入这套"清馨民国风"丛书的数百篇民国时期的文字，堪称历史影像，也可以说是情景回放。它们栩栩如生、有血有肉，是近 200 位民国学人的集中亮相，也是他们经历、思考与感悟的原味展示——围绕读书与修养、成长与见闻、做人与做事、生活与情趣，娓娓道来。透过这些文字，我们既可以领略众多民国学人迥然不同的个性风采，更可以感知那个时代教育、思想与文化生态的原貌。

策划、编选这样一套以民国原始素材为主体内容的丛书，耗费了我们大量的时间、精力和心血。而今本套丛书即将分批陆续付梓，我们欣喜地发现，她已经有型、有范儿、有味道了。

需要特别说明的是,根据著作权法的规定,本书收选的作品,有一部分仍处于版权保护期。由于原作品出版年代久远,且难以查找作者及其亲属的相关信息和联系方式,我们未能事先一一征得权利人同意。敬请这些作者亲属见书后及时与我社联系,以便我社寄奉稿酬、寄赠样书。

目 录

1	呜咽的扬子江/ 何其芳
12	巴东三峡 ——入蜀散记之一/ 刘大杰
18	黄河之水/ 胡山源
23	一个追忆/ 夏丏尊
26	再游北戴河/ 陈衡哲
33	青岛海景/ 蹇先艾
36	西湖上的沉醉/ 王统照
41	西湖小品 ——满觉衖访桂/ 饶孟侃
45	西溪/ 赵景深
49	太湖游记/ 钟敬文
55	在玄武湖畔/ 李金发
62	庐山游记/ 胡适
95	峨眉忆游/ 任鸿隽
104	攀登华岳/ 庄泽宣
110	太行山西麓的旅行/ 丁文江

118	佛国巡礼/	倪贻德
126	虞山秋旅记/	倪贻德
150	雁荡行/	萧乾
171	桂林的山/	丰子恺
175	北游漫笔/	叶灵凤
183	武昌的名胜/	石评梅
189	忆阆中/	陈友琴
195	都江堰与望丛祠/	陈友琴
205	龙门石窟/	滕固
216	洛阳白马寺/	滕固
224	关中琐记/	鲁彦
245	青康之行/	鞠孝铭
253	西宁与塔尔寺/	庄泽宣
257	岳阳楼/	叶紫
261	孔庙散步/	任白戈
265	附录：在北戴河给孩子们书/	梁启超

何其芳（1912—1977），原名何永芳。著名诗人、散文家、小说家、文学评论家和"红学"理论家。1929年到上海入中国公学预科学习。1931年至1935年在北京大学哲学系学习。大学毕业后，先后在天津南开中学和山东莱阳乡村师范学校任教。1937年出版散文集《画梦录》，1938年到延安鲁迅艺术学院任教。曾任中国科学院文学研究所（现中国社会科学院文学所）所长。其作品主要有散文集《画梦录》（成名作），诗集《预言》《夜歌和白天的歌》，文艺论文集《生活是多么广阔》等。

呜咽的扬子江

何其芳

一

老是下着雨。我几次路过汉口都遇着连绵的使人发愁的雨，因为都在夏季。但这次特别厌烦，我们已等了三天的川江直航船，听了三天的雨。

在这单调的雨声里，一支下流的、快乐的、带金属声的歌曲忽然唱了起来，从对面广东酒家的话匣子上飘到我们住着的旅馆的楼上，使我起了一种摸弄着微腥的活鱼似的感觉。我从侧面的窗子望出去，一家银行的建筑物遮断了我的视线。空气是十分潮湿。对于这饱和着过多的水分的空气，过惯了北方那种大陆气候的人感到十分不舒服。而且，虽然下着雨，屋子里还是闷热。于是我开了那放在地板上的小风扇。

我同行的孩子正在暗自埋怨着我们国家里的交通吧。她是比我更渴切地想早回到家乡，早晤见家中的人们的。

　　我们都忘记在平汉列车上受的罪了。一天上午，车突然在河南境内的一个小站前停住了，因为前面翻了一列煤车。一直停到黑夜袭来。那使稻谷变成黄金色的六月的太阳使旅客们无辜受了一整天炮烙之刑。三等车厢里倒也安置有风扇，但大概是用来壮观瞻或者做广告的，开的时候很少，车一停便随着关闭了。我的旅伴以一种孩子气的不能忍耐来怨天尤人。我记起了一篇左勤科①的讽刺小说，那是极刻薄地形容着帝俄时代的交通的。我向她重述了一遍。也是在车上，旅客们正眺望着窗外的风景，忽然发现列车向后方倒开了，原来车掌被风刮去了帽子；倒开到一个树林前，旅客们都下车去替他找寻那顶帽子，寻找了许久许久，然后在一个树枝上获得了，然后大家上车继续前进。感谢我们的国家，我最后笑着说，我们总比在那种情形中好得多了。结果我们也继续前进了。只是到汉口时误了八个钟头，特别快车成了特别慢车。但现在我不仅不借那种天灾人祸来攻击铁路交通，而且开始赞颂了，我说：

　　"二，你还记得你在车上的埋怨吗？我早就说铁路是我们国家里最进步的交通，有一定的班期，有一定的时间，假若长江的船也和火车一样，我们不是已快到家了吗？"

　　我有一点儿反复无常。

---

①今译左琴科（1895—1958），苏联著名幽默讽刺作家。——编者注。

我在生气，对旅馆里探问船期的人的报告生气。他说今天有一只民生公司的直航船，但不卖票，在上海开头的前两天便停止卖票了。因为有什么考察团到四川去，船上挤满了人。我忽然想起了"四川是民族复兴的根据地"这样一句时髦话。倒霉的是"民族复兴根据地"的人民们①，我在心里说，你们都走进那狭的笼里去吧。

"我希望我们的家在外面。"我说出声了。

二

我们终于在船上了，一只又小又脏的船，然而是从上海直航到重庆的船呀，所以也挤满了人。好在先买有一张房舱票，于是看着我的妹妹安顿在一间已经住了三个带孩子的女人的房间里，让她去听那"哇啦哇啦"的上海话，闻那人类特有的臭气。然后到大餐间去，因为茶房说那里有我的铺位。到了那里，从旅客们的口中才知道那名叫 Saloon 但既不宽大又不清洁的地方已是很多人的夜寝处了，而且要到晚间才用桌椅做床。旅客中一个瘦长的有高颧骨的年轻人和我攀谈起来了，用他那带江苏口音的普通话急遽地、不很清晰地说了一会儿，说在这大餐间里总比在甲板上好得多，不怕下雨。我望着他说话时噜出嘴角的白色口沫，又转眼望着那挤满在甲板上的用木板做床的铺位和人，蹙一蹙眉头便沉默了。

---

① "人民们"，原文如此。——编者注。

但接着他又把我介绍给他的同伴,一个绅士式的举动文雅而且微微发胖的人。他说话缓慢,又是江北口音,我能完全了解。他们是同学,是两位今年毕业的教育学士,远远地到贵阳民众教育馆去做事。他们问我时,我说出我已离开了一年的学校的名字。

我们谈到四川的交通,谈到江苏的学校情形,但谈到我所从来的北方的现状和学生运动,我感到很难说话,含糊地说了几句便又沉默了。

他们转过身去和别人谈话。我仍坐在餐桌前,但渐渐的人们的谈话声在我耳里消失了意义了,我坠入了沉思。在北方这几年,我把自己关闭在孤独里,于是对于世界上的事都感到淡漠,像屠格涅夫小说里的一位人物,"我除了打喷嚏的时候从来不仰望蓝天",不过在我,"蓝天"应该改为现实生活。我几乎要动手写一部书来证明植物比较人类有更美丽更自由的生活。然而,依我在另一处的说法是"一片风涛把我送到这荒岛上",我到一个新的环境里去了,与其说那是一个学校,不如说是一家出名的私人营业的现代化的工厂,因为那里大批地制造着中学毕业生。我每天望着那些远远地从广东来的,从南京来的,从河南来的孩子,感到我是一个帮助欺骗的从犯。我是十分地热情又十分地冷淡。于是所谓学生运动来了,我们遂成了暧昧的"第三种人"。但果然没有真正的第三种人的存在:当学生罢课后我们仍然随着钟声到教室里去对墙壁谈话的时候,我们是奉命去以愚顽和可怜感动学生;当军警也把我们的寄宿舍围了两天两夜，连一封信都无法送出去的时候，我们又与学生同罪了。现在却有人问我北方的学生运动……

当我正因咀嚼着这些记忆而感到了微微的不愉快，一个壮健的年轻人走到我面前来了："先生知道由重庆到成都的汽车情形吗？是不是每天都有？"

"不很清楚。我已有好几年没有回家了。"

"我也有好几年没有回家了。"

从语音可以知道他是我的同乡。从他的光头和松黄色的军裤可以知道他是一位军人。后来他自己说他是一个少尉。

不知怎的又谈到了交通：

"现在已算很有进步了，"他说，"已筑成了很多很多的公路，而且重庆到成都的铁路就快要动工了。"

"我觉得还不成，先生。比如这天然的交通道路，这条长江，我们都还没有能好好利用。"

"也很有进步。很有进步。我们知道在川河以国人经营的民生公司的船为最好，在宜河以下，国家经营的招商局的船也整顿得很好了。假如我这次不是急于回到成都，我绝不坐这破外国船。"

他说话时那种自信的态度使我想到德国的或者苏俄的青年。苏俄的青年在西伯利亚的车厢里劝人学哲学也应该到他们国家里去学，不应该到德国去。而德国的青年则参加政府的焚书运动，高唱着保护德国妇女的歌。我不感到欢喜，也不感到悲哀，只是因为自己的过早衰老，对于这种乐观的态度有一点觉得辽远而已。

"我并不是说我们国家里没有进步。什么方面都已有了显明的进步,只是太慢,太慢。就比如说这长江里的交通吧,至少应该做到每天有国家经营的船往来,和火车一样有一定的班期,一定的时间。"我停顿了一会儿,"我这次在汉口等了四天的船。我仅有一月的时间,准备在来回的路途上费两个礼拜,在家里住两个礼拜,但现在,恐怕只能在家里住十天了。"

"我更只有两个礼拜的假,而且还是从南京到成都。假若不续假,那只有再半途折回了。"

"总可以续假吧?"我没有想到他比我更匆促。

"没有办法便只能续假了。"

他轻轻地叹一口气。我当时很奇怪从一个军人的口中竟发出了这样一声微微带着感伤的叹息。

我们的谈话完了,我转过头去望着那些三个两个亲密地谈着话的人们,他们从不同的地方来,带着不同的口音,在很短促的时间里便成为熟识的朋友了,虽说几天后到了陆地上仍然是漠不相关的路人。

我去看我的妹妹。她这时也只微蹙着眉头,再没有心绪说埋怨的话了。天气十分的热,旅客像货物包裹一样到处堆积着,想起那比较有秩序、比较清洁的三等车厢,简直又要赞颂一番了。但我说着忍耐的话。我说早上一天船便有早到一天的希望,而且今晚船就开了。

三

我在一篇小故事里曾这样写：

"你以为我在说故事吗？在故事上我们说这太凑巧了。在人事上我们却说这太不凑巧了。"下面我再轻轻地加上一句："一秒钟内有多少可能呢？"

我亲爱的朋友们，关于凑巧或不凑巧，我们下次再讨论吧。这只又脏又小的船在开船后的第二个晚上，在那该死的一秒钟之内，轻轻地行驶到河中的沙堆上去了，搁浅了。早晨我从梦里，或者说从那四把椅子做成的床里醒来，才发现我们的船像一只死了的蚱蜢被小学生用针钉在他的标本箱里。我们在望不见人家的荒僻的长江中游，两岸是青青的高大的芦苇。据说大约在汉口到宜昌的路程的中点。

全船的人都咒骂着"领港"。但茶房们又说他是一位"第一流的老领港"。于是有一个茶房找出他出乱子的原因了，说他在汉口上船之前和他的太太吵了架。

我们为绝望、烦躁、混乱和太阳苦了整整两天，然后在第三天上凑巧有一只同公司的宜河船开到了，我们和着行李一齐转过那只船去，到了宜昌又换川河船。经过这几次的劳顿后，我们反转对什么都不抱怨了，只是疲乏，疲乏，疲乏得像一床被抛掷又被践踏过许多次的棉被。

然而在最后这只比较宽大、清洁的川河船上睡了一夜无梦的觉醒来，清晨的江风，两岸的青山，和快到家乡的欢欣，使我们的精神又恢复了。

船驶到了西陵峡。

第一次入川的外省人都惊讶着山岭的险峻。

那位瘦长的江苏人,沿途都翻着地图,问着地名,有时还在一册袖珍日记簿上写一点什么,这时凭在栏杆上,不住地叹息着。

"这真是伟大,伟大。"

招惹得我那位同乡,那个少尉先生,微笑了:

"你过一会儿看见了巫峡又将怎样赞美呢?"

"难道还要比这更高更险吗?"

"难道还要?我说你听,那真是陡如削壁,山半腰是云雾,云雾上面还是山,我们不伸出头去便望不见天空。"

无尽的山。单调的山。旅客们欣赏的惊讶的眼睛也渐渐地厌倦了。那个微微发胖的江苏人把谈话的题目转到一件事情上,他以为对于四川人那是一个有趣的谈论资料。事情是一个嫁给四川人做太太的女人在成都写了一两篇游记,发表在北平的一个刊物上,对四川说了一些坏话,于是首先引起了南京报纸的攻击,后来成都的报纸也响应起来了,害得那位太太又生气又难过。总之,从头至尾都是十分无聊的事。然而他却提起了它,意思在听取我和我那位同乡的意见。

"对这件事我没有留意,"我说,"我根本就没有见到那什么游记,我平常不看那一类的刊物。至于在南京引起热闹的攻击,我最近倒听见一个人提到过,在我还算是一件新闻。"

"她说四川的鸡蛋没有鸡蛋味,是真的吗?"那个瘦长的教育学士笑着说。

"这点我倒还没有发现,虽说在北方住了五六年,我只记得四川的鸡蛋比北方的大一点。"我也笑了。

"四川和四川人并不是没有短处,"我那年轻的同乡带着坚决的口气说,"但她一点也没有说着。不必提她那些可笑的话,单分析她那种心理就可以发觉那是十分卑劣。她自以为是一个有地位、有声望的女人,现在是到荒僻地方去吃苦,于是对环境有点儿不习惯,便大发脾气了。那简直是向社会撒娇。但可惜社会并不是一个女人的丈夫。所以我说,四川的鸡蛋倒有鸡蛋味,四川的水果也有水果味,不过中国这些名人学者却很可怜,就比如她吧,仅仅著过一部鸟儿花儿式的白话高中外国史,而且还把美国整个弄掉了,却到四川大学去做历史系主任。"

"但她著过一篇关于中学生的文章,却引起了教育家们的注意,教育部因此通令减少初中的上课钟点。"那个微微发胖的教育学士说。

"所以我说她是向社会撒娇。"

我不能不在这里向我的乡土说一句抱歉的话,对于它我是很淡漠的。或者说几乎忘记了。然而叫我批评我的乡人,我并不是没有话说,我觉得有一个大长处,也有一个大短处。对于阔大的天空和新鲜的气息的向往、奔逐,我们无不勇敢而沉毅。至于短处,我可用一件小事来说明。在从前没有法院、律师的时候,案件全由县衙门处理,而打官司的仇敌们常同住在衙门附近的小店里，彼此都有说有笑，有时还请吃馆子，虽说刚在县官面前，或者明天就在县官面前彼此很恶毒地、很狡诈地想构成对方的死刑罪，善于辞令应酬似乎是四川人的天赋才能。但不幸我生来便缺乏了它，我不是在人面前沉默得那样拙劣，被人误会成冷淡骄傲，便是在生疏的人面前吐露出滔滔的心腹话，被人窃笑。以此对于北方人的那种大陆性的朴质与真诚不能不感到十分可亲，十分依恋了。我并不是说北方人绝对地诚实，比如北平的仆人很少替主人买东西不落钱的（那在我们家乡足以作为辞退的理由），但他们欺骗的技术是那样拙劣，有如杜斯退益夫斯基①的"诚实的贼"一样可爱。不知什么时候起我对于我的乡人便不感到可亲近，但现在，我面前的这位年轻人说话这样爽快，眼睛里发出诚实的光辉，我不能不对他十分信任了。也许在这年轻的一代人已没有那种短处了吧。我的乡土啊，我有一点儿渴望看见你了。

船驶到了巫峡。

又有许多欣赏家从舱里跑到甲板上来了。

我第一次经过巫峡是在七八岁时，那便留给我一个荒凉的愁苦的记忆，我很想知道在山的那一面有没有人家，是一个什么所在。后来从学校里得来的地理知识给我解答了。那是一个苦瘠的地方，饥饿的地方，没有见过幸福之光的地方，然而也是有人类居住的地方。所以我这时对于旅行家的欢欣，用很冷

---

①今译陀思妥耶夫斯基（1821—1881），俄国作家。——编者注。

酷的，带着讥刺，甚至愤怒的眼光去注视，而且我对自己说，假若把他们丢弃在那被他们赞美不已的山上生活一天，他们一定会诅咒，哭泣，变成聪明一点了。

于是，从这狭隘的峻间的急流，我听见了一支呜咽的歌，不平的歌，生存与死亡的歌，期待着自由与幸福的歌。

这天晚上船停泊在巫山县。

第二天下午四点钟的时候便看见万县下面的塔了，我和妹妹早已收拾好行李，焦急地，不安地，说不清是欢喜还是难受地等待着船停。

我们从北平到万县一共走了十四天。

1936年9月29日，莱阳

（《还乡日记》）

刘大杰（1904—1977），著名文学史家、作家和翻译家。1926年毕业于武昌师范大学中文系。1930年毕业于日本早稻田大学研究院。曾任上海大东书局编辑、安徽大学教授、四川大学中文系主任、暨南大学文学院院长。著有《中国文学发展史》《德国文学概论》《托尔斯泰研究》《易卜生研究》《东西文学评论》等；译有托尔斯泰《高加索囚人》《迷途》，杰克·伦敦《野性的呼唤》等。

巴东三峡

——入蜀散记之一

刘大杰

"巴东三峡巫峡长，猿啼三声泪沾裳。"猴子现在虽说看不见了，三峡中山水的险恶形势，我想同往日是没有什么不同的。在绿杨城郭桃杏林中的江南住惯了的人，一旦走到这种地方来，不知道要生出一种什么样的惊异的情感。好比我自己，两眼凝望着那些刀剑削成一般的山崖，怒吼着的江水，自然而然地生出来一种宗教的感情，只有赞叹，只有恐怖。万一那山顶上崩下一块石头来，或是船身触着石滩的时候，那不就完了吗？到了这种地方，无论一个什么人，总没有不感到自己是过于渺小，自然界是过于奇伟的。

船身从宜昌上驶，不到一刻钟，山就高起来，绵延不断，一直到重庆。在这一千多里的长途中，以三峡的形势为最险恶。

在三峡中，又以巫峡为最长，山最高，江最曲折，滩流最急，形势最有变化。船在三峡中要走一整天，初次入川的客人，都紧张地站在船边上看，茶房叫吃饭也没有人理。我自己早就准备了几块面包，几支烟，一本蜀游指南，坐在船边的靠椅上，舒舒服服地看了一个饱。

开始是西陵峡，约长一百二十里，共分四段。第一段是黄猫峡，山虽高，然不甚险；江水虽急，然不甚狭。三游洞在焉。三游洞者何？唐白居易兄弟和元微之，宋欧阳修和苏东坡兄弟，都到此地游历过，所以有前三游后三游之称。可惜船过下牢溪时不能停泊，只能从崖缝里隐约地望望而已。

第二段是灯影峡。江北的山虽是险峻，都干枯无味。江南的山，玲珑秀丽，树木亦青葱可爱。黄牛峡黄陵庙在焉。古语有"朝发黄牛，暮见黄牛"之语，现在并不觉得如何危险。不过南沱至美人沱一段，石滩较多，江流较急而已。在这一段，我最爱黄陵庙。在南岸一座低平的山上，建立一个小小的古庙，前面枕江，三面围绕着几百株浓绿的树木。最难得的，是在三峡中绝不容易见到的几十株潇洒的竹子，石崖上还倒悬着不少的红色紫色的花。庙的颜色和形式，同那里的山水，非常调和，很浓厚地带着江南的风味。袅袅不断的青烟，悠悠的钟声，好像自己是在西湖或是在扬州的样子，先前的紧张的情绪，现在突然变为很轻松很悠闲的了。船过黄陵庙的时候，我有两句即景的诗："黄陵庙下江南味，也有垂杨也有花。"不过这情景也很短促，不到两三分钟，船就驶入西陵峡的第三段了。

第三段是空冷峡，山形水势，突然险峻起来，尤以牛肝马肺峡一处最可怕。两旁的山，像刀剑削成似的，横在江中，成一个极曲折极窄的门，船身得慢慢地从那门中转折过去。在江北那一面作为门的山崖上，悬着两块石头，一块像牛肝，一块像马肺。牛肝今日犹存，马肺已被外国人用枪打坏了。在陆放翁的《入蜀记》里，写作马肝峡，想是一时的错误。在离牛肝马肺不远，有一个极险的空冷滩。水从高的石滩上倒注下来，而形势极可怕。上水船在这里都必得特别小心。今年上半年，有三只小轮船都在这里沉了。他们行船的人有一句谚语："青滩叶滩不算滩，空冷才是鬼门关。"那情形也就可想而知了。想着往日的木船，真不知道如何走得过去的。

第四段是米仓峡，又名兵书宝剑峡，距离虽是不长，水势虽没有从前那么急，在山崖方面，却更加高峻。出了峡，山便低平，有一个小口，那便是有名的王昭君浣妆的地方，叫作香溪。昭君村离此四十几里，在秭归县东北。杜工部的"群山万壑赴荆门，生长明妃尚有村"，要亲自到这地方，才可以领略到前人用字之妙。一个赴字，把那里的山势真是写活了。那里的山峰，高的高，矮的矮，一层一层地就像无数匹的马在奔驰的样子。所谓赴荆门，那形势是一点儿也不假的。

船过了秭归和巴东，便入了最有名的巫峡，这真是一段最奇险的最美丽的山水画，江水的险，险在窄，险在急，险在曲折，险在多滩。山的好处，在不单调。这个峰很高，那个峰还要更高，前面有一排，后面还有一排，后面的后面，还有无数排,一层一层地你围着我,我围着你,你咬着我,我咬着你。前面无路,后面也无路。四面八方,都被悬崖阻住。船身得转弯抹角地从山缝里穿过去。两旁的高山,笔直地耸立着,好像是被一把快刀切成似的,那么整齐,那么险峻。仰着头,才望见峰顶,中间是一线蔚蓝的天空。偶尔看见一只黑色的鸟,拼命地飞,拼命地飞,终觉得它不容易飞过那高的峰顶。江水冲在山崖上,石滩上,发出一种横暴的怒吼,有时候可以卷起一两丈高的浪堆。

> 上有六龙回日之高标,
> 下有冲波逆折之回川。
> 黄鹤之飞尚不得过,
> 猿猱欲度愁攀缘。

李太白这几句诗,要亲自走过这一段路的人,才知道他是写得真,写得深,写得活现。在这几句诗里,并没有夸张,没有虚伪,完全是用写实的笔,把巫峡这一段险恶奇伟的形势,表现出来了。

三峡里面的山,以青石洞一带为最高。有名的巫山十二峰,便分布在大江的南北岸。"连峰去天不盈尺,枯松倒树倚绝壁",正是这地方的写实。望着神女庙的一线白墙,好像一本书那么大,搁在一座山上,真好像是神话中的景致。高唐观在巫山县城西,连影子也望不见。最雄伟的,是松峦峰,望霞峰,朝云峰，登龙峰，翠屏峰，各自呈着不同的状态，你监视我，我监视你，雄赳赳地耸立在那里，使人望了，发生一种恐怖的感情。

巫山的云，这一次因为天气晴爽，没有看到。据一位老先生说，看巫山的云，要在迷蒙细雨的天气。那时候，望不见天，望不见山峰，只见顶上云雾腾腾，有像牛马的，有像虎豹的，奇形怪状，应有尽有。那情形比起庐山来还要有趣。这一次因为正是秋高气爽的好天气，天上连云影也没有，几个极高的峰巅，我们可以望得清清楚楚。最可爱的，就是在那悬崖绝壁的上面，倒悬着一些极小的红花，映着古褐苍苍的石岩，另有一种情趣。任叔永先生过三峡有几句诗，写这情景极好："举头千丈逼，注目一峰旋。红醉岩前树，碧澄石外天。"岩前红树，石外青天，要到这地方来，才可领略得到。语堂、达夫两兄可惜未来，若到此境界，不知如何跳跃叫喊也？

过巫山即入瞿塘峡。此峡最短，不过十三四里。山势较巫峡稍低平，水势仍险急，因有夔门滟滪堆阻在江中，水不得平流之故。过瞿塘峡，北岸有一峰突起，树木青葱，玲珑可爱，这便是历史上有名的白帝城。那一段古城刘皇叔托孤的悲惨的故事，就表演在这个地方。山顶上有一古刹，为孙夫人庙。颜色为瓦白色的墙，隐约地从树林中呈现出来。我们走过的时候，正是下午六点光景，一道斜阳，照在庙前的松树上，那颜色很苍冷。远远地朝北望去，可以隐约地望见八阵图的遗迹，庙里的钟声，同夔府那边山上传来的角声，断断续续地唱和着，那情调颇有些凄凉。所谓英雄落泪游子思乡的情感，大概就在这种境界里产生的。

到白帝城，三峡算是走完了。山势从此平敞些，江面宽得多，水势也平得多了。满船的人，一到这地方，都感到一种"脱去危险"的愉快，心灵中自然而然地生出来一阵轻松。好像一个人从险峻的山顶上走到了平地，从一个黑暗的山洞里走出了洞口似的，大家都放下心来，舒舒服服地喘了一口气。不到十分钟，船就泊在夔府的江岸了。天上一轮明月，正在鲤鱼山的顶上，放射着清寒的光。

（1935年）9月寄自成都

胡山源（1897—1988），原名胡三元。作家、翻译家。1920年肄业于杭州之江大学。历任上海基督教青年协会书报部翻译、杭州之江大学教师、上海世界书局编辑等职。20世纪20年代初与钱江春等发起组织的"弥洒社"，是新文化运动中一个有影响的流派。1916年开始发表作品，一生著有长篇小说、短篇小说集、传记文学、剧本、译著约1 000万字。1957年"反右"后从文坛上销声匿迹。

黄河之水

胡山源

"黄河之水天上来"，这句话说得何等动人，因此，我就时常怀着一个心愿，要去看看黄河里的水。民国十二年，我因事要到北平——那时还叫北京——去，我很高兴，我想，这一回可以看看黄河里的水了。不料去的时候，在蚌埠有车子出轨，我坐的蓝钢车直通车，只好停下来等，这样一等，过黄河时已在夜间，就不能使我如愿以偿了。回来的时候，本来要在夜间过黄河，当然更没有希望满足我这一个渴念。我的真正看见黄河，还是民国十八年在开封的时候。

在一个春天的假日，天气暖烘烘地，杨柳都已经抽芽发叶，点缀着开封城内外的卤地，也有了生气。我与同在中山大学——现称河南大学——服务的皋义兄，同去看黄河。他说，他已经去过了，没有什么好看。不过为了我高兴去，他也答应陪我去。不料正要动身时，校里要解剖几个枪毙的土匪，作为医科实习，皋义兄觉得这倒是难得的机会，颇要去欣赏一下，就说不能陪我去。自然，我不能勉强他，同时，我也只好取消了我的黄河之行。

第二次假日，我就约了翘森兄，他也是中大，也是去过黄河边的。他没有什么阻碍，因此，我们便在一个天气暴热的下午，出了开封的北门。城门里的尘土积了二尺高，但这不是没人扫的缘故，在站岗的士兵，冯焕章①将军的士兵，是很勤劳的，我们只能称赞他们，不能责怪他们，这完全为了春天特别多风，那泥沙不住地吹来的缘故。因此，一出城门，便是几个很高的沙岗，上面寸草不生，俯瞰着城内。路也是向上爬，从沙岗中蜿蜒向北去。回过头来看看，开封城好像在我们的脚底下。素常听说开封城地形很低，我得到了初次的实证。

我和翘森兄按例去雇驴子，一人一匹，不用驴夫跟。那驴子懒得很，凭你怎样打，它只按部就班，慢慢地踱着，看见了路旁的房屋和树木，它更如顽童那样，总要去挤一下，碰一下，杀杀痒，使你拉也拉不住，只好由它玩够了再走。这里的路都是新筑的大路，很平坦，很宽阔，但是一应老式的车辆和牲口，都不许在这上面行走，还只好在路旁尘土深到膝头以上的泥沟里走，据说大路是专供行驶汽车的。驴子很识相，也很老于行旅，它倒也不想走到大路上去。

---

①即冯玉祥（1882—1948）。——编者注。

路旁都是沙土，有些已经开垦种着一些落花生或麦，有些就由它荒在那里，远远地望过去，只是白茫茫一片，略为有几株野草迎风招飐着，颇具瀚海的雏形。人家很少，想不到堂堂省会的近郊，竟会如此荒凉。树木也寥寥可数，大半还是一二年之内种下去的，可见那时执政当局，正在进行着植树。

我正在驴背上观看野景，天忽然下起雨来了。起初是一点二点，我们不管它，还是向前走，后来却就倾盆而下，我们只好下了驴子，奔到相近一个草舍去暂避。这草舍大概是路工或守路的人住的，连门都没有，所以也挡不了多少雨。这固然是阵头雨，一会儿便过去，但是雨后的泥地，本来是尘土一二尺高的泥地，其状况怎样，也就可想而知。没奈何，我只好自动地对翘森兄说，我们回去吧，改日再来吧。翘森兄本来是陪我的，当然无可无不可。这样，我对于黄河之水，还只好缘悭一面。在归途上，驴子的快却又与跑马相似。谁说驴子蠢呢？它很懂得偷懒和恋家。

但是我虽然两次没有成功，却的确有"心不死"的气概，不久，又做了第三次的尝试。这次，我就独自走，因为怎样上路，已经有过经验，不必他人陪着了。为了讨厌那种下贱脾气的驴子，所以，我就改雇了黄包车。黄包车也不快，但我觉得反正只是我一个人，迟早些也不妨。在大路上便利地进行着，走过两道大堤、若干村庄，我终于到了大路终止，只好下车步行到黄河边上。尝试成功，我为自己高兴着。

沿着黄河的堤岸，高高地耸着，简直就是山，我远远地望去，还以为是什么土山呢。然而谁都知道，大水一泛起来，这些土山却就要被没过或撞破，没有看过这种大水的人，简直是想象不出其情况的。堤岸的顶，至少总有三公尺多阔，成了长长的一道高原。在这高原上，我清楚地看见了黄河的整个。它的来无踪、去无迹，自然也和我看惯的扬子江一样，它的阔度，也和扬子江相仿佛。不过它的确有和扬子江不同的地方，首先便是这堤岸。

从堤岸顶上望下去，一直到水边，其中大约有三四百阶级，成了一个小小的市集，各种草棚做着各种买卖，最多的当然是食物。据说，这里名称柳园口，对面便是赵匡胤黄袍加身的陈桥驿，本来是平汉铁路完成以前南北往来的要津，可是现在，却连一间略带永久性的房子都没有，时世的变迁真是可畏。我从这些草棚间，曲曲折折地到了真正的水滨。

水当然很黄，在向东流着，果然是不会复回的了。然而水很浅，浅得使我这看惯扬子江的人，大为称奇。离岸十多丈远，还有人牵了牛在那里走着，那么这十多丈远的距离，待水再降下些，就一定又是一段阶级了。但是这还不奇，最奇的是我抬头向前看去，却见中流里有一条小船在向东航行着，航行的方法并非挂帆或摇橹，而是撑篙。黄河的中流竟是小船撑篙的所在！而且一篙下去，看来也并不深，篙的上下轻便，正如在江南的河滨里一样。呀，河床的高，竟高到这般地步，而水的浅，也就浅到那种程度！

不过我总记得"天上来"的这句话，而我又是初次清楚地看见它,所以我还是很喜爱它。它呢,似乎掩盖了它的恶面目,也只和蔼地对我做着涟漪。我忘记了它是黄河之水,我只当它是沧浪之水,因此我蹲在岸上,将手伸下去洗濯着,和它行了握手礼。这样,我的心"死"了,在红日西垂的时候,我上了归途。

近黄河的地方,麦田很多,可是晚风又在呼呼地吹起,麦的根大半都露在外面,再吹下去,麦苗就要被吹离地面了。我在归途上,真是这样担心着。

皋义兄和翘森兄都问我此行满意否,我说满意,因为我到底了却了一桩心事。

夏丏尊（1886—1946），名铸，字勉旃，号闷庵，别号丏尊。著名文学家、教育家、出版家，新文学运动的先驱。浙江上虞人。1901年中秀才。1905年东渡日本留学，1907年辍学回国，先后在浙江、湖南、上海的几所学校任教。1930年与叶圣陶创办民国时期在莘莘学子中颇有口碑的《中学生》杂志。1933年与叶圣陶合著出版小说体裁语文学习读本《文心》，其后15年间再版达22次。1936年任《新少年》杂志社社长，同年被推为中国文艺家协会主席。

一个追忆

夏丏尊

这是四五年前的事。

钱塘江江心忽然涨起了一条长长的土埂，有三四里路阔，把江面划分为二。杭州、西兴之间，往来的人要摆两次渡，先渡到土埂再走三四里路，或坐三四里路的黄包车，到土埂尽头，再上渡船到彼岸去。这情形继续了大半年，据说是百年来从未有过的奇观。

不会忘记，那是废历九月十八的一天。我从白马湖到上海来，因为杭州方面有点事情，就不走宁波，打杭州转。在曹娥到西兴的长途中，有许多人谈起钱塘江中土埂，什么"世界两样了，西湖搬进了城里，钱塘江有了两条了"咧，"据说长毛以前，江里也起过块，不过没有这样长久，怪不得现在世界又不太平"咧。我已有许久不渡钱塘江了，只是有趣味地听着。

到西兴江边已下午四时光景,果然望见江心有土埂突出在那里,还有许多行人和黄包车在跑动。下渡船后,忽然记得今天是九月十八,依照从前八月十八看潮的经验,下午四五时之间是有潮的。"如果不凑巧,在土埂上行走着的当儿碰见潮来,将怎样呢?"不觉暗自担心起来。旅客之中,也有几个人提起潮的,大家相约:"看情形再说,如果潮要来了,就不上土埂,停在渡船里。待潮过了再走。"

渡船到土埂时,几十部黄包车夫来兜生意,说"潮快来了,快坐车子去!"大部分的旅客都跳上了岸。我方才相约慢走的几位,也一个个地管自乘车去了。渡船中除我以外,只剩了二三个人。四五部黄包车向我们总攻击,他们打着萧山话,有的说"拉到渡船头尚来得及",有的说"这几天即使有潮也是小小的,我们日日在这里,难道不晓得?"我和留着的几位结果也都身不由主地上了黄包车。

坐在黄包车上担心着遇见潮,恨不得快到前方的渡头。哪里知道拉到一半路程的时候,前方的渡船已把跳板抽起要开行了。江心的设渡是临时的,只有渡船没有趸船。前方已没有船可乘,四边有人喊"潮要到了!"不坐人的黄包车都在远远地向浅滩逃奔,土埂上只剩了我们三四部有人的车子。结果只有向后转,回到方才来的原渡船去。幸而那只渡船载着从杭州到西兴去的旅客还未开行。

四围寂无人声,隆隆的潮声已听到了。车夫一面飞奔,一面喊"救命!"我们也喊"救命!""放下跳板来!"

逃上跳板的时候,潮头已望得见。船上的旅客们把跳板再放下一块,拼得阔阔的,协力将黄包车也拉了上来。潮头就到船下了,潮意外地大,船一高一低地颠簸得很凶,可是我在这瞬间却忘了波涛的险恶,深深地感到生命的欢喜和人间的同情。

潮过以后,船开到西兴去,我们这几个人好像学校落第生似地再从西兴重新渡到杭州。天已快晚,隐约中望得见隔江的灯火;潮水把土埂涨没,钱塘江已化零为整;船可直驶杭州渡头,不必再在江心坐黄包车了。船行到江心土埂的时候,我们困难之交中有一位,走到船头,把篙子插到水里去看有多少深,居然一篙子还不到底。

"险啊!如果浸在潮里,我们现在不知怎样了!"他放好篙子说,把舌头伸出得长长的。

"想不得了,还是不去想它好。"一个患难之交说。

我觉得他们的话都有道理。

(《平屋杂文》)

陈衡哲（1893—1976），新文学运动中最早的女学者、作家、诗人，我国第一位女教授，有"一代才女"之称。1914年考入清华学堂留学生班，1918年获瓦沙女子大学文学学士学位，1920年获芝加哥大学硕士学位，同年应北大校长蔡元培之邀回国，先后任北京大学、四川大学、东南大学教授。1917年创作白话短篇小说《一日》，以"莎菲"的笔名发表于《留美学生季报》。著有短篇小说集《小雨点》《衡哲散文集》。

再游北戴河

陈衡哲

提到北戴河，我们一定要联想到两件事，其一是洋化，其二是时髦。我不幸是一个出过大洋也不曾洗掉泥土气的人，又不幸是一个最笨于趋时、最不会摩登的人。故我的到北戴河去——不仅是去，而且是去时心跃跃，回时心恋恋的——当然另有一个道理。

千般运动，万般武艺，于我是都无缘的，虽然这是我生平的一件愧事。想起来，我幼小时也学过骑马，少年时也学过溜冰，打过网球，骑过自行车，但它们于我似乎都没有缘。一件一件地碰到我，又一件一件地悄悄走开去，在我的意志上从不曾留下一点点的痕迹，在我的情感上也不曾留下一点点的依恋和惆怅。却不料在这样一个没出息的人身上，游泳的神反而找到了一个忠爱的门徒。

当我跃身入水的时候，真如渴者得饮，有说不出的愉快，游泳之后，再把身子四平八稳地放在水面，全身的肌肉便会松弛起来，而脑筋也就立刻得到了比睡眠更为安逸的休息。但闻呼呼的波浪声在耳畔来去，但觉身如羽毛，随波上下，心神飘逸，四大皆空。

除去游水之外，北戴河于我还有一个大引诱，那便是那无边无际的海。当你坐着洋车，自车站出发之后，不久便可以看见远远的一片弧形浮光，你的心便会不自主地狂跃起来，而你的窒塞的心绪，也立刻会感到一种疏散的清凉。此次我同叔永[①]在那里共住了六天。最初的四天，是白天晴日当空，天无片云，入夜乌云层层，不见月光，但我们每晚仍到沙滩上去看雪浪拍岸，听海潮狂啸。虽然重云蔽月，但在微明半暗之中，也可以另外感到一种自然的伟大。

有一天，夕阳方下，余光未灭，沙上海边，阒无一人。远望去，天水相接，一样的无边无垠。忽见东方远远地飞来了三只孤鸟，它们飞得那样的从容，那样的整齐。飞过我们的坐处，再向西去，便渐飞渐小，成为两三个黑点。黑点又渐渐地变淡，淡到与天际浮烟一样，才不见了。那时不知道怎的，我心中忽然起了一阵深刻的寂寞与悲哀。三只孤鸟，不知从何处来，也不知到何处去，在海天茫茫、暮色凄凉之时，与我们这两个孤

[①] 即任鸿隽（1886—1961），字叔永。本书《峨眉忆游》一文文前有其介绍。——编者注。

客，偶然有此一遇，便又从此天涯。山石海潮，千古如此，而此小小的一个遇会，却是万劫不能复有的了。

朝日出来的地方，在东山的背后，故我们虽可以看见朝霞，但不能见到朝阳。待朝阳出现时，已是金光满天，人影数丈了。落日也在西山背后，只有满天红霞，暗示我们山后的情景而已。唯有月出是在海面可见的。我们天天到海边去等待，天天有乌云阻障。到了第五晚，我们等到了七点半钟，还不见有丝毫影响。那时沙滩上一个人也不见了，天也渐渐黑了下来，环境是那样的静，那样的带有神秘性。忽然听见叔永一声惊叫，把我的灵魂从梦游中惊了回来。你道怎的？原来在东方水天相接处，忽然显出一条红光了。那光渐渐地肥大，成为一个大红火球，徘徊摇荡在天水相连处。不到一刻钟，便见沧波万里，银光如泻，一丸冷月，傲视天空。我们五天来忠诚的守候，今天算是得到了酬报。于是我们便赶快回到旅馆，吃了晚饭，雇了人力车，到联峰山去，在莲花石公园的莲花石上，松林之下，卧看天上海面的光辉。那晚的云是特别的可爱，疏散的是那样的潇洒轻盈，浓厚的是那样的整齐，那样的有层次，它们使得那圆月时时变换形态与光辉，使得它格外可爱。不过若从水面上看，却又愿天空净碧，方能见到万里银波的伟大与清丽。

最后的一天，我们到东山的一位朋友家去，玩了大半天。我又学到了一个新的游泳法。晚上又同主人夫妇儿女到鸽子窝去吃野餐，直待沧波托出了一丸红月，人影渐显之后，主客方怏怏地戴月归去。我们也只得快快地与主人主妇道别，乘着人力车,向车站进发。一路尚见波光云影,闪烁在树林之中,送我们归去。

北戴河的海滨是东西行的一长条沙滩,海水差不多在它的正南,所以那里的区域,也就可以粗分为东、中、西的三部。

东部是以东山为大本营的。住在那里的人,大抵是教会派,知识也不太新,也不太旧,也不太高,也不太低。他们生活的中心点是家庭,常常是太太们带着孩子在那里住过全夏,而先生们不过偶然去住住而已。他们中间十分之九是外国人,尤以美国人为最多;其中约占十分之一的中国人,也以协和医院及教会派的为多。他们大概是年年来的,彼此都很认识,但对于外来的人,也能十分友善。我在那里游水的时候,常在水中遇见许多熟人,又常被人介绍,在水中和不认识的人拉手,说:"很高兴认识了你!"但实际上何能认识?一个人在水中的形状与表情,和他在陆地上时是很不同的。

中部以石岭为中心点。住在那里的人,大抵是商人,近年来尤多在中国经商暴发的德俄商人。他们生活的中心点不是家庭,乃是社交,虽然也有例外,也有带着孩子的太太们,但这不能代表中部的精神。代表中部精神的,是血红的嘴唇,流动的秋波,以及富商们的便便大腹。他们大刀阔斧地"做爱",苍蝇沾蜜似的亲密,似乎要在几个星期之内,去补足自亚当以来的性生活的不足与枯燥。但你若仔细观察一下,你便可以觉得,在这样情感狂放、肉感浓厚的空气之下,还藏着一个满不在乎的意味。似乎大家所企求的,不过是一个"今朝有酒今朝醉"

的享乐而已。

  在他们中间很少有中国人,尤其是女子。他们看见我在那里游泳,都发出惊讶的注意。他们对于中国人的态度,也是传统的"上海脑筋"。我现在且述一个故事,来证明这种态度怎样地普遍于这类外国人之中。我有一个朋友,在一天的下午,曾同着她的丈夫到西山顶上去游玩。那里下山的路是不甚好走的。他们正走着,忽然看见了两个法国孩子,男的约有十岁,女的大约是七八岁。那女孩看见山崖峭陡,直骇得发抖,央求那男孩子扶助,但他硬不肯,一溜烟独自跑下山去了。我的朋友看不过,她让那位正在扶着她的丈夫去扶携那个女孩子。下山之后,女孩子十分感激,便与他们谈天,问他们是哪一国的人。她让她猜,她说:"英国吧?""不是,你不看见我的黄皮肤黑头发吗?"那女孩有点惊讶了,说:"日本吗?"亦不是。"我们是中国人。"说也不信,那女孩一听之下,立刻骇得唇白眼直,脸上的肌肉瑟瑟地抖着,拼命地叫她的哥哥。那男孩并未走远,他也骇着了,立刻走来携着女孩子的手,显出在患难中相依为命的一种心绪。我的朋友看了,又气,又觉得他们可怜。她故意地瞪着眼,叱着说:"不准走!"两个孩子更骇了,真的立着不敢动。她对他们说:"我此时若不教训你们,你们将长成为两个国际的蟊贼。听我说,回去告诉你的父母,说今天遇到了两个你们又怕又看不起的中国人,那太太宁可自己很困难地走下山去,却让那先生扶着你这女孩子——因为她的哥哥不助她下山。问你的父母,这两个中国匪贼,比了你们法国的匪贼怎样？比了你们法国的绅士又怎样？走吧，愿你们今天睁开了你们的眼睛！"那男的到底大些，很羞惭地伸出手来，给他们道了谢，道了歉，方一步三回顾的，很惊讶的，同着他的妹妹走回去了。

　　西部以联峰山为中心点。住在那里的，除了外交界中人之外，有的是中国的富翁，与休养林泉的贵人。公益会即是他们办的。我们虽然自度不配做那区域的居民，但一想到那些红唇肥臂，或是秃头油嘴，自命为天之骄子的白种人，我们便不由得要感谢这些年高望重、有势有钱的公益先生们，感谢他们为我民族保存了一点自尊心。我们在公益会的浴场游泳时，心里觉得自由，觉得比在中部浴场游泳时快乐得多了。并且那里还有水上巡警，他们追随着你，使你没有沉没的恐惧。

　　住居西部的中国人既多，女子当然也有不少。但我所见下水游泳，或是骑马骤驰的，却仍以幼年女子为多。二三十岁的女子，大抵是很斯文地坐着，撑着伞看着而已。至多也不过慢慢地脱下袜子，提着那时髦美丽的长衫，小心谨慎地在沙滩上轻移莲步而已。三十岁至四十岁间的女子，则在我住居六天之内，就压根儿没见到一个。但做爱的年轻男女却不是没有，不过他们的做爱，与西人真不相同。中部西人的做爱，是大刀阔斧一气呵成的，而我所见西部的中国"摩登"，却是乘着月暗潮狂的时候，遮遮掩掩，羞羞涩涩，在沙滩上走走说说而已。并且两个人单独出外的很少，大概是五六成群，待到了海边再分成一对对的为多。虽然我因住居之时不久，见闻有限，但这个情形也未尝不可以代表住在那里一部分的中国青年在社交上的自由与管束。

廿一年九月①

（《衡哲散文集》）

---

①本书所选文章，篇末如有中文数字（均为民国原书所载），系指中国历法年月日，如此处即指民国二十一年（西历1932年）九月；如为阿拉伯数字，则指西历年月日。特此说明，以后不再为此加注。——编者注。

蹇先艾（1906—1994），遵义老城人。幼年在遵义读私塾。1919年到北京读书，先后就读北京师范学校附属小学、北京师范大学附中。1922年在师大附中与朱大枬、李健吾创办文学团体"曦社"，办文学刊物《爝火》。1926年加入文学研究会。1931年毕业于北平大学法学院经济系，获法学学士学位。1942年起，历任贵阳省立高中教员，遵义师范学校校长，贵州大学和贵阳师范学院副教授、教授等职。1945年主编《贵州日报》副刊《新垒》。其代表作亦即成名作为小说《水葬》。

青岛海景

蹇先艾

我爱山，我也爱海；我爱山的崇高、雄浑、威严，我也爱海的宽容、伟大、汪洋。如果拿这两种东西来象征人格的话，我也就最崇拜这两种人格。我是在山国里生长大的人，我们的庭园便被包围在纠纷的群山之中。我曾经有一个很长的时期，朝朝暮暮晤对着山上的城墙、荒坟、古庙、茅屋、圮塔与松林。我还穿着线耳草鞋，走过蜿蜒龙蟠的九溪十八涧和峦荒的山路。我个人对于山的知识比对于海的知识多得多。海，我却很少有机会去接触，或者去细细地领略。说句真话，有时候我更偏爱我们的祖国的黄河和扬子江；那两条水的天险、波涛、泥沙与呜咽，能够给我们以更深的刺激，引起我们对于国家的命运的兴叹。我们目前需要的是生命的呼号，巨浪掀起，挣扎，搏斗，像我们那古老的江河一样。不过，海，在宁静的时候，我们也同样需要它的宽大、海涵,来培养或扩充我们的人格。我觉得我们在国难严重的时期,应当学咆哮的江河;在太平时代,才应当学浩渺的海水。

1936年夏天,我在青岛住了一个星期。青岛的市政,柏油的马路,巍峨的建筑,蓊郁的树木,自然值得称赞,但是我并不怎样地注意,我每天的生活总是到海边去散步,拾蚌壳,或者默坐,遥对着海景。海风拂拂地吹到我的脸上,虽然带着一点腥气与咸味,然而阻止不了我对于海的倾慕,对于海的陶醉。

我刚到青岛的那天,便在给一个朋友的信中写道:

……黄昏时候,火车渐渐地走得缓慢起来,浩瀚的大海便展开在我们的眼前了。参差不齐的帆樯严密地排在海边。太阳不见了,天上灰絮似的云影移动着。天连水,水连天。云翳在辽阔的天空中幻变成各式各样的形体:有的像飞禽,有的像走兽,有的像层叠的山峰……

这是青岛海景第一次给我的印象。

次日早晨,空气异常潮湿,在细雨蒙蒙的飘飞中,我一个人便跑到海滨去散步。一出门,走不上几步,我的眼镜便被雨打湿了,简直辨不出路径来。终于走到海滨公园,我坐在一张褐色的石桌前,面对着大海。桌下便是一带嶙峋的岩石,有几个日本女孩在那里寻找海蟹与海螺,跣着脚跑来跑去,好像在平地上走路的样子。海上的左岸的轮廓比较分明,迤逦着房舍的行列，红顶黄墙堆积在绿树丛中，由海边蔓延到高坡上去。山峦起伏在灰色雾谷里面，景象极其迷蒙。对面是一片镶嵌着绿林的小岛，左边海水茫茫，望不到涯涘。有两三点帆影在海上起伏；远的模糊，近影清晰。海水的呼啸，像深山里一万个瀑布声。海里有一碧万顷的波澜在摇动。靠岸是一簇一簇的白沫似的巨浪，变化迅速，不可捉摸。有时像充满了愤怒，哗哗地抨击着海岸；有时一小股一小股地跳上岩石来，又跳回去，比小孩子还活泼。我沉醉了，我的长年郁闷着的心胸，得到了暂时的疏解。到了午饭的时候，我还是依恋着不肯回到旅舍去。

王统照（1897—1957），字剑三，笔名息序、容庐。著名小说家、散文家和诗人，新文化运动先驱。1924年毕业于中国大学英语系。1918年创办《曙光》。1921年与郑振铎等人发起成立文学研究会，任中国大学教授兼出版部主任。1934年赴欧洲考察古代文学与艺术，回国后历任《文学》月刊主编，开明书店编辑，暨南大学、山东大学教授。著有长篇小说《山雨》《春花》《一叶》，短篇小说集《春雨之夜》《华亭鹤》等。

西湖上的沉醉

王统照

十六日在杭州时，志摩记念着他的母亲，回硖石去了，菊农又到别处去了，剩了我一个人，陪着这三位印度学者及英人恩厚之往游灵隐。由西湖饭店出来，沿着湖滨，直向西去。下午的暖气，如饮着醇醴，如披了葱绿面幕的绕湖群山，都微睇着来迎这几位远道的新客！迎面所见的挂了香箔的人力车，载着缟淡衣裙的妇女，或是在藤轿上搭着黄袱的老太太。我们坐在人力车上，彼此笑谈着，我并且指点着群峰的名字说给他们听。但是我对着青山，俯挹着如谷泛的如油泼的湖水，嗅着道旁草木幽香，心里却另有所想：记得那年来时是西湖的夏日，如今的景物，却比那年更令人感念。

及至到灵隐的寺外，只有乡村式的小店铺，茅草搭盖的小茅屋，所有的欧式的华楼别墅，全看不见了。鲍司及诺格都点头道:"我们喜欢这个地方。"他们很感兴味似的!我说这些地方可以表示出中国乡村生活的一小部分的。

我本想到了灵隐以后,去静听中冷泉的水声,再去往北高峰韬光寺顶上去俯览翠竹,哪知一入了飞来峰,这三位印度学者同恩厚之先生,如到了宝山似的,正在那里口讲指画地研究了一点多钟。飞来峰上的佛像都被他们切实地研究与考查了:那一座是与印度的模式一样,那一座是中国改雕的,他们手中所持的器具,手掌是如何的安置,都加以证明。鲍司先生当时连写了几张最好的佛像,颠顿于飞来峰下的水泥之中;又时时考问我,直至出来以后,已是四点多钟了!他们都很感无味,我呢?很自惭于佛像上少有研究,一心只记挂着灵隐后面上韬光寺斜径上两旁翠竹中的鸣禽;但是其结果我终于未得去偿我心愿。

灵隐寺内春日的道场,却分外有趣,有一家为安死人之灵的道场,在寺内东偏的小客堂内。堂内举行此典礼:呗①、铙、钹、鼓乱鸣在一起;一群穿了红色袈裟的僧众,正在分立两行,读那经咒;我们也趁便过去参观。三位印度学者还在静听,大约他们在那里去听僧众们所读的经文里的译语。及至火纸在龛内焚烧了,我们出来时,看见一位较为年老的僧人,沈先生与他谈了几句,我当着传语的;他们问他在此的情形,与印度人以前有到灵隐来过否的诸种话。那僧人看他们是印度人,也分

---

①似指诵经的声音。——编者注。

外亲近。我由此感到思想上彼此关联的重要；因为他对英美人，恐怕不是如此。

后来一个题目，令我费了半晌的事，就是沈先生忽然要找慧理禅师的坟去吊望一次。灵隐我虽到过，却没曾知道哪个地方是慧理的焚骨处；后来找到一个二十多岁僧人，他方引导着我们到飞来峰的北面，找到一个小小的石塔，我看看上面镌着理公之墓，我知道这就是了！他们又一一地将上面所刻的中国字，要我说与他们听；尤有趣味的，那少年僧人，仿佛很要同他们谈道似的！因为我告诉他说，他们都研究婆罗门教义，他便说婆罗门是小乘，佛教是大乘；我也不与分辩什么，只是微笑了！但那位好研究的沈先生非问我他说的话不可，我就一一地告诉了他，沈先生道他不懂印度的宗教史，我笑了！我想这还幸而是西湖灵隐的和尚呢！

在将近黄昏时，我们又到清涟寺去看玉泉的池鱼，拨剌的鳞影，清漪的水波，静到极处，也使我们的灵魂安闲到极处。

这一晚上我们回来之后，泰翁与几位印度学者早早地安息了。我同菊农约好，夜中同他去逛湖。天色渐渐阴沉，饭后竟然丝丝地落起雨来，他们都安歇了，饭店中的声音也静寂了好多。在楼栏上望着湖中，有时一星两星的灯火，从暗影中逗射出来，只听到雨点滴在敷沙的道上作响。我写过几封信之后，待菊农还不来，只得斜倚着临湖的楼栏沉思。

一只最小的游艇从岸边解缆下去，飞飘的雨丝中，微挟着春夜的冷意。湖水在岸边尚反映出浓绿的颜色；乃至我们的船

"放乎中流"的时候，湖水便同深墨了！这时已近中夜，雨虽落得不大，可还是点点滴滴地在船篷上作响，满湖里已没有一点灯火。我同菊农分坐在小的木桌两旁，除却舟子以外，船上只有一壶龙井茶及葡萄酒与一大盒酸制的嘉应子了！漾着的小艇，漾着的心情，漾着的我们两个浮泛的生命，在这个春雨之夜的朦胧的幕下，远了！渐渐地远了！模糊地远了！从来处的电光楼台及时有喧哗的人语，都似秋江夜泊的隔林渔火若有若无。本来不想到任何去处的，随着它浮泛去吧！只捡深暗幽秘去藏此舟。经过锁澜桥离去了白堤的暗影。桨声与船头船尾触着的水波相互作响，静极的微声，似我们的灵魂在背后小语。泛到湖心亭外，几行烟柳，都在沉睡；暗影中的亭子，也被上黑色的睡衣；只有小犬的吠声来欢迎我们这一只孤零零的游艇。这时菊农与我有意无意地谈着中国的诗歌，泰翁此来的印象，又随意地唱着不成韵的英文诗。然而大部分却被此当前的夜之魔力，将我们的心意时时锁在沉默的门里。虽是云遮月的天色，然而四围的风景，都看不分明，连那最高的宝叔塔，也同夜云合在一起，无从看得到。舟子与我们谈着距湖心亭不远的一个土墩，陈述着妖异的传说，他说："这个墩子，向来有奇迹的！所以没人敢来此建筑房子——若是也同其他地方的时候，早也成了繁华地了；如今只有些垂柳野蔓，住在上面呢！"我想可惜西湖的奇迹太少了！只索将天然的美人，加上桎梏，刻划，不能保存她那香谷佳人的特色，任凭人类的欺侮。菊农忽然说这墩上的蛇一定很多；但我用手杖从船上去拨乱了许多草石，却没有可爱的蛇露出头来。

沉沉地想了,淡淡地忘了,泛泛地遇合了,匆匆地离去了。我自己也不能分析在此时、此地,什么是情感之瞬间的要素,只是向无尽的、神异的太空中望着。雨点被风吹斜,掠过面部,流到湖水中,似乎有点东西赠予我这片空空洞洞的心。实则心中何尝是空空洞洞?已经饱吸过了,容纳不了,而泛溢出了些东西,看不见的,说不出的。轻微一点说,就是如同从太空中斜掠下的雨点的轻清而润湿,如远远的空山里的绝钟清响,从林木中湖波上连续着震颤着传来。

"算天长地久有时尽,奈何绵绵……"这几句旧词正是我在这时感到而说不出所以然的意味。可怜!我们胸中的宇宙太小隘了,太局促了,不能够"洗尘襟,著得乾坤大",不能够"霁月光风"随在见出"天君泰然"的态度,又不能有"聊一笑吊千古"的豪爽;只觉得在静夜的雨声凄凄的游艇上满载着这样绵绵的、重重的幽感沉到中心的深处。只觉得从夜色朦胧中迷了归路,垂柳中如织成的轻烟,柔嫩的湖波上吞吐着的雨泪,四围的景色,都似低头无语。而我也觉得沉醉了!纵然有夜犬的吠声,静中的钟韵,也似分外增加我岑寂的游情,不曾有何等清醒的激动。

到底这夜中梦境如何?也是迷离的雨夜中的湖色一样,看不清了!说不出了!

饶孟侃（1902—1967），别名饶子离。诗人、外国文学研究家。1916年至1924年先后在北京清华学堂和清华大学读书，和朱湘、杨世恩、孙大雨并称"清华四子"。1924年赴美国芝加哥大学留学。1927年在上海和闻一多、胡适、潘光旦等共同筹办新月书店。离开上海后，先后到安徽大学、浙江大学、河南大学、西北联合大学任教。1939年应邀赴成都，在国立四川大学任教多年。其作品主要有诗集《泥人集》，小说集《梧桐雨》《兰姑娘的悲剧》，译著《巴黎的回音》等。

西湖小品
——满觉街访桂[*]

饶孟侃

在木樨将要飘香的时节，我才决定把这一只漂流不定的孤舟暂时系在西湖里。西湖还是我十年前匆匆地来访问过。这十年内经过许多应该有的变易，像雷峰塔的倾圮，和欧化的建筑染遍沿湖的胜地，都只是从耳食的传闻里得到的断片的消息。这回拭着倦眼重来——第一天向烟雨迷蒙的湖心望去，就发现许多和记忆冲突的色调。但是看房子、买家具和上课堂就已经够一个倦游重来的我头脑发昏，哪里还有什么兴致再去游览，所以这重温旧梦的计算也只好暂时搁在一边。

记得是来这里的第一个星期天早上，不知是从梦中还是真

---

[*] "满觉街"即今"满觉陇"。——编者注

正开闻了桂花香味,我很快地就从枕上醒了过来;那时朝阳还没有升起,只听得小鸟在树上吱吱地叫。这一缕香味使我马上联想到的还是我故乡庭前有一株齐檐的桂树,我记得从小就睁着好奇的眼守望过它一年必来两度的花信,并且还有许多说不出的幻想。等念头转移到本地的风光,我才记起这一晌正是满觉陇访桂的时节。心头盘算着饭后游览的程序,一高兴不知不觉地就度过了一个闲散的清朝;可以说"闲散"是因为我往常每天早上都有功课,午前的生涯不是在教室里就是在黄包车上度过。

　　刚刚吃过中饭,正想邀几个熟人同去领略湖山,忽然一位从远道来杭州参加经济学会年会的朋友同着几个浙大的同事走进了我的新居。在喝过一盏清茶和寒暄之后,我们就决定立刻向满觉陇出发;当然这个遣兴的计划便是我的提议。

　　这一天虽说已经入了深秋,然而阳光还带着初夏的威炎。一只满载的小艇从涌金桥畔缓缓荡出湖心,在我个人看来,真是别有一种说不出的风味。这种亲切的感觉也许在久住杭垣的人领略不到,同时在一个初来此地的人也感不到这般亲切。这只是"自然"赋予一切久别重逢的人的一种特殊恩物,假使一领会,让你去细细地咀嚼和品味。我就是这样慒慒地坐在小艇中间让眼前一幕幕的画图和自己的冥想织着绮霞:一忽儿从柳浪闻莺滑到雷峰的遗址,一忽儿又从三潭印月射到南高峰的远影。在这一个刹那里我真正步入了"忘我"的境界,一切人事的愁烦都暂时交给了千顷的波涛;那时我真的忘了身旁还有许多人在高谈阔论，他们在说什么我一句都没有听到。当我正在欣赏水里面木桨翻着"香灰泥"幻出的姿势，那种像乌云出岫和山雨欲来的姿势，忽然被大众的笑声恢复了我常态的感觉。原来他们正在谈论一件什么值得发笑的趣事，等我定神一听，却已经首尾俱备，告了段落。但是这时我也不便再问，因为一问便有向我追究那时究竟怀着什么念头和产生以我为趣谈中心的可能。不久小艇就到了赤山埠，因为到了舟行的尽头，我们都顺着序次跳下船来。

从赤山埠到满觉陇，根据杭州市为旅客树立的标识，还有三里路的长途。因为知道中间还夹着一段上山和下坡的艰程，我们都不期而然地替一位穿高跟皮鞋的女伴表示惋惜。可是她仍旧鼓着勇气，毫不显出怯弱。不过等顺着山坡一直走上半山那座关帝庙的时候，她却气喘得连话都说不出来，终于替我们制造了笑谈的资料。

一路上疏密相间的栗树和桂树是这时人人心目中唯一的目标。我们缓缓地向前走着，时刻都有一阵阵的清香扑鼻而来。假使是在月夜，也许我们还会疑心到步入了广寒宫阙。满觉陇是从前并不曾来过，等走到那里，除了看见一个满是游客的茶座和几株大一点的金桂银桂外，什么别的奇观都找不到。反不如在还没有走到的时候，心里预期着一种更大的愿望，比较有趣。我们——至少是我个人在桂树下很失望地徘徊了一阵，就马上向归途走去。幸亏这里有一种特产叫桂花栗子还可以饱我们的口福，勉强掩饰了方才视觉所备受的缺憾，要不然真可以说是十二分的扫兴。我们那一天就是这样满载着桂花栗子在苍茫的暮色中棹着归舟；等到了家里，已经是万家灯火的时候。

赵景深（1902—1985），现代作家、文学史家、文学翻译家。生于浙江丽水，少年时在安徽芜湖读书，酷爱文学。1922年从天津棉业专门学校毕业后，任天津《新民意报》文学副刊编辑，并任文学团体绿波社社长。1925年任上海大学教授。1927年任开明书局编辑。1930年起任复旦大学中文系教授，同时兼任北新书局总编辑。其著作和译作数量多、范围广，在学术界和教育界颇有影响。

西　溪

赵景深

　　这是一个难忘的会聚——1931年秋日杭州的西溪之游；西溪之游不难得，所难得的是几个朋友会聚在一起去游西溪，尤其难得的是我们这几个忙于笔耕的人竟有这样的工夫会聚在一起去游西溪。

　　从松木场雇船前进，桨声一动，我们的心也愉快得欲飞了。船里一共八个人：戴望舒与杜衡夫妇，钱君匋和他的小弟弟，娄子匡，我的妻和我。钟敬文因事未到。戴、杜两兄是抛下他们一大堆为辑录小说、戏剧掌故用的线装书来玩的，钱氏兄弟则是从上海赶来的，娄子匡又是搁下《民间月刊》的编纂工作来应约的，我的妻和我也是一样的忙里偷闲：我们又怎能说这个会聚不是难得的了？不忙，又怎能知道忙里偷闲的愉快呢？

　　船向前移动，山回路转，野柳在船篷上披拂，乌桕也在岸上伸出头来窥伺。忽然荇藻攀住了船底,发出嗤嗤的声音。望舒坐在船头,顺手将手杖放在河里把一根野草连根挑起;说时迟,那时快,一搭过来,连泥带浆的快要搭在杜衡的头上,杜衡忙把头一闪,野草仍划滑到水里去了。全船的人都清脆地哈哈大笑,笑开了船旁的水波。

起初还只是稀疏的芦苇,慢慢地船行到蒹葭深处,恨不身化为水鸟,出没其间也。

我倚着船舷,生了遐想:一会儿玄妙地想到《水浒传》上的蓼儿洼,一会儿低吟着白居易的《琵琶行》:"枫叶芦花秋瑟瑟!"

船停在交芦庵,大家都走了进去。和尚献上茶果,又拿出画幅来看。其中有一个画卷,很长,画的就是西溪的芦花,一面展开,一面就仿佛肉身跳入其中,与之俱逝;如果说许多立轴横条中有什么值得追忆的,我想就是这一幅了。我糊涂得连作者的姓名都已不能省记,但又何必省记呢,痛饮芳醪的人沉醉之不暇,更哪来工夫引经据典!

经过回廊,望舒眼快,瞥见一个小沙弥正在一个小僧舍里卷起一轴我们所不曾见过的画,他快步地进了去,大声地说:"怎么?有好画不拿给我们看?"我们都随着拥了进去。起初小沙弥不肯,后来还是强不过我们人多,只好拿给我们欣赏。我们看看也不过如此,很快地就放了手;看画的时间远不及索画的时间;其实,看画的兴趣也远不及索画的兴趣。

大家又回到船上,穿过芦花的水巷,转一个弯,一眨眼又到了秋雪庵。我们折向左,看见厉鹗所书的对联"穿花蛱蝶深深见,点水蜻蜓款款飞"。我们折向右,看见浙中词人的许多木主,大约总有百余位词人吧?其中的一位南名儒王十朋引起了我们的兴趣,因为我们大都看过宁献王朱权《荆钗记》的搬演,王十朋正是此剧的主角;想不到他自己也是一个词人!

我们登了弹指楼,自然而然地使我们忆起了顾贞观的弹指词。好事的我翻阅一本竹纸的题名簿,忽然发现这样两行字:

秋子姑娘同静闻居士过此
一九·一〇·廿六

所谓静闻居士者,钟敬文也;秋子姑娘者,其爱人也。我就老实不客气地撕了下来,以做纪念。自己也题了一行不知什么在簿子上,大有"齐天大圣到此一游"的神气。

坐在栏前,品着香茗,赏着一望无际的芦花,有如白雪,另是一番银世界。

忽然望舒不见了。我们都问杜衡,杜衡手抚着桌子,沉默的脸微微地一笑,慢慢地说:"他'不雅'去了。"

君匋是懂得这典故的,接着问:"'大不雅'呢?还是'小不雅'呢?"

望舒"不雅"而归,杜衡夫人又飘然而去。

杜衡夫人回来时,带来许多枝芦花,每人分得一枝。她抚着心口说:"好险呀!我去攀芦花,差一点被芦花攀了我去!"

在东岳行宫旁登岸。在等待公共汽车的时候,子匡取出刀来为我削梨,伤了手指,出血,这事是使我至今犹为抱歉的。

这样平淡的会聚,一般地说,实在不足一记;而我的文笔拙劣,记了出来,尤觉淡而无味。但是,这在我们自己,寒伧地说,实在要算是难得的会聚了!西溪之游不可贵,可贵的是一般样趋向艺术之心;几个皈依艺术的信徒聚会在一起,孩子气地胡闹,这趣味实在看芦花以上。那么,倘若你说我写芦花不出力,太枯窘,那我就可以振振有辞地回答你了:我本来不是写的西溪的芦花,我写的是芦花一样坦白的友情,我写的是芦花一样密接的会聚!

1934 年 3 月 21 日追记

钟敬文（1903—2002），原名钟谭宗。享有"中国民俗学之父"之誉的民俗学家。1927年任中山大学中文系助教，与顾颉刚等人组织民俗学会。1928年到杭州任教。1934年在日本早稻田大学文科研究院学习。1936年归国后，任浙江民众教育实验学校专职讲师，兼任杭州艺术专科学校文艺导师。1941年重返中山大学，先后任副教授、教授、文科研究所指导教授等职。1949年任北京师范大学中文系教授。其作品主要有《荔枝小品》《民俗学概论》等。

太湖游记

钟敬文

在苏州盘桓两天，踏遍了虎丘贞娘墓上的芳草，天平山下蓝碧如鲨液的吴中第一泉，也是欣然尝到了。

于是，我和同行的李君奋着余勇，转赴无锡观赏汪洋万顷的太湖去。——这原是预定了的游程，并非偶起的意念，或游兴的残余。

我们是乘着沪宁路的夜车到无锡的。抵目的地时，已九点钟了。那刚到时的印象，我永远不能忘记，是森黑的夜晚，群灯灿烂着，我们冒着霏微的春雨，迷然投没在她的怀中。

虽然是在不安定的旅途中，但是因为身体过于疲累，而且客舍中睡具的陈设并不十分恶劣之故，我终于舒适地酣眠了一个春宵。

醒来时，已是七点余钟的早晨了。天虽然是阴阴的，可是牛毛雨却没有了，我们私心不禁欣慰呢。

各带着一本从旅馆账房处揩油来的《无锡游览大全》，坐上黄包车，我们是向着往太湖的路上进发了。

这是一般游客所要同样经验到的吧，当你坐着车子或轿子，将往名胜境地游玩的时候（自然说你是个生客），你总免不了要高兴地唠絮着向车夫或轿夫打探那些，打探这些。或者他不待你的询问，自己尽先把他胸里所晓得的，详尽地向你缕述。（他自然有他的目的，并非无私地想尽些义务教师之责。）我们这时，便轮到这样的情形了。尽着唯恐遗漏地发问的，是同行的李君，我呢，除了一二重要非问不可的以外，是不愿过于烦屑的。在他们不绝地问答着时，我只默默地翻阅着我手上的《游览大全》。那些记载是充满着宣传性质的，看了自然要叫人多少有些神往；尤其是附录的那些名人的诗，在素有韵文癖的我，讽诵着，却不免暂时陷于一种"没入"的状态中了。

我们终于到了"湖山第一"的惠山了。刚进山门，两旁有许多食物店和玩具店，我们见了它，好像得到了一个这山是怎样"不断人迹"的报告。车夫导我们进惠山寺，在那里买了十来张风景片，登起云楼，楼虽不很高，但上下布置颇佳，不但可以纵目远眺，小坐其中，左右顾盼，也很使人感到幽逸的情致呢。昔人题此楼诗，有"秋老空山悲客心，山楼静坐散幽襟。一川红树迎霜老，数曲清磬远寺深"之句。现在正是"四照花开"的春（楼上楹联落句云"据一山之胜，四照花开"，真是佳句！），而非"红树迎霜"的秋暮。所以这山楼尽容我"静坐散幽襟"，而无须做"空山悲客心"之叹息了。

天下第二泉，这是一个多么会耸动人听闻的名词！

我们现在虽没有"独携天上小圆月"，也总算"来试人间第二泉"了！泉旁环以石，上有覆亭。近亭壁上有"天下第二泉"署额。另外有乾隆御制诗碑一方，矗立泉边，我不禁想起这位好武而且能文的满洲皇帝①，他巡游江南，到处题诗制额，平添了许多古迹名胜，给予后代好事的游客以赏玩凭吊之资，也是怪有趣味的事情呢！我又想到皮日休②"时借僧庐拾寒叶，自来松下煮潺湲"的诗句，觉得那种时代是离去我们太遥远了，不免自然地又激扬起一些凄伤之感于心底。

因为时间太匆促了，不但对于惠山有和文徵明③"空瞻紫翠负跻攀"一例的抱恨，便是环山的许多园台祠院，都未能略涉其藩篱呢。最使我欷然的，是没有踏过五里街！朋友，你试听：

惠山街，五里长。
踏花归，蹂底香。

你再听：

一枝杨柳隔枝桃，
红绿相映五里遥。

---

①这里指乾隆皇帝。——编者注。
②皮日休（约834—883），唐代文学家。——编者注。
③文徵明（1470—1559），明代书画家。——编者注。

在这些民众的诗作里，把那五里街是说得多么有吸引人的魅力啊！正是柳丝初碧、夭桃吐花的艳阳天，而我却居然"失之交臂"，人间事的使人拂意的，即此亦足见其一端了！——我也知道真的"踏花归"时，未必不使我失望，或趣味淡然。但这聊以自慰的理由，就足以熨平我缺然不满足之感了吗？那未免太把感情凡物化了。

　　为了路径的顺便，我们又逛了一下锡山。山顶有龙光寺，寺后有塔，但我们因怕赶不及时刻回苏州，却没有走到山的顶点便折回了。这样的匆匆，不知山灵笑我们否？辩解虽用不着，或者竟不可能，但它也许能原谅我们这无可奈何的过客之心呢。

　　梅园，是无锡一个有力的名胜，这是我们从朋友的谈述和《游览大全》的记载可以觉得的。当我们刚到园门时，我们的心是不期然地充满着希望与喜悦了。循名责实，我们可以晓得这个园里应该有着大规模的梅树的吧。可惜来得太迟了，"万八千株芳不孤"的繁华，已变成了"绿叶成荫子满枝"！然而又何须斤斤然徒兴动其失时之感叹呢？园里的桃梨及其他未识名的花卉，正纷繁地开展着红、白、蓝、紫诸色的花朵，在继续着梅花装点春光的工作啊。我们走上招鹤亭，脑里即刻联想到孤山的放鹤亭。李君说，在西湖放了鹤，到这里招了回来。我立时感到"幽默"的一笑。在亭上凭栏眺望，可以见到明波晃样的太湖，和左右兀立的山岭。我至此，紧张烦扰的心，益发豁然开朗了。口里非意识地念着昔年读过的"放鹤亭中一杯酒，楚山魇魇水粼粼"的诗句，与其说是清醒了悟，还不如说是沉醉忘形更来得恰当些吧。

出了梅园，又逛了一个群花如火的桃园，更经历了两三里碧草幽林的田野及山径，管社山南麓的万顷堂是暂时绊住我们的足步了。堂在湖滨，凭栏南望，湖波渺茫，诸山突立，水上明舫片片，往来出没其间，是临湖很好的眺望地。堂旁有项王庙，这位夭亡的英雄，大概是给司马迁美妙的笔尖醇化了的缘故吧，我自幼就是那样地喜爱他，同情他，为他写过了翻案的文章，又为他写过了颂扬的诗歌。文章虽然是一语都记不起来了，诗歌却还存在旧稿本里。年来虽然再不抱着那样好奇喜偏的童稚心情了，可是对他的观念，至少却不见比对于他的敌人（那位幸运的亭长）来得坏。我的走进了他那简陋的庙宇，在心理上的根据并不全是漠然的，在我的脑里，以为他的神像，至少是应该和平常所见的古武士的造像一样，是神勇赫然，有动人心魄的大力的。哪知事实上所见的，竟是"白面，黑须，衮冕，有儒者气象"，不似拔山盖世之壮士呢！我想三吴的人民，是太把英雄的气态剥去，而予以不必要的腐儒化了。

不久，我们离去管社山麓，乘着小汽船渡登鼋头渚了。渚在充山麓，以地形像鼋头得名的。上面除建筑庄严的花神庙外，尚有楼亭数座。这时，桃花方盛开，远近数百步，红丽如铺霞缀锦，春意中人欲醉。庙边松林甚盛，葱绿若碧海，风过时，树声汹涌如怒涛澎湃。渚上多奇石，突兀俯偃，形态千般。我们在那里徘徊顾望，四面湖波，远与天邻，太阳注射水面，银光朗映，如万顷玻璃，又如一郊晴雪。湖中有香客大船数只，风帆饱力，疾驰如飞。有山峰几点，若浊世独立不屈的奇士，湖上得此，益以显出它的深宏壮观了。

我默然深思，忆起故乡中汕埠一带海岸，正与此相似。昔年在彼间教书，每当风的清朝，月的良夜，往往个人徒步海涯，听着脚下波浪的呼啸，凝神遥睇，意兴茫然，又复肃然！直等到远峰云涛几变，或月影已渐渐倾斜，才离别了那儿，回到人声扰攘的校舍去。

事情是几年前的了，但印象却还是这样强烈地保留着。如果把生活去喻作图画的话，那么，这总不能不算是很有意味的几幅呢。

听朋友们说，在太湖上，最好的景致是看落日。是的，在这样万顷柔波之上，远见血红的太阳，徐徐从天际落下，那雄奇诡丽的光彩是值得赞美的。惜我是迫不及待了！

我想湖上，不但日落时姿态迷人，月景更当可爱。记得舒立人①《月夜出西太湖》诗云："瑶娥明镜澹磨空，龙女烟绡熨贴工。倒卷银潢东注海，广寒宫对水晶宫。"这样透澈玲珑的世界，怪不得他要做"如此烟波如此夜，居然著我一扁舟"的感叹，及"不知偷载西施去，可有今宵月子无"的疑问了。

接着，在庙里品了一会清茗，兴致虽仍然缠绵着，但时间却不容假借了。当我们从管社山麓坐上车子，将与湖光作别的时候，我的离怀是怎样比湖上的波澜还要泛滥啊。

---

①舒立人，清代诗人。——编者注。

李金发（1900—1976），中国第一个象征主义诗人，中国雕塑的拓荒者。1919年赴法勤工俭学，后就读于第戎美术专门学校和巴黎帝国美术学校。在法国象征派诗歌特别是波特莱尔《恶之花》的影响下，开始创作格调怪异的诗歌，被称为"诗怪"。1925年回国，先后在上海美专、国立杭州艺术专科学校执教。1936年任广州市立美术学校校长。著有《微雨》《为幸福而歌》《意大利及其艺术概要》《异国情调》《飘零阔笔》等。

在玄武湖畔

李金发

这个不可多得的，打破六十余年纪录的，温度达一百○四度四①的1934年，我恰从温和适意的南国的罗浮山跑到石头城来，我是自叹倒霉，预备去受酷暑的磨难的。不料不幸中之幸，终于躲在玄武湖养园两个月，和太阳神抵抗，终得平安过去。现在秋意渐渐浓厚，我继续在居住，看着大自然逐步失去活泼之态，一面严冬又在准备它的大业。

七月初旬，知道家人要北来，我就在南京物色西式的住宅，从五台山走到阴阳营、马家街等地都空费流汗。凑巧得很，友人汪君来访，他知道我在找房子，他提议分租他住的养园一部分给我，真是再好没有，人们求之不得的，我于是遂从不脱南

---

①此处为华氏温度。——编者注。

京旧日本色的金沙井逃出来,好像舒了一口喘息似的。

到上海去接家人回来,就在那里过昼伏夜出的生活。

这个中国式的西洋别墅,不要小看它,是当年住过许多党国要人的,因为以前做过荷院俱乐部。值得提起的,是它有一大客厅,可容六七十人跳舞,当年曾做过首都社交中心的工具的。其余的建筑则一无是处。然细察一会,则可看出屋主人是休养林泉的能手,房子全部的窗和门,都是铁纱窗,没有苍蝇蚊子踪影,四周栽满花草,高纵的树木包围着,在窗外还有芭蕉的绿叶,代替了窗帘。葡萄藤满生白色的果实,在预备采食之前一日,为不知什么鼠食得干净。西偏有成亩的小竹成林,因为久旱的缘故,笋子老埋在土下,一遇下过了雨,翌晨无数的幼芽从土中如笔般长出。老园丁说,此种笋不会长成,便将它挖出来做菜;起初觉得非常可惜,煞风景,但后来看惯了,自己也每遇雨后抢着去挖,把它鲜炒或晒成笋干。杨柳在窗外摇曳,有时垂在地下,阻住人来往的路,但从不会把它砍短;有时柳枝驻下一二个富于气力的蝉儿,引颈高歌,与远处高处的和成一个合奏曲,真是热闹,有时扰人午睡又觉罪不容诛。听茵子说,秋天无力的蝉,叫声是"也余也余"地叫,与盛夏的"余余余"不变音的叫法是不同的。后来入了秋听之,果然不错。亏得我在乡间住了十几年,还不曾听过这常识。至今思之,不快的,是有一天——气压非常高的一天,我出去公园管理处打电话,看到一个穿草鞋的苦力人,手持一竹竿,腰间挂着一竹篓,正在将一种胶质糊在竿尾,然后仰首去寻蝉声所自出，将这有胶的竿轻轻地靠在鸣着的蝉之背部，则两翼已在无用地挣扎，他徐徐将竿退下，将蝉翼上有胶的部分揭去（美丽的翼就此残缺了），放进篓中它无数同命运者中去。犹闻闹成一张如人类狱中的罪人之骚动①，我好奇地，借他的竿也捉下一个，也给他放进去了。这是我牺牲一小生命的罪过！闻此种蝉将卖给小孩子玩——磨难小动物，是中国儿童的特色，也是无知的父母所允诺的——或卖给人做药材，这就是与人无所忤的自然吟咏者之命运。

不知怎的，我近十年来很觉得心肠仁慈多了，一个小小的蚱蜢及蟋蟀，甚至蚂蚁，我都不愿及不许小孩们弄死或磨难它们，对于它们的生活，我也很趣味，充其量我可以做一个昆虫学家Fabier②也说不定。他们粗人俗人，常常笑我尚有孩子气，我承认我尚有赤子之心，个中诗意及哲理是他们不能领略的。有一次，我无意中在树根下发现两种蚂蚁在斗争。纠纷的起因为何，我可惜没有看到，迨我看见时，已有十来个大蚁（有半英寸长）为无数小蚁擒食，大蚁则派几个勇士，守在土穴之口，张开铁一般黑钳，环绕着的小蚁群，偶有一个过于勇敢不小心的小蚁，便会把它衔进去受极刑。有时大蚁稍不小心，走得过远，便为小蚁包围，你吃一脚，它吃一臀，就走不动了，这样就断送了它的性命。这不是人类的缩影吗？我蹲在那里，足足

---

①原文如此。此句费解。——编者注。
②疑应为Fabre，即法国昆虫学家法布尔。——编者注。

看了一点钟,心头非常难过,但没有法子可以排解它们。后来我回去吸一支香烟和写了一点译稿,再来看时,小蚁们已退至东偏,大蚁出来,到已退出的阵地,张皇地在寻觅。怎样的经过呢?小蚁自动地总退却呢,还是为大蚁吞食到如此田地呢?大蚁又何不追击呢?我想彼此牺牲必不少,这些都使我沉思了终日。这样的蚁斗,也不多见了。

此地的蟾蜍,是孩子们的朋友,他们叫它为"呷呷仔",每遇下雨,它们就东一个西一个,笨拙地爬出来觅食(实在下了雨,什么蚁虫也走光了,它的本能失了效用),尤以竹林下为多。小孩子若以竹子打打它的背部,它撑起四脚,鼓胀着气来抵抗,这真是拉芳登寓言中所说的一样。

夕阳西下,人们鱼贯地来园中散步的时候,便见数百只的麻雀群,在梧桐树枝上觅栖宿的地方,至少噪杂在半个钟头以上,才跟着夜色四合,寂然无声,大概是位置的分配吧!每当夜间雷电交作,或狂风怒吼的时候,它们在不安定的枝头受苦,我常常在深夜想起,很可怜这小动物。

每个大树下都有石桌石凳,可以在月亮挂在枝间或在紫金山之巅时,一壶清茶,几个知心朋友,纵谈天下事,几不知人世间还有烦恼事。

房屋的四周,许多花枝不断地开着,远望去总是红的白的掩映在眼帘,是何等赏心悦目呀!有时,折下一些来,自私地插在大大小小的瓶里,轻淡的微黄的玫瑰花之香,与美人蕉的艳红,真使客厅生色,恨不得多几个人来赏玩。篱近有许多牵牛花我最爱，总共有七八种颜色，清晨起来散步的时候最鲜艳，可惜不到晚间已萎谢了。这样短促的光荣，使人多么惋惜。这边的一草一木，都是园丁老沙手栽的，我们对着他的晚景，应该感谢他而凄怆。他现年五十八岁了，面色为日光晒成深赤色，鼻子扁平的——星相家一定说是他倒霉的原因——说的满口徐州话，人还是很康健。他在此足足十年了，当主人做总办的时候，这个房子还没有造，他就来此，忠实服务到现在。不知怎的他老是想回老家去。他说他有储蓄一百元，回去卖烧饼油条亦可过日子，吃完了则讨饭。他没有妻子亲属，使人对他的余年发生无限怜悯。我曾叫汪君挽留这忠仆，以后不知怎样安排。

每当热度到百零几度的时候，即闭着窗户午睡，亦挥汗如露珠，有时为蝉声或斑鸠声吵醒，还睡眼惺忪的，看着修路的工人，在猛射的太阳下推着咿呀的车子，心头真是难过，但世间不平的原因多哩。

现在新秋已徐步到人间，紫金山边白茫茫的细雨继续地洒向枯槁的园林，怪令人喜爱的，习习轻风，吹向两腋，精神为之一振。可是没有涟漪的水，生起如织的波纹，只剩得湖边的杨柳，满带愁思地摇曳。

广漠的曾飘出芳香的荷田，现在也不见淡红的花朵，向人微笑、点首，隐约呈现衰老的黄叶，大概不久也会为人刈割净尽了。昔日无数画艇荡漾地载着鹣鲽漫游之湖心，现在全为高与人齐的野草占据着，出人不意地从草根下飞起一群水鸟或白鹭，朝向浅渚去窥伺天真的小鱼。

放眼望去，没有一点水的模样，唯前次在飞机上下望，则尚有几处较深的地方，还有相当的水，为无数鱼鳖逃命之所，不禁令人有沧海桑田之感。

薄薄的银灰色的秋云，好像善意来保护我们似的，把太阳遮得没有热力了。黄昏的时候，夕阳在云端舞着最后的步伐，放出鲜艳的橙色，送着绯红的日球徐徐下坠，像忍心一日的暂别。此时绿荫之下，不缺乏比肩倩影，喁喁絮着誓语，几阵不知趣的归巢小鸟，从他们头上飞过装出怪声，没有不仰首察看一次的。湖山为他们而存在呢，还是他们为湖山之陪衬品？

一到晚饭后，寻乐的伴侣成群地从桥的那端姗姗而来，沉静的灯光，照着行人得意之色；蓝黛的长天疏星点缀着，如眉的新月，映出林木的轮廓，顿增加黑夜的神秘性。夏蝉已成为哑巴，只寻死地扑向灯光而来；土地下的雌雄蟋蟀，在得意地歌唱，也似不了解未来的命运。远处的火车汽笛声如魔鬼尖锐之音，投进满怀秋思失恋者之心曲，比塞北胡笳更凄清。城之南的天空，映出淡淡的桃红色，不消说那边是车水马龙的繁荣世界，许多公子哥儿正在酒绿灯红中谈着情话，不曾有半点水旱天灾的痕迹在他们的梨涡里；大人先生也正在兴高采烈的，在觥筹交错，说着虚伪的官话，或在作揖啊。

到了九点钟时分，游人兴尽走光，提篮的卖葡萄人也已收盘，湖畔顿成一片静寂，一点足音也听不到，只有枝头的斑鸠扑翼的声音，或蚯蚓威威的长鸣。那时月儿已复隐到地平线下去，园中黑漆一团像有阴森的景象，使人心头有些惧怯，只好借口疲倦，自己欺骗自己逃到睡乡去。

（1934年）9月6日灯下

胡　适（1891—1962），原名嗣穈，学名洪骍，字希疆；后改名胡适，字适之，笔名天风、藏晖等。安徽绩溪人。因提倡文学革命而成为新文化运动的领袖之一。历任北京大学教授、北京大学文学院院长、中华民国驻美利坚合众国特命全权大使、北京大学校长等职。胡适兴趣广泛，著述丰富，在文学、哲学、史学、考据学、教育学、伦理学、红学等诸多领域都有深入的研究，被誉为现代思想文化界最稳健、最优秀、最高瞻远瞩的哲人智者。

庐山游记

胡　适

四月三日的早晨，我走过沈昆三先生的门口，他见了我，便说，"适之，昨晚上我同梦旦想来看你，我们想邀你逛庐山去"。我问何时去，昆三说，"明晚就行，船票都定好了，你去不去？"我问还有谁去。他说，"高梦旦、蒋竹庄、你和我"。

我想，要我自动地去逛庐山，那是不容易做到的事。我在北京九年，没有游过长城，我常常笑我自己。任叔永常说，"当趁我们脚力尚健时，多游几处山水"。我想起了叔永的话，便联想到前十天我因脚上有一块红肿，竟有六天不能下楼。这双脚从来没有享过这样清福，现在该让他们松动松动了。

所以我便问昆三道，"我可以带我的儿子去吗？"他说，"带他到船上再补票。明天晚上，太古码头，吴淞船上再见"。

一

十七，四，七

船到九江，已一点一刻。

先到商务印书馆，经理王少峰先生替我们招呼，雇人力车到汽车公司。九江表面情形同我两年前所见没有什么不同；除了几处青天白日旗之外，看不出什么革命影响。路上见两个剪了发的女子，这是两年前没有的。

汽车到莲花洞，即由汽车公司中人替我们雇藤轿上山，经过斗笠树、踏水河、月弓堑、小天池等处，到牯岭。踏水河以上，山路很陡峻，很不易行。小天池为新辟地，几年前志摩、歆海都说此地很好，将来可以发展。我们今天不曾去看此地，但望见其一角而已。

到牯岭住的是胡金芳旅馆。主人胡君给我们计划三天的游玩路程如下：

八日（上午）御碑亭、仙人洞、大天池。（下午）五老峰、三叠泉、海会寺。

九日由海会寺到白鹿洞、万杉寺、秀峰寺、青玉峡、归宗寺、温泉。

十日由归宗寺到观音桥、金井、玉渊、栖贤寺、含鄱口、黄龙寺。

二

梦旦带有吴炜的《庐山志》①,共十五卷,我借来翻看。这也是临时抱佛脚的工作。此书篇幅太多,编辑又没有条理——二百多年前的路径是不能用作今日的游览程序的——故匆匆翻读,很难得益处。

三

十七,四,八

七点起程。因《山志》②太繁,又借得陈云章、陈夏常合编的《庐山指南》(商务出版,十四年增订四版)作帮助。

将起程时,见轿夫玩江西纸牌,引起我的注意,故买了一副来查考,果有历史价值。此牌与福建牌、徽州牌,同出于马吊,源流分明。一万至九万皆有《水浒》人物画像。一吊至九吊,一文至九文,则都没有画像了。此二十七种各有四张,共百零八张。另有千万四张,枝花③四张,"全无"④四张,此则今之中发白三种之祖。空文即"零",故今为"白版"。以上共百二十张。另有福、禄、寿、喜、财五种,各一张,则"花"也。共一百二十五张。

---

①淮南李滢,歙州闵麟嗣大概是实际编辑人,书成于康熙七年。——原注。
②应为《庐山志》。——编者注。
③一枝花、蔡庆。——原注。
④轿夫说,湖北人叫作"空文",则与马吊更合。——原注。

四

徽州牌有"枝花"五张,"喜"五张,"千万"五张,"王英"(矮脚虎)五张。

到御碑亭。亭在白鹿升仙台上①。地势高耸,可望见天池及西北诸山。亭内有碑,刻明太祖的《周颠仙人传》全文。此文见《庐山志》二,页三十六～四十一,叙周颠事最详,说他在元末天下未乱时,到处说"告太平",后来"深入匡庐,无知所之"。末又记赤脚僧代周颠及天眼尊者送药治太祖的病事。此传真是那位"流氓皇帝"欺骗世人的最下流的大文章。王世贞《游东林天池记》(《庐山志》二,页二十八)论此碑云:

> 颠圣凡不足论,天意似欲为明主一表征应,以服众志耳。

这句话说尽明太祖的欺人心事。自明以来,上流社会则受朱熹的理学的支配,中下社会则受朱元璋的"真命天子"的妖言的支配,二朱狼狈为奸,遂造成一个最不近人情的专制社会。

济颠和尚的传说似与周颠的神话有关。将来当考之②。

----

①此据《旧志》。今则另有一"白鹿升仙台",其实是捏造古迹也。——原注。
②小说《英烈传》说周颠故事甚详。——原注。

御碑亭下为佛手崖,更下为仙人洞,有道士住在此,奉的是吕祖,神龛俗气可厌。

由此往西,到天池寺。天池本在天池山顶,朱熹《山北纪行》所谓"天池寺在小峰绝顶,乃有小池,泉水不竭"(《志》二,页七)是也。今之天池寺似非旧址。寺中亦有池水,寺极简陋,宋、明诸人所游览咏叹的天池寺,今已不存片瓦。寺西有庐山老母亭,有乡间小土地庙那么大,时见乡下人来跪拜。遥望山岗上有新起塔基,人说是旧日的天池塔,《旧志》说是韩侂胄建的,毁于洪杨之乱,仅存五级;去年唐生智最得意时,毁去旧塔,出资重建新塔,仅成塔基,而唐已下野了。朱和尚假借周颠的鬼话,装点天池,遂使这一带成为鬼话中心。唐和尚①也想装点天池,不幸鬼话未成立,而造塔的人已逃到海外。朱和尚有知,不知做何感想。

天池寺在明朝最受帝室礼敬,太祖在此建聚仙亭,祀周颠等,赐铜鼓象鼓;宣德时,恩礼犹未衰。王守仁于正德己卯擒宸濠,明年游天池,有诗三首,最有名。其中一首云:

  天池之水近无主,木魅山妖竞偷取,公然又盗岩头云,却向人间作风雨。

又《文殊台夜观佛灯》一首云:

---

①唐生智信佛教,在他势力所及的几省大倡佛教。——原注。

老夫高卧文殊台，拄杖夜撞青天开，撒落星辰满平野，山僧尽道佛灯来。

此老此时颇有骄气，然他的气象颇可喜。今则天池已不成个东西，仅有赤脚乡下人来此跪拜庐山老母而已！

我们回到旅馆吃午饭，饭后起程往游山南。经过女儿城、大月山、恩德岭等处，山路极崎岖，山上新经野烧，无一草一木，使人厌倦。大月山以后，可望见五老峰之背，诸峰打成一片，形如大灵芝，又如大掌扇，耸向鄱阳湖的方面，远望去使人生一种被压迫而向前倾倒的感觉。平常图中所见五老峰皆其正面，气象较平易，远不如背景的雄浑逼人。

鄱阳湖也在望中，大孤山不很清楚，而鞋山一岛很分明，望远镜中可见岛上塔庙。湖水正浅，多淤地，气象殊不伟大。

梦旦带有测高器，测得山高度如下：

牯　岭（胡金芳旅馆）　　　一一五〇公尺
女儿城　　　　　　　　　　一三八〇公尺
大月山　　　　　　　　　　一五五〇公尺
恩德岭　　　　　　　　　　一五五〇公尺

据此则大月山高五千〇三十八英尺。陈氏《指南》说：

大月山计高四千六百尺，较汉阳峰仅低百六十尺。（页

六十五)

不知是谁的错误。《指南》(页四十一) 又说:

汉阳峰高出海面四千七百六十尺。

据牯岭测量原工程师 John Berkin 说,他不曾实测过汉阳峰,陈氏所据不知是何材料。

途中看三叠泉瀑布,源出大月山,在五老峰的背面。这时正当水少的时候,三叠泉并不见如何出色。这也许是因为我们在对山高处远望,不能尽见此瀑布的好处,也许是因为我曾几次看过尼格拉大瀑布(Niagara Falls);但我看了此泉后,读王世懋、方以智诸人惊叹此瀑布的文字(《庐山志》九,页十七,又十九),终觉得他们的记载有点不实在。梦旦先生也说,此瀑大不如雁宕的瀑泉。

庐山多瀑布,但唐、宋人所称赞的瀑布大都是山南的一些瀑布,尤其是香炉峰、双剑峰一带的瀑布。他们都不曾见三叠泉。方以智说:

阅张世南《纪闻》载水帘三叠以绍熙辛亥始见。(《志》九,页二十)

《庐山志》又引范礽云:

新瀑之胜，其见知人间始于绍熙辛亥（1191）年。至绍定癸巳（1233），汤制干仲能品题之，以为不让谷帘，有诗寄张宗端曰：……鸿渐但知唐代水，涪翁不到绍熙年。从兹康谷宜居二，试问真岩老咏仙。（九，页二十一）

朱熹《送碧崖甘叔怀游庐阜》三首之二云："直上新泉得雄观，便将杰句写长杠。"自跋云："新泉近出，最名殊胜，非三峡、漱石所及，而余未之见，故诗中特言之……"此可证三叠泉之发现在朱子离开南康以后。

五

过山入南康境，树木渐多，山花遍地，杜鹃尤盛开，景色绝异山北。将近海会寺时，万松青青，微风已作松涛。松山五老峰峥嵘高矗，气象浑穆伟大。一个下午的枯寂干热的心境，到此都扫尽了。

到海会寺过夜。海会寺不见于《旧志》，即古代的华严寺遗址，后①改为海会庵。光绪年间，有名僧至善住此，修葺增大，遂成此山五大丛林之一②。

寺僧说寺中有高阁可望见鄱阳湖与五老峰，因天晚了我们都没有上去。寺中藏有赵子昂写画的《法华经》，很有名；我们

---

①《指南》说，清康熙时。——原注。
②《指南》说，重建在癸卯。——原注。

不很热心去看，寺僧也就不拿出来请我们看。我问他借看至善之徒普超用血写的《华严经》八十一卷全部。他拿出《普贤行愿品》来给我们看，并说普超还有血书《法华经》全部。《华严经》有康有为、梁启超两先生的题跋，梁跋很好。此外题跋者很多，有康白情的一首诗尚好，但后序中有俗气的话。

刺血写经是一种下流的求福心理。但我们试回想中古时代佛教信徒舍身焚身的疯狂心理，便知刺血写经已是中古宗教的末路了。庄严伟大的寺庙已仅存破屋草庵了；深山胜地的名刹已变作上海租界马路上的"下院"了；憨山莲池的中兴事业也只是空费了一番手足，终不能挽救已成的败局。佛教在中国只剩得一只饭碗，若干饭桶，中古宗教是过去的了。

寺中有康有为先生光绪己丑（1889）题赠至善诗的真迹，署名尚是"长素康祖诒"。书法比后来平易多了。至善临终遗命保存此诗卷，故康先生戊午（1918）重来游作诗很有感慨，有"旧墨笼纱只自哀"之语。后来他游温泉，买地十亩，交海会寺收管，以其租谷所入作为至善的香火灯油费（温泉买地一节，是归宗寺僧告我的）。

六

十七，四，九

昨夜大雨，终夜听见松涛声与雨声，初不能分别，听久了才分得出有雨时的松涛与雨止时的松涛，声势皆很够震动人心，使我终夜睡眠甚少。

早起雨已止了，我们就出发。从海会寺到白鹿洞的路上，树木很多，雨后青翠可爱。满山满谷都是杜鹃花，有两种颜色，红的和轻紫的，后者更鲜艳可喜。去年过日本时，樱花已过，正值杜鹃花盛开，颜色种类很多，但多在公园及私人家宅中见之，不如今日满山满谷的气象更可爱。因作绝句记之：

长松鼓吹寻常事，最喜山花满眼开。
嫩紫鲜红都可爱，此行应为杜鹃来。

到白鹿洞。书院旧址前清时用作江西高等农业学校，添有校舍，建筑简陋潦草，真不成个样子。农校已迁去，现设习林事务所。附近大松树都钉有木片，写明保存古松第几号。此地建筑虽极不堪，然洞外风景尚好。有小溪，浅水急流，铮淙可听；溪名贯道溪，上有石桥，即贯道桥，皆朱子起的名字。桥上望见洞后诸松中一松有紫藤花直上到树杪，藤花正盛开，艳丽可喜。

白鹿洞本无洞；正德中，南康守王溱开后山作洞，知府何濬凿石鹿置洞中。这两人真是大笨伯！

白鹿洞在历史上占一个特殊地位，有两个原因。第一，因为白鹿洞书院是最早的一个书院。南唐升元中（937~942）建为庐山国学，置田聚徒，以李善道为洞主。宋初因置为书院，与睢阳、石鼓、岳麓三书院并称为"四大书院"，为书院的四个祖宗。第二，因为朱子重建白鹿洞书院，明定学规，遂成后世几百年"讲学式"的书院的规模。宋末以至清初的书院皆属于这一种。到乾隆以后，朴学之风气已成，方才有一种新式的书院起来；阮元所创的诂经精舍、学海堂，可算是这种新式书院的代表。南宋的书院祀北宋周、邵、程诸先生；元、明的书院祀程、朱；晚明的书院多祀阳明；王学衰后，书院多祀程、朱。乾、嘉以后的书院乃不祀理学家而改祀许慎、郑玄等。所祀的不同便是这两大派书院的根本不同。

朱子立白鹿洞书院在淳熙己亥（1179），他极看重此事，曾札上丞相说：

> 愿得比祠官例，为白鹿洞主，假之稍廪，使得终与诸生讲习其中，犹愈于崇奉异教香火，无事而食也。（《志》八，页二，引《洞志》）

他明明指斥宋代为道教宫观设祠官的制度，想从白鹿洞开一个儒门创例来抵制道教。他后来奏对孝宗，申说请赐书院额，并赐书的事，说：

> 今老、佛之宫布满天下，大都逾百，小邑亦不下数十，而公私增益势犹未已。至于学校，则一郡一邑仅置一区；附郭之县又不复有。盛衰多寡相悬如此！（同上，页三）

这都可见他当日的用心。他定的《白鹿洞规》，简要明白，遂成为后世七百年的教育宗旨。

庐山有三处史迹代表三大趋势：（1）慧远的东林，代表中国"佛教化"与佛教"中国化"的大趋势。（2）白鹿洞，代表中国近世七百年的宋学大趋势。（3）牯岭，代表西方文化侵入中国的大趋势。

七

从白鹿洞到万杉寺。古为庆云庵，为"律"居，宋景德中有大超和尚手种杉树万株，天圣中赐名万杉。后禅学盛行，遂成"禅寺"。南宋张孝祥有诗云：

老干参天一万株，庐山佳处着浮图。只因买断山中景，破费神龙百斛珠。（《志》五，页六十四，引《程史》）

今所见杉树，粗仅如瘦腕，皆近年种的。有几株大樟树，其一为"五爪樟"，大概有三四百年的生命了；《指南》说"皆宋时物"，似无据。

八

从万杉寺西行约二三里，到秀峰寺。吴氏《旧志》无秀峰寺，只有开先寺。毛德琦《庐山新志》①说：

  康熙丁亥（1707）寺僧超渊往淮迎驾，御书秀峰寺赐额，改今名。

开先寺起于南唐中主李景。李景年少好文学，读书于庐山；后来先主代杨氏而建国，李景为世子，遂嗣位。他想念庐山书堂，遂于其地立寺，因为开国之祥，故名为开先寺，以绍宗和尚主之。宋初赐名开先华藏；后有善暹，为禅门大师，有众数百人。至行瑛，有治事才，黄山谷称"其材器能立事，任人役物如转石于千仞之溪，无不如意"。

  开先之屋无虑四百楹，成于瑛世者十之六，穷壮极丽，迄九年乃即功。（黄庭坚《开先禅院修造记》，《志》五，页十六~十八）

此是开先极盛时。康熙间改名时，皇帝赐额，赐御书《心经》，其时"世之人无不知有秀峰"（郎廷极《秀峰寺记》，《志》五，页六~七），其时也可称是盛世。到了今日，当时所谓"穷壮极丽"的规模只剩败屋十几间，其余只是颓垣废

---

①康熙五十九年成书。我在海会寺买得一部，有同治十年、宣统二年、民国四年补版。我的日记内注的卷页数，皆指此本。——原注。

址了。读书台上有康熙帝临米芾书碑，尚完好；其下有石刻黄山谷书《七佛偈》，及王阳明正德庚辰（1520）三月《纪功题名碑》，皆略有损坏。

寺中虽颓废令人感叹，然寺外风景则绝佳，为山南诸处的最好风景。寺址在鹤鸣峰下，其西为龟背峰，又西为黄石岩，又西为双剑峰，又西南为香炉峰，都嵌奇可喜。鹤鸣与龟背之间有马尾泉瀑布，双剑之左有瀑布水；两个瀑泉遥遥相对，平行齐下，下流入壑，汇合为一水，迸出山峡中，遂成最著名的青玉峡奇景。水流出峡，入子龙潭。昆三与祖望先到青玉峡，徘徊不肯去，叫人来催我们去看。我同梦旦到了那边，也徘徊不肯离去。峡上石刻甚多，有米芾书"第一山"大字，今钩摹作寺门题榜。

徐凝诗"今古长如白练飞，一条界破青山色"，即是咏瀑布水的。李白《瀑布泉》诗也是指此瀑。《旧志》载瀑布水的诗甚多，但总没有能使人满意的。

九

由秀峰往西约十二里，到归宗寺。我们在此午餐，时已下午三点多钟，饿得不得了。归宗寺为庐山大寺，也很衰落了。我向寺中借得《归宗寺志》四卷，是民国甲寅先勤本坤重修的，用活字排印，错误不少，然可供我的参考。

我们吃了饭，往游温泉。温泉在柴桑桥附近，离归宗寺约五六里，在一田沟里，雨后沟水浑浊，微见有两处起水泡，即是温泉。我们下手去试探,一处颇热,一处稍减。向农家买得三个鸡蛋,放在两处,约七八分钟,因天下雨了,取出鸡蛋,内里已温而未熟。田陇间有新碑,我去看,乃是星子县的告示,署民国十五年,中说,接康南海先生函述在此买田十亩,立界碑为记的事。康先生去年死了。他若不死,也许能在此建立一所浴室。他买的地横跨温泉的两岸。今地为康氏私产,而业归海会寺管理,那班和尚未必有此见识做此事了。

此地离栗里不远,但雨已来了,我们要赶回归宗,不能去寻访陶渊明的故里了。道上见一石碑,有"柴桑桥"大字。《旧志》已说"渊明故居,今不知处"(四,页七)。桑乔疏说,去柴桑桥一里许有渊明的醉石(四,页六)。《旧志》又说,醉石谷中有五柳馆、归去来馆。归去来馆是朱子建的,即在醉石之侧。朱子为手书颜真卿《醉石诗》,并作长跋,皆刻石上,其年月为淳熙辛丑(1181)七月(四,页八)。此二馆今皆不存,醉石也不知去向了。庄百俞先生《庐山游记》说他曾访醉石,乡人皆不知。记之以告后来的游者。

今早轿上读《旧志》所载宋周必大《庐山后录》,其中说他访栗里,求醉石,土人直云,"此去有陶公祠,无栗里也"(十四,页十八)。南宋时已如此,我们在七百年后更不易寻此地了,不如阙疑为上。《后录》有云:

  尝记前人题诗云:
    五字高吟酒一瓢,庐山千古想风标。

至今门外青青柳，不为东风肯折腰。

惜乎不记其姓名。

我读此诗，忽起一感想：陶渊明不肯折腰，为什么却爱那最会折腰的柳树？今日从温泉回来，戏用此意作一首诗：

> 陶渊明同他的五柳
> 当年有个陶渊明，不惜性命只贪酒。
> 骨硬不能深折腰，弃官回来空两手。
> 瓮中无米琴无弦，老妻娇儿赤脚走。
> 先生吟诗自嘲讽，笑指篱边五株柳：
> "看他风里尽低昂！这样腰肢我无有。"

晚上在归宗寺过夜。

十

归宗寺最多无稽的传说，试考订其最荒谬的几点，以例其余：

（1）传说归宗寺是王羲之解浔阳郡守后，舍宅为西域僧佛陀耶舍造的（《志》四，页二十四，引桑疏）。此说之谬，《归宗志》已辨之。《归宗志》说：

> 考《晋史》，佛陀耶舍于安帝义熙十年甲寅（414）始至庐山；羲之守九江在成帝咸康初。归宗寺则咸康六

年（340）所造也。前后相去六十余年。当知所请为达摩多罗，而耶舍实金轮开山，继主归宗耳。(《庐山志》四，页二十五引)

《归宗志》能指出王羲之不曾为佛陀耶舍造寺，是很对的。但他又说，羲之所请为达摩多罗，那又是极荒谬的杜撰典故。达摩多罗的《禅经》是庐山道场译出的，但达摩多罗从不曾到过中国。此可见羲之造寺之说，全出捏造。咸康六年之说亦无据。

(2) 归宗寺有王羲之洗墨池。羲之造寺之说大概因此而起。宋荦《商丘漫语》已辨之，他说：

> 临池而池水黑者，谓因墨之多也。羲之虽善书，安能变地脉，易水色，使之久而犹黑哉？(《志》四，页二十六引)

知道了墨池之不可信，便知因此而起之羲之造寺说也不可信。

(3) 归宗寺背后山上有金轮峰，峰上有舍利塔，庄百俞《游记》说：

> 金轮峰顶有铁塔，佛陀耶舍负铁于峰顶成之，以藏如来舍利。

这是最有趣的传说，其说始见于释庆宜的《复生松记略》，《毛志》（四，页三十一）始引之。庆宜大概是康熙时人。二三百年来，此说已牢不可破了。今试考其来源，指其荒谬：

（A）《旧志》引《神僧传》中的《佛陀耶舍传》，从无说他负铁造塔藏舍利的话，也无王羲之为他造寺的话。

（B）周必大《庐山录》云：

　　石镜溪上直紫霄峰，铁塔在焉……（《志》十四，页十五）

又他的《庐山后录》云：

　　三将军正庙……自归宗登山，才里余。又其上八里，则紫霄峰，峰顶有铁浮图九级，藏舍利。远望如枯木，而晋梵僧耶舍亦有坟在其上。（《志》十四，页十八）

这是我们所得的最早记载。可见南宋时已有铁塔，但不名耶舍塔，其峰名紫霄峰①。其时已捏造出一座耶舍坟，用意在于坐实王羲之为耶舍造寺的传说，却不在与塔发生关系。

（C）元延祐己卯（1315）李洞有《庐山游记》，中说：

---

①《庐山录》下文另有一个金轮峰。——原注。

从报国寺杏坛间遥望白云、紫霄诸峰，森犹紫笋，矗其巅耶舍塔，冠簪玉如。(《志》十四，页三十五)

其时人已不知耶舍墓，而此塔遂叫作耶舍塔了。但其峰仍名紫霄峰。

（D）明嘉靖中桑乔作《庐山纪事》（自序在嘉靖辛酉，1561）即《日志》所称《桑疏》，为后来《庐山志》的根据。他说：

耶舍塔山在般若峰东……明正统中（约1440），（塔）为雷所击摧折，惟一级存。

此时去正统不很远，其言可信。那时人已不知紫霄峰之名了，但称耶舍塔山。

《旧志》因袭此说，故云：

峰从山腰拔起，峭丽如簪玉笋。然无名，以塔得名。(《志》四，页二十)

（E）此塔正统间被雷毁去之后，至万历间，僧修慈重修（据《归宗寺志》）。《旧山志》不记此事；毛氏《续志》也不记此事，但有施闰章诗云：

> 铁塔孤飞峰顶烟。(《志》四,页三十七)

又王养正(死于清初)诗云:

> 塔耸金轮舍利藏。

皆可证明末清初塔已修好了。王养正诗说"塔耸金轮",又可证晚明以后的人都误认塔所在之峰为金轮峰。其实金轮峰在归宗寺后,山并不高,《旧志》明说它"形如轮"(《志》四,页二十五),与那"峭丽如簪玉笋"的耶舍塔山显然是两处。《旧志》卷首有地图(图五),归宗之上为金轮,再上为观音岩,再上为耶舍塔山,可以为证。但后人皆不知细考;《归宗寺志》[①] 卷二也遂认此塔所在之山为金轮峰。陈氏《指南》、庄百俞《游记》皆沿其误。于是宋人所谓紫霄峰,一变而为耶舍塔山,再变而为金轮峰了。寺后之金轮峰从此高升两级,张冠李戴,直到如今。

(F) 元人误称此塔为耶舍塔,以后遂有耶舍负铁上山顶造塔的谬说出来。庆宜作《复生松记略》,便直说:

> 耶舍躬负铁于金轮峰顶为浮图以藏如来舍利。

[①]民国三年活字本。——原注。

其时考证之学风渐起，故《归宗旧志》① 竟能证明耶舍与王羲之的年代相差六十余年②。但这班和尚总不肯使耶舍完全脱离关系，故一面否认耶舍为归宗开山之祖，一面又扩大耶舍造塔的神话，于是有"金轮开山，继主归宗"③ 的调和论。毛德琦《续志》说的更荒谬了：

> 耶舍尊者定中三见轮峰，乃奉佛舍利至匡庐，建塔于顶。(《志》四，页二十)

于是耶舍之来竟专为造塔来了！

（G）此塔既是神僧负铁所造，自然历久不坏！于是世人皆不信此塔年代之晚。此塔全毁于正统间④，重修于万历间，再修于乾隆十四年，后来又毁了；至光绪三十一年，海会寺至善之徒碧莲募款重修，得方□□（我偶忘记其名）之助，雇用宁波工匠，用新法铸补。以上均见《归宗志》。此塔孤立山顶，最易触电，故屡次被毁；所谓"新法"大概有避电的设备。此塔今日能孤立矗天，云遮不住，雷打不伤，原来都出宁波工匠用科学新法之赐。但有信心的善男子善女人都不肯研究历史，或仍认为耶舍负铁所造（如庄百俞《游记》），或称其

---

①《庐山志》所引。——原注。
②引见上文。——原注。
③引见上文。——原注。
④见桑乔《纪事》。——原注。

"历久不圮"(《指南》页五十三)。此事是一个思想习惯的问题,故不可不辨正。

十一

以上是我在船上记的,手头无书,仅据《旧志》所引材料,略加比较参证而已。我回上海后,参考各书,始知佛陀耶舍从不曾到过庐山,一切关于他的传说都可不攻而破了!

梁慧皎《高僧传》的《佛陀耶舍传》中说耶舍于秦弘始十二年(410,即晋义熙六年)在长安译出《四分律》《长阿含》等。至十五年(413)解座。

> 耶舍后辞还外国,至罽宾,得《虚空藏经》一卷,寄《贾客传》与凉州诸僧。后不知所终。(金陵刻经处本,卷二,页十六)

这是很明白的记载。他是罽宾人,仍回到罽宾,走的是陆路,绝没有绕道江南的必要。他既没有到过庐山,于是

(1)《归宗志》所谓"考《晋史》,佛陀耶舍于安帝义熙十年甲寅始至庐山",乃是妄说。《晋书》哪有此事?《王羲之传》也不说他守江州在何年。

(2)《神僧传》说他在"弘始元年译《四分律》并《长阿含》等经……南至庐山,与释慧远会莲社"的话,也是妄说。弘始元年,鸠摩罗什还不曾到长安,何况耶舍?庐山结社的话

全无根据。

（3）他既还外国，庐山哪会有他的坟墓？

（4）他既不曾到庐山，哪有王羲之为他造归宗寺之事？哪有他"金轮开山，继主归宗"的事？哪有负铁造舍利塔的事？

我于是更考佛陀耶舍到庐山之说起于何时。日本僧最澄于唐德宗贞元二十年（804）入唐，明年回日本，携有经典多种；他著有《内证佛法相承血脉谱》，中引《传法记》云：

> 达摩大师谓弟子佛陀耶舍云："汝可往震旦国传法眼。"……耶舍奉师付嘱，便附舶来此土……耶舍向庐山东林寺，其时远大师见耶舍来，遂请问……后时耶舍无常。达摩大师知弟子无常，遂自泛船渡来此土……（《传教大师全集》，卷二，页五一七）

敦煌本《历代法宝记》① 所记与此略同，但把"佛陀""耶舍"误截作两个人！此种荒诞的传说起于当日禅宗和尚争法统的时期，其时捏造的法统史不计其数，多没有历史的根据。如上引《传法记》的话，谬处显然，不待辩论。

此为耶舍到庐山之说之最早记载，其起源当在八世纪。后来的《东林十八高贤传》② 与《神僧传》都更是晚书，皆是删

---

① 伦敦、巴黎皆有唐写本，我有影印本。——原注。
② 北宋时始出现，称陈舜俞刊正，沙门怀悟详补。——原注。

改《高僧传》，而加入到庐山入社一句。李龙眠画《莲社十八贤图》，李元中作记；晁补之续作图，又自作记，皆依此说，此说遂成真史迹了。

但后来这个传说又经过不少变迁，可以作故事演变的一个好例。起初耶舍与庐山的关系只在北山东林寺一带。故《庐山志》（十二上，页二）说：

分水岭之西，〔东林寺之北〕有耶舍塔。

桑乔《纪事》云：

耶舍塔，并塔院，西域僧佛陀耶舍建。并废。

后来山南佛寺大兴，也要拉几位神僧来撑场面，于是把耶舍的传说移到山南。于是有王羲之为耶舍造归宗寺的谬说，有耶舍坟的捏造，有耶舍定中三见金轮峰，遂奉舍利来造塔的传说，以至于耶舍负铁至山顶起塔的神话。久而久之，北山的耶舍塔毁了，耶舍的传说也冷淡了；而南山的耶舍塔却屡毁屡造，耶舍的神话也遂至今不绝！

让我再进一步，研究耶舍神话的来历。佛陀耶舍的传说全是抄袭佛陀跋陀罗的故事的。庐山当日确有印度名僧佛陀跋陀罗；《高僧传》（卷二，页十七~廿一）道他在长安时，语弟子云:"我昨见本乡有五舶俱发。"既而弟子传告外人;关中旧僧咸以为显异惑众……大被谤黩……于是率侣宵征,南指庐岳。沙门释慧远久服风名,闻至欣喜……乃遣弟子昙邕致书姚主及关中众僧,解其摈事。远乃请出禅数诸经。贤(佛陀跋陀罗,译言觉贤)志在游化,居无求安;停止岁余,复西适江陵。

他在庐山住了一年多,便到江陵,再移建业道场寺,译出《华严经》等。他死在元嘉六年(429),年七十一。

佛陀跋陀罗为《华严》译主,又曾译《禅经》,名誉极大,故神话最多。他和庐山不过一年的因缘,庐山却一定要借重他,故《十八高贤传》说他于元嘉六年"念佛而化,塔于庐山北岭"。《庐山志》(十二上,页二)说:

东林寺之北为上方塔院,有舍利塔。

桑乔说:

舍利塔即上方塔,在平冈之巅。初西域佛陀跋陀罗尊者自其国持佛舍利五粒来,瘗于此山。在东林之上,故曰上方。

南唐保大丙辰(周世宗显德三年,956)彭滨奉敕作《舍利塔记》(《志》十二,页二~四),中叙佛陀跋陀罗在长安时,……忽尔西望白众曰："适见东国五舶俱来。"众皆责其虚诞,遂出之庐山。未久,五舶俱至,共服其灵通。即持佛舍利五粒,建塔于寺北上方。其后……以元嘉十七年乙亥①终于京师……其舍利塔至开元十七年（729）……重建,又感舍利十四粒……保大甲寅岁（954）,奏上重修。

元明之际,王祎有《庐山游记》云：

佛陀耶舍入庐山,常举铁如意示慧远,不悟,即拂衣去。（十二上,页十七）

明末但宗皋论此事云：

予考诸《灯录》,止载跋陀禅师拈起如意问生公……恐误以跋陀为耶舍耳。（十二上,页四十二）

其实何止此一事？到庐山的是佛陀跋陀罗,而传说偏要硬拉佛陀耶舍。耶舍"定中三见轮峰",即是抄跋陀的定中见印度五舶俱发。耶舍造塔瘗舍利,即是抄跋陀造塔瘗舍利。故东林之耶舍塔即是抄东林之跋陀舍利塔；而归宗之耶舍舍利塔却又

---

①此与《高僧传》不合。乙亥为元嘉十二年,亦误。——原注。

是抄东林之耶舍塔；其实都是后起的谬说，都没有历史的根据。

十七，四，十四　补记

今夜又见游国恩君的《莲社年月考》（《国学月报汇刊》第一集，页二六五～二六八），游君责备梁任公先生"并《莲社传》亦未寓目"。其实《莲社传》①乃是晚出的伪书，不足依据。

又记

十二

十七，四，十

从归宗寺出发，往东行，再过香炉、双剑诸峰与马尾、瀑水诸瀑。天气清明，与昨日阴雨中所见稍不同。

到观音桥。此桥本名三峡桥，即栖贤桥，观音桥是俗名。桥建于宋祥符时。桥长约八十尺，跨高岩，临深渊，建筑甚坚壮。桥下即宋人所谓"金井"，在桥下仰看桥身，始知其建筑工程深合建筑原理。桥石分七行，每行约二十余石，每石两头刻作榫头，互相衔接，渐弯作穹门，历九百年不坏。昆三是学工程的，见此也很赞叹。他说："古时人已知道这样建筑可以经

---

①即《十八高贤传》。——原注。

久，可惜他们不研究何以能经久之理。"桥下中行石上刻"维皇宋祥符七年岁次甲寅（1014）二月丁巳朔，建桥，上愿皇帝万岁，法轮常转，雨顺风调，天下民安。谨题"（字已有不清楚的，此据《旧志》）。又刻"福州僧智朗勾当造桥，建州僧文秀教化造桥，江州匠陈智福，弟智汪、智洪"。这是当日的工程师，其姓名幸得保存，不可不记（也据《旧志》六，页三十三）。

金井是一深潭，上有急湍，至此穿石而下，成此深潭，形势绝壮丽。苏东坡《三峡桥诗》写此处风景颇好，故抄其一部分：

吾闻泰山石，积日穿线溜。况此百雷霆，万世与石斗！深行九地底，险出三峡右。长输不尽溪，欲满无底窦……空濛烟雨间，颓洞金石奏。弯弯飞桥出，潋潋半月觳……垂瓶得清甘，可咽不可漱。

我们又寻得小径，走到上流，在石上久坐，方才离去。

由此更东北行，约二里，近栖贤寺，有"玉渊"，山势较开朗，而奔湍穿石，怒流飞沫，气象不下乎"金井"。石上有南宋诗人张孝祥石刻"玉渊"二大字。英国人 Berkin 对我说，十几年前，有一队英国游人过此地，步行过涧石上，其一人临流洗脚，余人偶回顾，忽不见此人，遍寻不得。大家猜为失脚卷入潭中；有一人会泅水，下潭试探，也不复出来了。余人走回牯岭，取得捞尸绳具，复至此地，至次日两尸始捞得。此处急流直下，入潭成旋涡，故最善泅水的也无能为力。现在潭上筑有很长的石栏，即是防此种意外的事的。

金井与玉渊皆是山南的奇景，气象不下于青玉峡。由玉渊稍往西，便是栖贤寺，也很衰落了。但寺僧招呼很敏捷；山南诸寺，招待以此处为最好。我们在此午饭。

饭后启行回牯岭。过含鄱岭，很陡峻，我同祖望都下轿步行。岭上有石级，颇似徽州各岭。庄百俞《游记》说这些是民国七年柯凤巢、关鹤舫等集款修筑的，共长八千四百七十英尺。陈氏《指南》说有三千五百余级，长二万五千二百二十一尺。我们不曾考订两说的得失。

岭上有息肩亭，再上为欢喜亭，石上刻有"欢喜亭"三字，又小字"顾贞观书"，大概是清初常州词人顾贞观。由此更上，到含鄱口，为此岭最高点，即南北山分水之岭。此地有张伯烈建的屋。含鄱岭上可望汉阳峰。鄱阳湖则全被白云遮了。

梦旦测得高度如下表：

归宗寺	五〇公尺
三峡桥	三九〇公尺
栖贤寺	一六〇公尺
（梦旦疑心此二处的高度有误。）	
欢喜亭	七八〇公尺
含鄱口	一二〇〇公尺

《指南》说含鄱岭高三千六百尺，与此数相符。

过含鄱口下山，经俄租界，到黄龙寺。黄龙寺也是破庙，我们不愿在庙里坐，出门看寺外的三株大树，其一为金果树，叶似白果树，据 Berkin 说，果较白果小得多，不可食。其二为柳杉，相传为西域来的"宝树"，真是山村和尚眼里的宝啊！我们试量其一株，周围共十八英尺。过大树为黄龙潭，是一处阴凉的溪濑。我坐石上洗脚，水寒冷使人战栗。

从此回牯岭，仍住胡金芳旅社。三日之游遂完了。牯岭此时还不到时候，故我们此时不去游览，只好留待将来。我们本想明天下山时绕道去游慧远的东林寺，但因怕船到在上午，故决计直下山到九江，东西二林留待将来了。

十三

我作《庐山游记》，不觉写了许多考据。归宗寺后的一个塔竟费了我几千字的考据！这自然是性情的偏向，很难遏止。庐山有许多古迹都很可疑；我们有历史考据癖的人到了这些地方，看见了许多捏造的古迹，心里实在忍不住。陈氏《庐山指南》云：

　　查庐山即古之敷浅原……今在紫霄峰上（山之北部）尚有石刻"敷浅原"三字，足以证此。（页一~一二）

这里寥寥四十个字，便有许多错误。紫霄峰即是归宗寺后的高峰，即今日所谓金轮峰，考证见上文，并不在"山之北部"。康熙时李涺作《敷浅原辩》，引《南康旧志》说：

山南紫霄峰有"敷浅原"三大字，未详何时劙石。

这句话还有点存疑的态度。陈氏不知紫霄峰在何处，自然不曾见此三字，即使他见了这三字，也不能说这三字"足以证此"。一座山上刻着"飞来峰"三个大字，难道我们就相信此三字"足以证"此山真是飞来的了？又如御碑亭上，明太祖刻了近二千字的《周颠仙人传》，一个皇帝自己说的话，不但笔之于书，并且刻之于石：难道这二千字石刻就"足以证"仙人真有而"帝王自有真"了吗？

一千八百多年前，王充说得真好：

世间书传，多若等类；浮妄虚伪没夺正是。心溃涌，笔手扰，安能不论？论则考之以心，效之以事；浮虚之事，辄立证验。（《论衡·对作篇》）

我为什么要做这种细碎的考据呢？也不过"心溃涌，笔手扰"，忍耐不住而已。古人诗云：

无端题作木居士，便有无穷求福人。

黄梨洲《题东湖樵者祠》诗云：

> 姓氏官名当世艳，一无凭据足千年。

这样无限的信心便是不可救药的懒病，便是思想的大仇敌。要医这个根本病，只有提倡一点怀疑的精神，一点"打破砂锅问到底"的习惯。

昨天（四月十九日）《民国日报》的《觉悟》里，有常乃惪先生的一篇文章，内中很有责备我的话。常先生说：

> 将一部《红楼梦》考证清楚，不过证明《红楼梦》是记述曹雪芹一家的私事而已。知道了《红楼梦》是曹氏的家乘，试问对于二十世纪的中国人有何大用处？……试问他（胡适之）的做《〈红楼梦〉考证》是"为什么"？

他又说：

> 《〈红楼梦〉考证》之类的作品是一种"玩物丧志"的小把戏；唱小丑打边鼓的人可以做这一类的工作，而像胡先生这样应该唱压轴戏的人，偏来做这种工作，就未免太不应该了。

常先生对于我的《〈红楼梦〉考证》这样大生气,他若读了我这篇《庐山游记》,见了我考据一个塔的几千字,他一定要气的胡子发抖了(且慢,相别多年,常先生不知留了胡子没有,此句待下回见面时考证)。

但我要答复常先生的质问。我为什么要考证《红楼梦》?

在消极方面,我要教人怀疑王梦阮、徐柳泉、蔡子民一班人的谬说。

在积极方面,我要教人一个思想学问的方法。我要教人疑而后信,考而后信,有充分证据而后信。

我为什么要替《水浒传》做五万字的考证?我为什么要替庐山一个塔做四千字的考证?我要教人一个思想学问的方法。我要教人知道学问是平等的,思想是一贯的,一部小说同一部圣贤经传有同等的学问上的地位,一个塔的真伪同孙中山的遗嘱的真伪有同等的考虑价值。肯疑问佛陀耶舍究竟到过庐山没有的人,方才肯疑问夏禹是神是人。有了不肯放过一个塔的真伪的思想习惯,方才敢疑上帝的有无。

十七,四,二十　补记

任鸿隽（1886—1961），字叔永，著名化学家和教育家，辛亥革命元老，中国现代科学的奠基人之一。1908年留学日本，次年加入同盟会。回国后曾任南京临时政府总统府秘书。1912年底赴美留学。1914年发起成立中国科学社，任董事长兼社长，编印《科学》杂志。1918年获哥伦比亚大学化学硕士学位。回国后历任北洋政府教育部专门教育司司长、四川大学校长等职。

峨眉忆游

任鸿隽

峨眉的高度，据实测为一万一千尺，平常由峨眉县城至山顶路程为一百二十里。目下马路通到山下报国寺，登山的路程又减少十五里了。我们一行三人，二日晨九时乘汽车由成都出发，下午三时方到峨眉县城，经过双流、新津、彭山、眉山、夹江等县。因为在新津、夹江两次渡口，又因为在双流"打午间"，所以全长三百四十里的路程倒费了六个钟点。我们在峨眉县略事休息，雇好"滑杆"①（滑杆即简便山轿的土名，以两人抬之，轿夫工钱亦便宜，仅每日每人一元），汽车便一直开到报国寺。报国寺是峨眉山最大而且最富的寺院之一，庙宇和佛像都很壮丽庄严，山门气象尤极堂皇。前年蒋先生在峨眉山举行

---

①原文如此，今用"滑竿"。——编者注。

暑期训练，即驻节于此，现在庙中还挂着蒋先生写的"精忠报国"匾额和吴稚晖先生写的对联。在峨眉县城至报国寺之间，要经过一个圣积寺。此寺已退化到像一个乡间的孤老院了，但寺内有两件古物，两棵大树，都值得游人一览。所谓两件古物，一是铜铸的华严经塔，高二丈余，共十四层，玲珑俊秀，刻《华严经》全部于塔上，每字占一佛像，共四千七百像。一为巨大铜钟，重二万余斤，置木阁上，仅可仰视。阁外列榕树两株，大皆十数人围，也是数百年物。在四川境内榕树大者很多，但如这两棵大的尚是创见。

峨眉山相传为普贤菩萨的道场，四方佛教门徒来朝拜者极众，故山中庙宇繁盛，据说有七十余处，游山时随处可以憩息或食宿，甚为便利。上山的道路当然不止一条，平常分为大小两道。大路由报国寺经过龙门洞、万年寺（现分为毗卢砖殿两寺）、息心所、初殿、太子坪、观音桥、华严顶以至洗象池，走的是山前领脊，不但路比较短，而且好走。小路由报国寺经过伏虎寺、解脱桥、大峨寺、双飞桥、牛心寺、三道桥、洪椿坪、九老洞以至洗象池，走的是山凹腹地，不但路长，而且难走。不过讲到风景，自然须在山凹幽僻的地方方能寻到，山前的大路，至多不过多经几个有名的庙宇罢了。我们的目的既是游览山水，而且愿意实行先难后易主义，所以决定由小路上山，大路下来，以上所说的地名，便是我们曾经经过的重要地方。洗象池以上，经过大乘寺、白云寺、雷洞寺、接引殿以至天门石，是大小两路所同的，也便离绝顶的金顶银顶不远了。

平常说到峨眉山，总以为它的出类拔萃，引人入胜，总在它的万尺以上的高度，它的佛光、佛灯等等奇迹，换一句话说，我们的注意点，不外乎最高的绝顶。其实依我看来，峨眉的雄伟，固在它的最高主峰，悬崖千仞，俯视一切；而它的秀丽，却在它的前山丘壑襞褶，峰峦重复，所谓雄深浑健，美不胜收。不但如此，此山因是佛教圣地，庙宇众多，山中树木亦较能保全，不像他处的牛山濯濯。据我们所见，山下则樟、枬、松、柏，山上则热杉、冷杉，都是常青树；而各种奇花异草，蒙茸崖石，更是难于指名。所以峨眉前山，从远望去，竟像天半一朵青莲，含苞未放；又像夏云奇峰，高耸天际，但这云的本身，都呈蔚蓝或深绿的颜色。这是远望的情景。等你一步步踏入绿云的时候，有时遇见断崖千尺迎面崛起，在轿中仰视，几乎刻刻有被覆压的危险。有时山路数转，忽然身临无底的巨壑，而岩际飞泉洒洒，直从行人头上盖过，和着缠绕抓拿的古木苍藤，使你觉得天地变色，日暮途远。这些情景，我们在伏虎寺至解脱桥，由牛心寺至洪椿坪，由洪椿坪至九老洞（一名仙峰寺）都屡见不一见。至于水的方面，虽然悬崖大瀑比较少见，但如双飞桥的两大泉汇于一处，奔雷穿石，响震四山，龙门洞的长壑直泻，怪石交锁，其气象的雄伟，景色的俊奇，到底非庐山三峡洞等可比拟（庐山的胜处在瀑布，不在洞泉）。所以游峨眉的人，如其仅仅注目于后山的高峻，而忽略了前山的倩丽，我以为至少失掉了自然之美的一半。

　　大概说来，讲到雄奇与秀丽，峨眉与巫峡可以说有些相似的地方。不过巫峡的形势,在于迤逦而延长,而峨眉的形胜,却在重叠而高耸,如其经过巫峡而未到过峨眉的人,把巫峡的群山重垒聚起来,加以想象,可以思过半矣。

我们第一天由伏虎寺走到九老洞歇宿,共行九十里,山高已六千数百尺。前面所说的许多奇峰胜境,都在这一日经过。此处山形极佳,故又名仙峰寺。闻有山居士(即猿猴)及佛灯,都未见。九老洞在离寺三里外的山腰,我们次日一早由主持带领持炬往游。洞深约半里,宏敞高大,并无什么石笋之类,不过洞旁及顶上石罅,住满海燕(?)①。地上鸟粪堆积,气味亦颇不好。我们匆匆一览即出,觉得洞中的奇秘,还不及沿途景色值得赏玩。

峨眉的山居士是山中有名的主人,游人过此总得见识一下,方才心安理得。由九老洞到洗象池,上山路三十里,山又高了二千多尺了。我们听说洗象池是山居士最多的所在,所以在此午饭,同时也想招待一下居士们。不过居士们此时大概都午休去了,我们仅仅见着一两位,无论怎样招呼也是枉然。明天我们由山顶下来,带了花生、蚕豆之类,试试地再请一次客。这次却承居士们大赏其光,大大小小来了几十位,其中并有带着吃奶的小孩来的。这些居士们把我们带来的豆子花生狼吞虎咽之后,结果还演了一出革命武剧,方才一哄而散。仿佛记得黄任之先生游过峨眉之后,曾做了一篇文章极力称赞山居士们怎

---

①原文如此,应是作者不能完全确认是"海燕"。——编者注。

样的有组织，有秩序。他说，凡是游人给食物时，山居士们总是大者当前，小者在后，防备游人怀恶意掳掠小孩的，它们可以为之保护。据我的观察，却恰恰与之相反。我以为大的不让小的上前，明明只是逞强，要想独占。我们看见小居士们两次三番要想上前抢一点食物，都被几个大的赶走了。最后它们忍无可忍，于是群起而攻，几个小者发难，无数的小者，都躲在石罅里发喊助威，直把几个大的弄得狼狈而逃方罢。黄先生要借禽兽以愧人，其言是有为而发。但为观察的正确起见，不如说，无论什么社会，肚皮问题不解决，是不易得到平安的。

峨眉山顶上最有名的两个奇迹——佛光与佛灯，无疑的是此山成为佛教圣地的要素，因为它们可以激动士大夫的好奇心，也可以做成愚民的迷信。我们在山上虽然只有一宿，居然也见到奇迹中之一个——佛灯了。我们到金顶已是下半五点钟，佛光的看不到，是不用说的。（佛光出现的时间为早上八九点钟及下午二三点钟，当然还有其他天气的条件。）是夜我们住在银顶的卧云庵。我们的客室临岩建筑，凭窗而望，可以下看几百里内景物，所以于看佛灯是特别适宜的。当我们正吃晚饭的时候，开饭的小和尚往窗外望了一望说，"今天天气不好，只看得见几盏佛灯"。我们听了此言，大家同时往窗间里去张望，果然看见山下不远的地方有三四朵如夜间照人行路的火光。我们于是回到房中，加上衣裳，开着窗细细观望。够！这佛灯真是愈来愈多！起初不过十个八个，越定睛看去，越出现得多，最后几乎如晴天夜半仰观星斗，大大小小满地都是。我们仔细观察，觉得这光的现象有几个特点值得记录下来：(1)这光并不移动，绝非如普通传说所说的可以飞来飞去；(2)这些光都略带红色，略如数里外远望灯火；(3)光中的某几个有时忽然熄灭，不过在几分钟内，依然在原地方出现。这光的固定，自然把"万朵明灯朝普贤"一派迷信的说话不攻自破了。光的红色，也可见近人磷光之说（楼蕡盦《峨眉纪游》），仍属强作解事。至于灯光及星光倒影之说（许钦文《峨眉游记》），也有许多讲不通的地方。（如我们是夜看见佛光，并无星月，且还下点蒙蒙小雨。又如附近数百里内并无如许灯光。）我的意思，这个现象如专凭肉眼观察和逞臆推测，是不会得到什么最后解决的。要解决这个问题，最好是求助于一点科学的仪器。我们晓得现在的天文照相镜，不但可以记录星的位置，并且可以分析星光的元素，那么，我们何妨搬一架天文照相镜到山上去照几张相再说。我相信这是解决这个问题的唯一有效方法。

说也奇怪，峨眉山的两个奇迹，佛光的一个已经被人认为不成问题的了。我们在近人游记上见到的对于佛光的解释大概都还近理。就是佛门弟子，也不能不撷拾这些学说旨在传述以自矜其博雅。我们在山顶的接引禅院，遇见一位青年的知客师，就与我们大谈其空气与日光反射的话，这也可见宗教迷信终敌不过科学真理。独有佛灯这一个奇异现象，还没有科学的解释来驱除一般人的愚惑，这不是科学家的责任吗？

游过峨眉山之后，我觉得有几件事甚为名山抱屈，不得不说出来请大家注意：

一是山中古物的毁坏。我们晓得峨眉山高气寒，多风雨雷电之灾。不但房屋古物的保存颇成问题，即山顶的百年古树（大半是冷杉）也时时有被雷火摧残濯濯独立的。至于庙宇多为木材建造，容易着火，更不必言了。我们在金顶看见各庙都正在鸠工庇材大兴土木，而明蜀藩捐造的金顶，所谓瓦柱楹窗壁皆铜质金衣者，今皆归乌有。然则这些正在兴工的建筑，能管几时，更不待问了。尤甚者是这些木屋一旦遭劫，其中所有的古物自然是同归于尽。我们在金顶正在改建的木楼下发现铜佛一尊，高可七八尺，已经烧得缩头肿背了。又有明人集的王右军书永明华藏寺新建铜殿记和褚河南书普贤金殿碑铜碑一块，高四尺余，宽二尺余，两面刻字，极其精工，现亦置木楼下，随时有被焚毁的危险。我以为即使峨眉山的庙宇不能立刻改用砖石建造以避火灾，至少也可以把有价值的古物，在庙宇之外另建一个防火的亭宇之类，加以保护。这样轻而易举的工作，为什么没人想到呢？

二是天然风景的摧残。峨眉天然秀丽，原不必借人为的装饰来增加它的美质，但我们也不应该把绝好风景埋没或毁坏，使人欲探访而无从。我们此行所见到的如双飞桥在万山环抱中，两水从左右，各经过深数丈阔仅数尺之石涧蜿蜒而来，至牛心石汇合为一。险湍激浪，声震远迩。故此处有双飞桥，清音阁，为此山最有名之胜地。不意我们走到此地的时候，但闻水声喧豗，却看不见一些风景。因为此地之所谓桥，所谓阁，都被乞丐的破摊和乡下人的猪圈占领了。我们好容易觅了一农人带领我们穿过一座破楼的屋底，才发现牛心石和两水合流的所在。设如没有这个向导，我们只好交臂失之了。这不是游山者的一个遗憾吗？

三是庙宇的商业化。像峨眉这样的名山，且对于佛教有悠久的历史，你游历到此，自然盼望见几个高僧修士与之谈谈，不意我们经验所及，却大大使人失望。我们在山上各庙所遇见和尚们，最高者便是曾在南京支那内学院等处留过学的。满口的新名词、新教义，至于研精内典、龙见渊默之流，盖有之矣，我未见之也。尤其令人讨厌的是绝顶上的金顶、银顶等庙宇的住持。为争揽游客的缘故，互相竞争，甚至于互相诋毁，几使人疑心他们是不是上海汉口旅馆的接客先生。自然，这在他们也是一种生存竞争，无暇顾及什么体面问题。但如其这些庙宇有几个稍明佛法不随俗风靡的长老主持其间，我相信这些恶劣风气必定要少些。这自然是佛教的全体问题。在目下的中国，尤其是四川，事事正走上退化轨道的时候，要想山中的庙宇独成例外，也许是我们无理要求吧。但是这些风气如其不改，他们与游人以不快的感觉，是无可避免的。

峨眉山的经历虽然仅仅只有三天，但它给我印象太深了，现在把我在山中偶然得到的几首小诗写在下面以作此文的结束，并以补此文的缺略吧。

峨眉杂咏四首

雨后峨眉琴扫空①,绿云蹴踏亦重重。
泉声渐远蝉声歇,知到前山第几峰?

寂寂深山两白龙,双飞雷雨响晴空。
牛心一汇知何往?留取清音伴暮钟。

崎岖已过阎王礌,险岭犹余罗汉坡。
为爱螺鬟妆牛面,先从接引望晴峨。

踏遍千峰足胫顽,此身真已出尘寰。
谁知天外昂头处,更有云中瓦屋山?

---

①略用坡公语。——原注。

庄泽宣（1895—1976），著名教育家。1916年毕业于北京清华学校。1917年公费留学美国，先后获哥伦比亚大学、普林斯顿大学教育与心理学博士学位。1922年归国后，历任清华大学、厦门大学、中山大学、浙江大学、岭南大学、广西大学心理学系和教育系教授及主任等职。著有《职业教育通论》《教育概论》《各国教育比较论》《西洋教育制度的演进及其背景》《如何使新教育中国化》《各国教育新趋势》《乡村建设与乡村教育》《战争受害国的文化与教育》等。

攀登华岳

庄泽宣

西安省立一中艺术教师秦善鋆先生曾游华岳多次，去年居山尤久，曾徒步跋涉深入游人鲜至之王刁岭、大上方等处，摄得照片多帧（均由政学街摄影合作社印售），并绘有地图一幅，余在西安参观一中，得窥全豹，深以为幸。五月十六晨既抵华阴，即雇车至玉泉院，将笨重行李存于该院，除华杆①外，雇一背子，背轻便行李，其法系将行李置一扁形藤篮中，背于肩中，攀登时手足仍可并用。

余等于早六时达玉泉院，略进饮食。院为宋皇佑中陈搏所建，院当玉泉注处，惜于康熙四十二年山水冲崩，水出院西，泉遂涸。院中有亭榭园林之胜，怪石林立，碧涧分流。院内有

---

①即"滑竿"，下同。——编者注。

希夷祠堂、希夷遗塚及希夷洞。洞内有石制希夷睡像，洞旁为山苏亭，有树四株，名无忧树，树下有无忧亭。六时半出院乘华杆登山。谷口有醉溪，发源玉泉，上有土地台，遍山皆石，唯此则纯土，谷口修筑皆取土于此，因置土地祠。其旁有梯云石，再登为金天宫、五龙宫。入谷经鱼石三里至三里龛，乾隆间石工盗斫，仅存余址。过王猛台，五里至第一关，两壁峭峙，形势险要，其上有三教堂、桃花坪、慈仁洞诸胜。山色四围，鸟语花香。余等往复跨涧而行，凡十二次之多。（下山时适在雨后，两山壁间，飞瀑十余，有数涧水大而急，须跣足涉水而过。）经希夷峡西折四十步至第二关，大石中分，若斧劈然；两大石如千斛钟，色坚黑如铁，无筋璺苔藓，中通行径，可称华山铁门，混元庵在关内东壁，傍倚高岩，悬空而构。莎罗坪在关南二里，山至此顿收，约十余丈，山谷宽平如几，建有莎罗庵。庵外东西有数十丈鸣瀑，挂壁而下，其东为上方，突面攀索，险不可视。过莎罗坪经药王洞，有长石如蛇，夹巨石中，称白蛇遭难。其上山势渐陡，有十八盘之称，孤危错落，山犹左右截。五里至毛女下院，在毛女峰之麓，相传秦宫人玉姜隐此，食柏叶，饮清水，体生绿毛，居山洞中，名毛女洞。下院居老道，登山时未见着，下山时特往访之，据云已达一百〇四年之高龄。又上三里至三皇台，有向心石、飞来石等，绵亘里许，屹若崇墉，不可梯接。壁尽东折，豁然天开，已至青柯坪，计程约为全山高度三分之一。坪上观宇三五，以通天观为大，亦称北道院。推窗下望，迥陀曲磴，浮苍点黛，密如柯叶，两峰虚处，渭水如带。时已十钟，余等在此打尖休息。

青柯坪以上，地势骤告突兀，行里许至回心石，路均斜削，尤多绝壁，攀链自此始。登者畏险辄还，故曰回心。华杆至此不复能代步。又百步许一峰单抽壁立，千仞中唯一罅，如刀劈锯曳，左偃右覆，是为千尺幢。攀援而上，凡三百五十级，圆隙如盘，称为天井。上时手摇心战，四肢并用，路狭仅通一人。华杆须由一舆夫先登，以索吊上。拾级既竟，为门二扇，曰通天门，每晚关闭，无路可以再登，诚太华咽喉。门右有小庙，守者寓焉。下可望幢，吊华杆之索，即由窗外下垂。其左有平地数尺，置有桌凳，可以啜茗。瞭望北转，又石级百余步，为百尺峡，壁益狭，有块石撑之，若恐此山壁之复合者，名云头石。出百尺峡登望仙台，东北三里，有二仙桥，桥适当山曲径中断处，凌架虚壑。过二仙桥、龙背石，又数转，高崖旁踞，坐见渭水，曰俯渭崖。二仙桥西，崖如车箱，人缘轮以行，谷西一石长数丈，平如刀切，而有横理如箱中之板，因名车箱谷。杜工部诗有"车箱入谷无多路"，即指此。由车箱谷复上，过黑虎岭，东北行四五十步，达媪神洞，有新建之大殿，即群仙观。余等在此稍息，遇自朝邑来之学校旅行团，团员均着童军制服，活泼整齐。

媪神洞东南峡上五里许，有山如砺，中有一沟，如犁辟然，石壁插天，巉若刀削，水溜一道，自上而下，直如引绳，称为老君犁沟。抱索而上，凡二百五十步，附近有铁牛台泉，泉口衔一大石，其圆如丸，其大如斗，摇之不动，取之不得，名曰飞泉宝旭石。铁牛台北转数十步，崖壁极峭，月之三八日，猿千百成群，自上方后水帘洞出，遍满蹊谷，唯至此险境辄回，故名猢狲愁。东行为云斗关，再上五十级抵北峰。

华山有峰三十余，而最著者为东、南、西、北四峰。北峰离东、南、西三峰而独立，地位虽最低，而苍秀独绝。山下仅杂花矮树，无大乔木，一则因山多冈石，不易生长，一则因易于砍伐，故然自通天关以上，砍伐不易，林木始茂。上北峰处，如折而南行，稍低有聚仙台。余等抵北峰时，虽甫过午，只以人夫疲乏，而北峰以南，宿处不佳，即入云台观作栖止。

观址依山而建，有客房十余间，每间有炕，另由中国旅行社备铁床八，被褥俱备，颇足休止。招待悉由道士任之，内有马某任交际，善于言辞，晤谈为欢。部署略定，出观后登峰顶，苍松翠柏，矫态万态。北峰之北有小路，崎岖难行，下有铁犁，相传为老君所挂，称老君挂犁。北峰之东，有量掌峰，与北峰相并，相传昔有梁、张二道人隐此，量掌峰者，梁张峰之讹传，今无建筑。在观中遇阳湖、袁同叔先生，甫自他峰返，据云以先上东峰，折向南峰，而下西峰，步武较易。

五月十七早由北峰南行，经仙人硿至日月崖。崖上巉级凡五十步，攀链而登，曰上天梯。过三元洞、阎王硿，西傍崖壁，东临绝壑，道仅盈尺，下视千仞，不辨水石。有崖突出，行则擦耳，称擦耳崖。再南有岭脊一道，左右皆峭壁，不见底，拾级凡六百，是为苍龙岭。岭凡两折，中突旁杀，两旁拦以铁索，行时犹不敢俯视。岭尽为龙口，冒以大石，称韩退之投书处，当时栏砌毫无，相传退之先生至此，不敢下，投书求救。领巅有金锁关，亦称通天门。形势险要，其上为五云峰，南为玉女峰，此处西通西峰，南经中峰，可达东峰。余等稍息，循后路前进，三里至中峰。

中峰为三峰之会。三峰据东、西、南三面，北面空处即中峰，实东峰之一部分。遥望东峰之下，峭壁千仞，有石路如巨灵之掌，高逾百尺，所谓仙人掌也。中峰有玉女殿，其南有玉女洞。洞前巨石突出，称石龟，蹼石之中央，有石臼，名玉女洗头盆。出殿之东北南行，有沟曰娘娘漕，大树合抱，高耸云霄，称将军树。折而西南行，有路分支，西通南峰，东北通东峰，余等先登东峰。

东峰未达峰巅，有小路可达下棋亭。峭壁突出，翻身始可下，故称鹞子翻身。路之端有铁瓦亭，曰下棋亭。东峰之巅有塔，系昨年新建，形式摩登。下东峰西行至南天门，门后巨石沿崖，以木板相系，长二十余丈，可通贺老石室，名长空栈，是日风大板摇，不敢轻试。

自南天门折而西北，又西南达南峰之金天宫。南峰为华岳之主峰，余等在山下时每以西峰为最高，及登南峰，则西峰已在下二百尺。金天宫之后为南峰绝顶，又名落雁峰，旁有高处，潴水为池，曰仰天池。登高一望，近则美山环列，远则渭水蜿蜒百里。黄河自北而来，可望五六十里。关中平原，极目无际。由仰天池东下，为老君炼丹炉，复上为西峰，峰顶之西，峭壁直立，曰舍身崖。其旁亦有塔，与东峰塔同时建。崖下有翠云宫，闻为华岳香火最盛处。由此傍岩而下，石级宽不盈尺，侧身始过。经谷再登玉女峰北，遂回至金锁关，是晚仍宿北峰，竟夜大雨。

五月十八早雨霁下山。七时半即返抵青柯坪，十时至玉泉院，乃雇车载行李送至车站。马路积水，数处甚深，车须午后东去，乃至华岳庙一游。庙旁曩设兵工厂，市廛甚密。旋参观华阴县立职业学校，在校午饭，并购线毯一条，以资纪念。饭后登车赴潼关。

攀登华岳，以千尺幢、百尺峡最陡；苍龙岭最险；过金锁关后实较平坦，多可以华杆代步。至老君挂犁、鹞子翻身、长空栈等处虽难行，不在正道，可不去。中、南、东、西诸峰，虽均可宿，以北峰为清洁便利。山中道院凡十余处，每处道士三五人，甚或一二人，以到处岗石，种植不易，食粮多由北峰输送供给。

(《陇蜀之游》)

丁文江（1887—1936），字在君。中国地质事业最主要的创始人之一。1902年东渡日本留学，1904年由日本前往英国。先在剑桥大学学习，后在格拉斯哥大学攻读动物学及地质学，获双学士学位。1911年回国后，先后在多地进行地理地质考察，并创办了中国第一个地质研究机构——中国地质调查所。编有教科书《动物学》，著有地质学专著多部；30年代还与翁文灏、曾世英合编《中国分省地图》《中华民国新地图》等。

太行山西麓的旅行

丁文江

我同梭尔格[①]于十一月二十六日离开井陉，步行向娘子关。我们是完全沿了铁路线走，经过北峪南峪一直向上。因为路线是顺棉水向西的，所以比较的平；从井陉到娘子关十七公里，不过上高了一百公尺。这大概是铁路走娘子关而不走固关的缘故，因为固关虽是从前走大车的路，却比娘子关要高到一百多公尺，娘子关虽然不高，而从东边看去，却的确是一个关。棉水到此变成很窄的峡谷，河两边都是很陡的石壁，不过石壁不很高，几丈以上，又变为平台，慢慢地向两边的大山高了上去。离娘子关车站不远，河两边有很奇异的水凌石，完全是石灰岩凝结成功的，但是中间有无数的小管子，因为管子的口径很小，

---

①梭尔格，德国人，曾任北京大学地质系教授。——原编者注。

所以石头的下部放在水里，水就能自己从小管子里上升。北平、保定人家常常把它放在花盆里；石头上边只有少许的土就能够栽着小草或是小花。

二十六日夜间忽然下起大雪来，一直到二十七晨上还没有停。我们于是变更计划，坐火车先到太原，向官厅接洽调查平定、昔阳一带煤铁矿的办法。我第一次看见阎伯川①先生。那时候山西还没有模范省的名，但是他给我很好的印象。在太原住了两天。二十九日骑着马到西山去调查硫磺矿。矿是在煤层里面的页岩②，没有什么价值，但是我们跑上了比太原城高四百公尺的山，望得很远。从太原到介休是一个很大的平原，太原已经到了这个大平原的北头，再向北就是黄土所成的低山。城东十里，城西二十里，都是四五百公尺高的石山；石山边上，都是黄土。但是我们看见东山边上的黄土比西山又多又厚，足见黄土是西北风吹得来的。

我在太原还得了一个教训。我十几岁在日本的时候，就到体育会去学骑马。教授站在场子中间，拿一根长绳子拴住马，再拿一根很长的鞭子，把马打了转圈子跑，初学的时候，马跑得慢，以后逐渐地加快。等到练习了许多时，马跑快了也掉不下来，教授就叫你把脚蹬去了骑。再等几天，不但脚蹬去了，缰绳也得放下，两只手先交叉在前胸，再交叉在后背，单靠着

---

①阎伯川，即阎锡山，民国以来向主山西省政者。——原编者注。
②页岩，即泥板岩（Shale），地质学名词，岩石状如软板，由黏土凝固而成。——原编者注。

两条腿夹住马背。我起初的时候进步得很快,但是到了把脚蹬去了时候,就常常是摔下来。等到把缰绳放下,一两分钟之内一定躺在地下。学来学去,一点进步没有,一失望就不再学了。到了欧洲,七年不骑马,从前所学的一点工夫①都忘记了。一直等到要回国来的那一年,为预备旅行,又到马术学校去上课。那里的教法没有日本的复杂:你骑上马,教员在旁边看住。先颤着小走,再颤着大走,再学奔驰。等到奔驰不至于容易摔下来,就教你打着马跳过一棍离地二三尺的木杠。我学的成绩和从前一样,起初学得很快,但是到了奔驰的时候总免不了要摔几跤。一到跳木杠子,没有一回能够骑住!这一次调查完全是步行,只有在冈头的时候同梭尔格骑过一回马到北山去。中国马身段很小,比外国马容易骑得多,所以我放胆跑。梭尔格也很称赞我的马术。从太原到西山去的那一天,阎伯川叫人送了两匹马来,说是他衙门里最快的,特地借给我们骑,两匹之中有一匹更精神。梭尔格客气,把它让给我骑。哪知道刚跨上去,它就飞奔起来。我赶紧把缰绳勒住,已经没有用,因为嚼口被马衔着,随你勒它口不会痛。路上的薄雪结了很滑的冰,我身上背着有一千多块的仪器,一面怕马滑倒了,或是我摔了下来,一面怕它撞伤了人;所以虽然温度在零度以下十二度,我仍旧是浑身是汗。幸亏它一直向将军署的马房里奔,到了那里,就不走了,这才换了一匹老实的马,再出城去。我受了这一次的

---

①今用"功夫"。——编者注。

教训，从此不敢卖弄我的马术，并且相信，一个人为天才所限，纵然积极训练，到了相当的程度以后，很难再向前进一步的。

我们于十一月三十日从太原到阳泉。这是正太铁路附近煤铁业的运输中心点。我们在保晋公司住了八天，把附近的地层次序、煤铁的价值调查清楚。然后决定梭尔格担任测绘铁路以北的地质图，东到太行山边，西到寿阳，北到盂县；我担任测绘铁路以南，东到太行山边，西到煤系以上的地层，南到昔阳的南境。我于十二月九日离开阳泉，经过义井、南天门，到平定。由平定西上冠山，经宋家庄、锁簧、谷头、立壁，东上到浮山。从浮山西南坡下来，经安阳岭、铺沟，到昔阳。从昔阳南顺南河到柴岭，东南到蒙山，东北到凤凰山。然后北上风火岭，到张庄；再经马房、立壁、西郊、东沟、白羊墅，于十二月二十三日到阳泉。一共工作了两星期。我初次在北方过冬，御寒的衣具本来不完备，而这两星期中，早上出门的时候，温度平均在零度以下八度，最低的时候到零度以下十八度。上浮山遇见大雪，上蒙山遇见大风——在蒙山顶上十二点的时候，温度还在零度以下十度，所以很苦。但是这是我第一次在中国做测量地质图的工作，兴趣很好，回想起来，还是苦少乐多。

浮山和蒙山都是昔阳县境的名山。浮山上面有个大庙，修得很整齐。全山都是火山喷出的岩浆灰土，最上层有浮石，浮在水面不沉，所以叫作浮山。山在昔阳城东北十五公里，高出县城三百四十公尺。山虽不高，四面却望得很远。蒙山则是完全石灰岩所成，是太行山里的一个高峰；在昔阳城东南八公里，高出县城五百公尺。从这两个山测量，太行山西坡的地形和地质很容易明白。太行山全部虽是一条南北的山脉，山脉里的长岭却多是从北偏东向西偏南的方向。浮山本身就是这种长岭之一；从浮山向北偏东延长，到固关中断。从浮山向南，先看见的是建都河的峡谷，再过去就是蒙山的长岭，方向也和浮山一样。蒙山的东坡和南坡是凤居河的峡谷。建都、凤居这两条河在蒙山的东北会合向东，穿过太行山到平原，就是旧图上所谓沿水，在河北省平山县城北入滹沱河。凤居河以东，可以从蒙山看得见的还有两条长岭：一条叫鹅见山，离蒙山不过十公里，高也与蒙山差不多；一条是文山；都与凤居河平行，从东偏北向西偏南。文山在蒙山东南三十公里，高度至少在蒙山以上四五百公尺，出海面大约在二千公尺左右，是太行山里有数的高峰。

浮山和蒙山都到了太行的西边，但是距低地还有三公里至六公里。这一边的坡度很小，所以从西向东，路并不十分难走。坡脚就是出铁矿的岩石，再向西是一条南北的低地，从平定以北的义井起，到昔阳以南的柴岭止，长约四十余公里，宽约七八公里，在昔阳以北最宽。向南到柴岭，渐渐地变为南河的峡谷。所有重要的村落、城市和煤矿都在这低地之中。低地的面上大部分是黄土。因为有许多河沟，所以并不是个平原。不过河沟不深，岭与谷的高度相差最多不过几十公尺。

从平定—昔阳的低地向西，是一个黄红砂石的高原。平均比低地高出二百公尺左右。高原上的山岭，都是比较硬一点的石层所成。从东望去，大部分都是接连的长岩，与太行山里有石灰岩高峰的长岭完全不同。这种长岩全是自南向北。从浮山和蒙山所望得见最远的一条，在低地中心以西十五六公里，高出低地四五百公尺，大概就是高原最高的部分。高原与低地的分界是一条极其弯曲的南北线，和太行与低地的界线大不相同。因为高原的西坡，有许多河沟，向东流入低地；两条河沟之间，高原地伸一条东西长岭插入低地：在平定西南、南川河北岸的是冠山，南川河南、马房河北的是石钟山，马房河和北河之间的是药岭和风火岭。高原上面，树木极少，土地极瘠，差不多没有什么大的村落。只有与低地接触的东坡上，有很厚的黄土，被我们农民经营了几千年，造成一级一级的平台，可以耕种。

　　山西的乡下人不但靠黄土吃饭，而且可以利用它住房子。黄土是风吹来的，里面没有层次。被水冲开，往往成功陡壁。从这种陡壁边上，向里面挖一洞子。只要顶上挖成半圆形，如桥孔一样，不用一根梁或是柱子，不会倒塌，洞口可以安上门。门旁边还可以开窗子。黄土是不很传热的，所以屋子里是冬暖夏凉。这种土洞子，在河南、山西、陕西、甘肃，黄土厚的地方，是很普遍的。通常叫作"窑"——"武家坡"① 上薛平贵所回的窑，一定是指这种黄土洞子。北京的戏子不懂得，进窑的时候弯着腰，装着向地底下走的样子，就把它变成煤窑的窑了。窑也并不一定是穷人住的。我从平定上了冠山下来，住在

---

①"武家坡"，平戏中的一句。——原编者注。

宋家庄的地保家里，就是这种窑。里面墙壁刷得很干净，很大的一个暖炕，屋外空气的温度，在零度以下八度，屋里只有零度以上十二度。炕旁边放着一对磁县来的大青花瓶——这是北方乡下稍有资产的人结婚的时候必需的东西，瓶与平同声，取它平安的意思。住这种窑的人，最怕的是地震：因为黄土是松的，一经地震，整个儿会倒塌下来。民国十三年甘肃大地震，死去的几十万人，大部分是葬在黄土窑里的。

太行山里的水道很值得人注意。中国的传统地理学都把山脉当作大水的分水岭，太行山就可以证明这种说法与事实不符。唐河发源于浑源，经过倒马关到唐县；滹沱河发源于繁峙，经过榆枣关、卧石口到平山；漳河两源，一发源于昔阳，一发源于榆社，出了太行，才合流到磁县。这几条大水，都从山西穿过太行，流到河北。不但大水如此，就是小水，许多也是如此。在我所调查的区域以内，有两条比较大点的水：一是棉水，发源于寿阳，经过娘子关到井陉；一是沽水，发源于昔阳，经过杨庄口到平山，也都是穿过太行。从浮山和蒙山向西看，就知道这两水支流的复杂。平定—昔阳是一个南北的低地，而且南高于北；西面一个高原，东面一条太行山。我们以为最天然的水流，应该是一条从南向北流的水，吸受东西高处的支流，哪知事实上完全不然。所有这区域内的水，除去昔阳城南的南河之外，都发源于高原，从西向东，横穿过平定—昔阳间的低地，直入太行山里，成为峡谷。最奇怪的是在平定以南的棉水的两条支流——南川河和马房河，都不从很松的黄土地流入棉水正流，却都向东流入太行西坡边上，在石岩上面，冲开一条南北的浅谷。可见得这些水道都与现在的地形有点冲突。研究这种水道的成因，是地文学上极有兴味的问题。

我们把太行山的东坡和西坡比较，就知道因为地形构造不同，发生了极重要经济的结果。太行山全体平均的高度不过一千一二百公尺，比西边的低地高不了四百公尺；所有煤层都保存在这低地中间。而且低地西面是个高原，地层很平，下面仍然有许多煤可采。煤层露在地面的区域，沿正太路是东西的：从榆次起，经过寿阳到阳泉，延长八十多公里；紧靠太行山西坡是南北的：从盂县起，经过平定、昔阳、和顺、辽县与襄垣的南部，延长二百多公里；煤层既多且厚，是全国最大的煤田。东坡逼近平原；获鹿县出海面一百二十七公尺，比太行山平均要低九百公尺，所以从东向西坡度很陡。除去陷在半坡的井径，河北省中部没有煤田，一直要到高邑、内邱才有临城煤田，又与河南的武安煤田不相连接。武安煤田因为种种关系，煤质、煤量都不甚佳。南部的磁县、安阳是河北、河南最好的煤矿，但是逼近平原，南北长而东西狭，煤量因之减少，不能与太行以西的煤田相比。一座太行山把它以西的大煤田和用煤多的华北平原隔断了，可算是中国地理上最不幸的事实。

倪贻德（1901—1970），笔名尼特。著名油画家和美术评论家。1919年考入上海美术专科学校，1922年毕业并留校任教。1927年赴日留学，入川端绘画学校学习，翌年回国。1932年与庞薰琹等人组织绘画团体决澜社。1941年回上海美术专科学校任教，同时创办尼特画室。1942年至1943年，先后在东南联合大学和英士大学任教。1944年起在重庆任国立艺术专科学校西画教授。1948年自办西湖艺术研究所。1949年任杭州艺术专科学校副校长。其著作有《西洋画概论》《水彩画新研究》等。

佛国巡礼

倪贻德

经过了一夜的海行，在晨光稀微中，在烟雨蒙蒙里，普陀山像海市蜃楼一般地出现在我们的眼前了。这真像童话中的奇迹一般，在浊浪滔滔的大海中，有这样一处世外的桃源仙境。我们好像从尘世中来，将要到达西方极乐土地似的。就是立在岸上来招呼游客的许多土人，远望过去，也好像是西方的接引使者，来引渡众生的样子。我倚在船栏上，任风雨吹打在我的身上，心里好像已经忘情于一切，只沉浸在空灵虚无的幻想里。

位在浙江的海面上，舟山群岛中最优秀的一个岛屿的普陀，是佛门的圣地，是夏季避暑的场所，这是世人所熟知的了。我常常听到许多游了普陀回来的朋友说，那地方的岩石是如何奇险，海潮的声音是如何的悲壮，寺院的建筑是如何的庄严，整个的氛围气是如何的清净而高旷。听了这样的话，使我时常起往游普陀的遐想。

　　但我的想去普陀，一方面也是想去描写一些海景的缘故。海，海是一个那样神秘的东西，它是广无法际，深不可测，它有着无限的威力，它的变幻又是如何的不可捉摸。描写海，是能表现出一种力强的美和明快而空远的感觉的。在西洋画上，描写海的画家也有很多很多。而写实主义者的柯尔培①（Courbot），他所描写的海景，尤为特色。那题为《浪》的一画，是大海中有三艘帆船的风景，前景描写着怒涛的碎片，空中满卷着黑云，画面上具有重厚的写实感，浪的动，海的深，都十分地表现出实在感来。又如《骤雨》的一画，前景右面是岩石，左面是波涛，而上面大部分是天空，黑云之中，降下猛烈的骤雨，表现出一种急烈的冲动。现代画家之中，像佛拉芒克②所画的海景的悲剧的情景，马谛斯③和裘绯等所画的平静海岸上的清快味，都具有特殊的作风。看了那样的画，每使我激动起描写海景的兴趣。

　　普陀是避暑的胜地，所以一般人都是在夏季往游的。夏的普陀，住满了数千数万的避暑客，形成一种欢腾热闹的场面。然而正因为这样，普陀本来所特有的静寂的情调，反被打破了。

---

　　①今译库尔贝（1919—1877），法国画家。——编者注。
　　②今译弗拉芒克（1876—1958），法国画家，野兽派领袖之一。——编者注。
　　③今译马蒂斯（1869—1954），法国画家，野兽派的创始人及主要代表人物。——编者注。

游普陀，我想应当以一种平静的心境，乘游人稀少的时节，做孤寂的行脚。或是躺在苍翠的松林下，静听海潮的悲鸣；或是坐着海岸的危岩上，闲看白云的飞荡。这样，才能充分地享受到这南海佛国的清趣吧。春天，海上吹着和风，碧空白云片片，除了少数香客之外，游人是绝迹的。那么，我们正可乘这时候，去做一次写生的行旅。

宗教常常利用了艺术来做宣传，而艺术也往往因了宗教而发达，这在西洋是如此，在东方也何独不然？中国以前的许多雄伟壮丽的建筑，除了宫殿之外，差不多完全因了佛教而光大起来的。名山胜景的地方，哪一处没有丛林古刹点缀在那里，为山河生色。尤其这普陀，可说完全被佛教的势力所占领了。寺院的建筑，布满在山前山后，形成了极庄严的伟观。如果没有那些佛门子弟的经营，普陀到现在恐怕还是一个荒岛吧。当我走上南天门下面的层层的石级的时候，心里这样地感到。

我们随着向导，走过许多曲折的夹树的山径，便到了我们预定旅居的报本堂。这儿是找不到一家旅馆的，寺院，就兼营着旅馆的事业。但那寺院的建筑和设备，并不比较上海的许多大旅社为低劣。反之，更显得宽敞而安乐。这报本堂，是普济寺后面的专为香客旅居的寺院的内堂，在普陀，听说这是最高贵的住处。庭前花木的荫深，屋内陈饰的华贵，即使是富人的别墅，亦无以过之。从我所住的楼上望出去，白茫茫的一片海水，寂寂地躺在中午的阳光下。海岸上有一带疏疏的松林，松涛、浪涛的声音合为一片，闻以一声二声的梵钟，不时轻轻地送到我们的耳里，使人万念俱消，静如止水。半个月来在上海时所受的精神上的痛苦，好像完全忘了的样子。我觉得像这样的环境，对于像我那样厌倦了都市生活的人，怕是最适宜的吧。我很欢慰在那里有十多天小住的幸福。

怀了一种好奇的心境，我们把行装安排好之后，就想去看一看海的伟观了。走出寺门，经过一个小小的市集，再转一个弯，一片橙黄色的海滩就展开在我的眼前，那便是所谓十里沙滩了。海水缓缓地打到滩上来，又退了出去，沙滩被冲成那样的平滑而松软，人经过那地方，留着步步的脚印。我们一面走，一面在沙中拾着美丽的贝壳，有时又向着海的彼方狂叫起来，好像是回复到儿童时代的情景。这地方，听说便是夏季的海水浴场。到了盛暑的时候，有无数的青年男女，到这里来浴在海波里，享受青春的幸福的。

但这里海水的色彩都呈现一种黄赭色，实在是美中不足的地方。所谓碧海青天，海水应当是碧色才更能引人入胜吧。这使我想起香港的情景，你若是从香港仔向南望下去，那一湾海波，澄清碧绿，像水晶一般的透明，白色的风帆，愉快地行驶过的时候，那种清凉的色彩，明快的感觉，会使你充分地感到一种南国的抒情味。而在这普陀的海岸，却只看到滔滔的浊浪，连接天际，和岛上的岩石，海中的舟楫，都没有明快的对比。表现在画面上，很容易引起沉闷的感觉。

然而普陀的岩石，毕竟是可爱的，这里的海边，不像吴淞口岸那样的只见浅草平原，却是随处都有奇险玲珑的崖岩，把海岸线形成高低曲折的奇兀姿态。海潮浸入的时候,波涛冲在岩石上,激起雪白的浪花,再从石缝里流泻出去。而在这中间,发出梵钟似的洪音,因此有潮音洞、梵音洞那样的名称。我常常欢喜坐在这样的岩石上,凝视着白沫的飞扬,静听着潮音的澎湃,任浪花把衣襟沾湿,自己好像忘情于一切的样子。

这样的天空海阔的景色,对于游览不消说是能唤起高旷放逸的心怀的。但绘在画面上,不免有些空虚单调。我画了一二幅之后,就觉得有点心厌了,老是那橙黄色的海水,白色的浪花,赭色的崖石,青的天空,此外,就空无所有了。这样的地方,我想最好是在盛夏暴雨袭来时候,描写那种黑云飞卷、怒浪激冲的恐怖的情调,确能表现出一种强力的悲壮的美。但在这春风和煦的时候,除了这平静的原始的情趣之外,便什么也没有了。

比较具有人间情味的,只有南天门的一角,因为这是和大陆交通的唯一的码头,乌篷的渔船都聚集在那里,有的扬帆远去,出没天际。有时也可以看得见一二艘巨大的商轮和军舰,远远地停泊在海中。码头上有许多做苦力的土人,卖食物的小贩,这就增加了不少的生气。站在稍高的地方望下去,南天门的雄姿,坚实地盘踞在海涯上,像是以十分自信的千钧的力量,震慑着波涛的泛滥的样子。

但普陀的山景,比较海景更能引起我的兴趣。普陀原是突出于海中的群山之一,到处都起伏着峰峦岗陵,其中佛顶山要算是第一高峰,登临其上,可以俯览全岛的形势,海阔天空,极目无际。但是我以为山的景色,与其山顶,不如山麓的富于诗意。那儿常可以看见疏疏落落的茅居草舍，依山而筑，农家的男女，操作在高原的田亩间，竹篱柴门的前面，常闻犬吠鸡啼的声音，令人想起陶渊明的诗句来。尤其是在日落黄昏、暮烟疏雨的时候，山脚下笼罩着一层苍茫的烟幕，缕缕白色的炊烟缭绕在茅舍的烟突上，一种松枝燃烧的香味弥漫在山野的四周。从我们所住的寺院的楼上望下去，就有这样的一幅山居图。

层峦叠翠的风景，在中国画的表现法上，有着很大的成功，但在西洋画上，只要有适当的技巧去处置它，更能获得美满的效果。这样的画材，在普陀是常可以发现出来。最好是在早晨，或新雨之后，空气中包含着浓厚的湿意，山腰间的白雾还没有退尽。在暗淡之中有几处分外的鲜明，在模糊之中有几处分外的清晰，那树，那山，那疏落的家屋，都若隐若现地出没在烟雾之中。这样的情景，正是我理想中所追求的 Motive，想不到在这岛上随处都可以获得。

在这周围不到十里的岛上，大大小小的寺院却有数百处之多，可说是全国佛教的中心点了。这许多寺院里面，规模最大而僧徒最众的，除了我们所住的普济寺之外，便是法雨寺了。法雨寺依山傍海，四围环绕苍翠的松林，寺前横隔清碧的溪流，那处境的幽邃，佛殿的雄伟，更较其他的禅院为优胜。我想，这里大约一定有道高德厚的高僧住着吧。我又羡慕那些僧众，他们可说是享尽人间的清福了。而同时我又生了一种怀疑，他们这些佛门头陀，都是不事生产的，那么又怎样能享到如此悠闲的生活呢？

有一位比较富有经验的朋友，听了我这样的话笑着对我说：

你太傻了，你不看见这周围的山田，不都是他们寺院的产业吗？然而他们还有更丰富的收入呢。因为这里是观音的灵场，佛教的圣地，所以四方的善男信女，一年之中，到这里来，耗费了数千数百的血汗的金钱，广建水陆道场，以希望超度他们的祖先，祈求自身的幸福者，不知道有多多少少。尤其是那些上海的资本家，那些杀人放火的强盗，他们干了许多奸淫劫掠的勾当，积下了丰富的资产，然而又畏惧死后地狱中的苦难，希望来生幸福的持续，所以当他们放下屠刀，就一变而为菩萨心肠，不惜以巨量的金钱，供献给佛门中，以求获得无量的功德。因此，这里的寺僧，他们的逢迎富豪、献媚女性的丑态，和市侩没有两样；而他们的生活的优裕，物质的享乐，不下于富商豪绅。谁说佛门尽是清静土呢？

然而这只限于方丈住持之类，大多数的和尚，到底还是苦的。在普陀，寂静的山道间，所能够遇到的，尽是那些秃顶缁衣的方外之人。这真是古怪，做和尚大约都生就了和尚的面相的吧。他们都有一种与常人不同的变了形的颜面，就像我们平时在庙里所看到的罗汉那样的狰狞而滑稽的脸相。他们大都是行脚僧，四海漂泊，到处为家，久经了风霜的那种憔悴的神态，褴褛破旧的百补袈裟，这里面也许有坚毅卓绝的苦行头陀，然而大多数还是因了穷愁末路而逃入空门，以谋一饭之饱的吧？我想。

看了这样的情形，每使我想起一种人生的孤寂感来。他们永远享不到家庭的和乐、儿女的情爱，他们永远只能流放在这天涯海角的孤岛上。我很怕自己也许有一天也走到这样的人生末路上来。普陀，我是再也住不下去了。当我初来的时候，对于这世外桃源有无限的怀慕，而不到旬日，我已感到这孤岛上的枯燥而荒凉了。这里，太缺少人间味了。沉寂的空气层层包围了我，使我的呼吸也要窒息似的。我好像被放逐在荒岛上，永远不能回到人间去的样子。那百无聊赖的讽诵经忏的声音，那令人万念俱灰的梵钟的清音，在黑暗的深夜里，我听了直要哭了出来。这时，即使看到了一条妇人的裤子，听到了几声小孩的哭声，也能感到莫大的欢慰吧。

这儿虽然也有人家，也有市集，然而因为佛教的势力过于庞大，他们也都成为佛门的附属者了。他们因佛教而生活，为佛教而服务，他们自身也都佛教化了。而尤其使我感到痛苦的，便是吃不到一点鱼肉的荤腥。每天清菜豆腐，淡茶粗饭，我的几天不知肉味的肠胃，感到极度的恐慌了。

我于是想起了上海。上海，我虽然有时对它起了厌倦，但现在想起来，实在是可爱的。想起了那都会中心点的车辆的交织，夜市中的红绿灯光的辉映，那男人们为生活而紧张的神情，那女人为卖弄风情而摆动屁股的浪态，那长街上喧腾的人气，那菜市中诱人食欲的香味……想起了这些，使我十分地感到都市的亲切味来。

啊，上海实在是可爱的，我要回去。

1933 年春
(《画人行脚》)

倪贻德（1901—1970），笔名尼特。著名油画家和美术评论家。1919年考入上海美术专科学校，1922年毕业并留校任教。1927年赴日留学，入川端绘画学校学习，翌年回国。1932年与庞薰琹等人组织绘画团体决澜社。1941年回上海美术专科学校任教，同时创办尼特画室。1942年至1943年，先后在东南联合大学和英士大学任教。1944年起在重庆任国立艺术专科学校西画教授。1948年自办西湖艺术研究所。1949年任杭州艺术专科学校副校长。其著作有《西洋画概论》《水彩画新研究》等。

虞山秋旅记

倪贻德

秋是一天一天地深起来了，我们所期望着的写生旅行又将举行了，这种欢愉足以使我们全身的血液都沸腾起来。

事先，地点由旅行队指定了常熟的虞山。

虞山，那是离上海并不很远的地方。在苏州的附近，濒临太湖，是和平安乐的鱼米之乡，而且，这又是我的旧游之地。虽然是十年以前的事情了，但，虞山的峻秀，剑门的挺险，运河两岸的青青的水田，言子墓道荒凉的古色，以及临河人家的悠闲小景，居民的柔秀和平……都还依稀留存在我的脑际。那时，我还是二十岁左右的青年，也是随着学校的旅行队同去的。我们都有健全的体力，饱满的精神，豪放的气概，文艺的趣味也正浓厚。记得那时我曾做过一首《登剑门放歌》：

登剑门放歌

(一)

登啊!登啊!
任山路儿崎岖吧!
任山径儿曲折吧!
任山坡儿颠连吧!
但我们终归要登,
快登!
快登上极顶的高峰!

(二)

绿满了遍野,
绿满了遍山,
遍山都是野花啊!
遍野都是芳草啊!
哦!
数不尽的生命,
随意聚着的生命,
都在蓬蓬勃勃地生长啊!

(三)

仰头我看天——天苍苍,
低头我看地——地茫茫,
我的灵魂儿哟,

又仿佛在缥缈的梦乡。

（四）

试一声长啸，

惊破那四山的寂寥，

啊，我有生以来的哀怨哟，

我有生以来的悲愤哟，

都随着长风去了！

（五）

哦，山风吹来了！

浩荡荡的山风吹来了！

山风，你吹！

你快把我吹去哟！

吹去——吹我到昆仑山的顶点上吧！

啊啊！

我胸中沸腾着的热血哟，

快让我恣情地迸发吧！

（六）

剑门到了！

剑门到了！

壮严的剑门！

奇峻的剑门！

雄浑的剑门！

力的剑门哟！

男性美的剑门哟!

(七)

且低着头儿望吧,

低着头儿扩大我的视线吧!

视线以内——

几十里的平野,

几百里的平野,

那树——那一堆一簇的不是树?

那河——那白带似的不是河?

那田——那一方一块的不是田?

树哟,河哟,田哟,

生命的泉源哟!

大自然的精灵哟!

(八)

四山的夕阳,

又照得那么金黄,

"不如归去,

不如归去哟!"

杜鹃又声声在摧①着我们归去了!

啊,空山莫久留,

我快归去!

---

① 这里的"摧"字意指"催促"。——编者注

踏着山坡归去!
看着风光归去!
带着满怀说不尽的画景诗意归去!

诗虽然做得很幼稚,但也可以想到我当年的豪放心情了。不过那时对于绘画的观念,还是盲目而无自觉的,技巧也很幼稚,不问色彩的调子,不问趣味的含蓄,以为纵横涂抹,任情挥描,便是热情的表现、力的表现了。十年以来,我的绘画的技巧已相当有些修养,对于对象的美点的捕捉,自信已有了一点把握了,所以虽是旧游之地,我仍可以去做新的探求。但是,十年以来,我因生活的挣扎,各地的奔走,我的筋肉虽更强固,我的精神上却已饱受创伤了。虽然有时力自振作,而终不免现出疲乏的现象。当炎夏的时候,我本想到什么地方去做避暑的旅行,借以舒适我的胸襟,但因种种的原因总是去不成,而接着又遭遇到许多不幸的事情。所以入秋以来,我的精神感到极度的衰弱,身体也常常陷于不健全的状态,常日困居在烦嚣的大都会里,心里只感到忧郁和沉闷。那么,我也正可以到这悠闲静寂的江南胜地去变更我一番新生活,那太湖的清流,也许可以洗去我心头的污浊吧。

我是很高兴地做虞山秋旅的准备了。

被许多琐事所耽搁,旅行队的全体先出发了,我是迟了两天动身的。

常熟离上海虽是不远,但火车不能直达,乘了早班沪宁车到昆山，再换乘小火轮，经过了四个钟头，才到达了常熟的埠头。

虽然是旧游之地，但到底时间隔得远了，看了岸上的一切情景，倒好像是初到的地方。跟了脚夫弯弯曲曲走了许多狭街小巷，便到达了我们旅行队所住的旅馆——常熟饭店。这旅馆好像是新近开设的，门前停满了车辆，堂内结着红绿的灯彩，整个氛围气里充满喧闹的人声，旅客们的大声呼喊，蓝衣的伺者穿梭似的来往着，妖媚的年轻的女性在争艳竞妍地卖弄风情。这第一个印象，给我很满足的好感。我很欢喜静观这样富有人间味的场面。

那时正是下午二时，以为同伴们都出外作画去了。推开了弦所住的房间，他却一人坐着在悠闲地临摹字帖。在这样宝贵的旅行中，这样秋晴的午后，不做大自然的遨游，而闷居在室内做临碑的消遣，可以知道这位艺术家的泰然的态度了。弦，他是一个富有毅力的艺术苦学者，他曾两度做法兰西游，借工作以修炼艺术。他的特长是素描的线条，他以洋画上的技巧为基础，用了毛笔所摹写的人体素描，有独到的工夫。他说他的临摹碑帖便是做线条的修养。忠厚老实的容呢，他正在贪着午睡，被我闹醒了，操着不纯熟的广东音的普通话和我说笑起来。容，他是一位折中派的国画家，便是所谓岭南三杰——陈树人，高剑父，高奇峰——的门弟子，他的作风有些近似日本画，采用写生而注重形似，有人称为新的国画。所以他的倾向正和弦相反，弦是想以东方的线条运用到西洋画上去，而容却在国画上采取西洋画的技巧。

不久此君和她的几个女友也笑着进来和我招呼了。可巧她们正住在邻近的房间。旅途中有女性同行,当然更能增加兴味。尤其是此君,她可说是一位现代的典型女性,她有一对大而神秘的眼睛,充满着南国女儿的热情,讲起话来露出一口整齐洁白的牙齿,使人起轻快流畅的感觉,微黑的皮肤,坚实的体格,更十足地表示了她的健康美。她不借脂粉的涂抹,而自有素朴自然的美。我们有纯洁而淡泊的友谊。所以她这次的同行,实在使我们旅途中增加不少的兴味。

在这样晴朗的秋天的午后,闷居在房间里终究是可惜的,我急于想饱览虞山秋色,便提议去出外散步,他们当然都是欣然同意的。弦、容、此君和她的几个女友,七八人的一群,走到附近的言子墓道了。这是十年以前初次来虞山时的熟游之地,斑斓古色的青石的牌坊,苔藓丛生的石级,苍劲古老的树木,褪了色的红墙,一切都是依旧。但前度来时,正当春盛,而现在却值山河秋老,虽然是带了几分萧条荒凉之意,但却更现出圆熟而老练的气概。衰黄的枯草,在秋日的骄阳下,也更觉得可亲可爱。

言子墓道是在虞山之麓,我们顺着墓道登临上去,山坡尚觉平坦,我们的脚步又很轻捷,不久就登到附近小山中的最高处了。久住在都市中的我,对于走路的机会很少,我很怕腿力渐渐退化,跑不动崎岖的山路,但现在走起来,脚步还是轻松得很,大约是呼吸了充分的清新的空气,精神觉得分外的舒畅,我的少年时代的活力,好像又恢复转来了。

登高四望,常熟的全境都在眼底,连太湖的一线也好像隐约在望。常熟,顾名思义,到底是江南富庶之区。因了产业的落后,农村的破产,连年的内战,中国内地的许多地方都现出凋敝颓废的气象,唯有这常熟,好像还保持着安乐富庶的状态。这里鸟瞰下去的黑白相间的居民的家屋那样的整齐而洁净,四乡的肥田沃土那样的黄熟而丰润,街道上来往着悠然的行人又那样的和平而静穆,睹了这种情形不难想象而知。

山顶上有一处破落的古庙,大家都好奇地走进去,好像要在这里发现什么奇迹的样子。推开了虚掩着的门,里面静寂得可怜,像是好久没有人迹的样子,偶然遇到了一二个僧人,在暗黑的阴影里打盹。在佛堂的神龛前,大家都抢着签筒来摇签。近来许多自负有新思想的青年,每逢游庙,就有求签的习惯,这似乎是很矛盾的事情。然而你说是迷信吗,绝不是迷信,不消说是一种游戏的冲动。但虽然是游戏,你如果求到的一签是下下,那你心里至少有半天的不快,上上呢,自然感到几分得意。这大概是人类的迷信的心理尚未能完全尽除的缘故吧。因此,我总不愿意做这种无聊的举动,但这并不是比较他人能破除迷信,乃是怕求到了下下签而心里要感到半天的不快。此君和她的几个女友,她们都求得了好签,很高兴地给我们传观。然而那静寂久了的僧人,似乎有些讨厌我们的胡闹了。

走出了寺门,日脚已西斜了,晚秋的薄暮,不免有些凉意,我们便循着山坡,向另一条路下去。游兴还没有畅尽的样子。

然而，我此来虞山，最大的目的，到底还是希望在绘画上得到丰富的收获。所以从第二天起，我就开始作画了。作风景画，最先便要选择对象。前面我已经说过，到某一个地方作旅行写生，在开始工作之先，不妨先做一日的畅游，同时注意入画的对象，自己认为满意的，便在速写本上描出略稿，以后一一按日前去制作。但风景因光线的变化，有的地方适宜于早晨，而不适宜于午后，有的地方暮色苍茫时很感兴趣，而在中午时却是平淡无奇，所以也不可一概而论，全在我们的随时活用。不过你没有一个预先定好的目的地，心里抱了很大的希望，信步乱走，看看这里既不能满意，那里也有点欠缺，路越走越远，精神已经疲乏了，还是找不到完全满意的对象，画兴就要减去大半，看看时候不早了，只得勉强敷衍了事，绝不能得良好的结果。但常熟即是旧游之地，对于那地方的风景，我是约略知道了一点的。这种风景，绝不是名胜的地方。剑门，桃源间，言子墓，这些只是名胜，可以供游览，而作为绘画的对象，并不怎样佳胜。宜于作画的地方，倒在县城的东、西、南、北四门的附近。说到绘画上的题材，一般人总以为奇险的、著名的，或是有历史上的意义的为佳，但这是过去了的浪漫主义时代的思想。其实一幅绘画的价值并不以题材的如何而定其高下，乃是系于作者技巧的高明与否。即使是很平凡的风景，经过作者的技巧的纯化、净化之后，自能成为另一世界。所以我以为作画的题材什么都可以，只要是自己认为满意的，和自己的作风颇相吻合的，再用自己的理想加以洗练，自然能创出好的画境。

大凡名胜古迹的地方，大都是因了名士文人的题咏而得名，并不一定适宜于作画，而且名胜所在地，都是被摄影师千百遍地拍摄过了，画出来总觉得平凡，即如西湖的平湖秋月、柳浪闻莺，苏州的寒山寺等，地名何等动听，而实际上去描写起来毫无趣味。所以我以为选择风景的对象总以避去名胜古迹为宜。

话说得太远了，我说常熟城门附近的地方最好，这是因为近城门的地方，趣味最为复杂。它不像市内的人烟稠密，也没有乡间的冷落荒僻，有疏疏落落的市集和人家，也可以望得见郊外的烟树云山，而且近城门处必为水陆交通的要道，河中来往的船只，桥上的行人车马，这些都是增加风景中的动的意味，而且富有现实人生味。而尤其是常熟的西门，最是具有这样的特色的。

最初的两天，在东门、北门外作了几幅，但因为好久不提画笔，技巧不免有些生疏，所作的都不能十分满意，不是构图太无力量，就是色彩有点生硬，尤其因为有几个"写生的姑娘"要拉着我改画，精神不能集中，所以到了第三天，我便一人独到西门去作画了。从西门的城楼上望下去，有一幅极妙的风景，我是仿佛有些记得的。大部分是一片河水，河岸的一面是小小的码头，一面是临水的茶楼，远近的河边都停着许多大大小小的船只，中景的右面有一块土地直伸到河的中央，有如半岛，上面有一间破落的土地庙，但看上去还是很坚实的样子，庙旁有一株生根在河岸的垂杨，再远过去，是一片黄色稻田，和一簇一簇的丛树。这日正值日暖天晴，一切都在明艳的阳光底下，湖水是澄碧而透明的，微风吹过，略略有些皱纹，空气是那样的清洁。虽在重阳节前的晚秋天气，然而穿了夹衣还有点暖。我站在残缺的城头上，禁不住喊了起来：啊，好一幅江南秋色！这样的喜悦，就成为我作画的动机了。但单有这动机，而没有把握对象特点的技术，结果还是平凡无味的作品。我总觉得一件艺术品，如果没有捉住一点对象的特点，没有一点诱惑的魔力，实在是近于无聊的，所以我首先就要把握这风景的特色。第一是构图：这样散漫的风景，要在画面上作恰当的构图确是不容易。普通的构图都是把主要物置于画面的中心处，两旁的东西都居于陪衬的地位而从属于中心点。这样的金字塔形的构图，最为稳健的。此外或是垂直线与平行线的构图（如大地与乔木），或是对角线的构图（如透视很深的市街），都是比较的易于处置。现在我却要把几个主要物放在画面的四角，中间只是一片大而平的河水。这是非常危险的构图。但是你如能把这四只角在无形中加以联络，成一大包围的形势，好像没有主点而自有主点，使观者起循环不息的感觉，那就成为一幅最有奇趣的构图了。其次是各种物象的表现。船，描写起来最难捉住其形式的特点，因为它是时常在变动的，即使不在行驶的时候，也因风吹波打而时时转变方向。其次①，船是浮在水面上的，但还有一部分沉在水中，所以表现船要轻中有重，重中有轻，若是太重了，那就没有浮的感觉，太轻呢，又像气球那样的浮在

---

①这里和上面之"其次"，原文如此。——编者注。

水面上了。再说到水，描写水的条件，要透明清澈，要流动活泼，要滋润，要有深度的感觉，要有冷冽的感觉，所以非有深刻的研究，是绝不能表出水的特色的。左上角一株垂杨，虽然占了很少的地位，但树是风景画最难表现的物体，树中的杨柳尤其不易画成恰到好处。它整个的感觉是柔软的、含有水分的、浑圆的，绿是嫩绿，秋的垂杨又有点枯黄的意味。此外右上角建筑物的坚实感，远景的深远感，倒还是比较易于处理。再说各物体的互相联络，我利用了水的皱纹及船上歪斜地簇出的竹篙，再在笔触的相互照应上使其严密地结构起来。中间的一大片河水，因了色调和笔触的变化，并不觉得单调了。同时还要注意到全体色调的统一，在辉耀的秋阳之下，色调是明快的，鲜艳的，但明快和鲜艳最易流于庸俗，所以一方面还要顾到色彩的纯化。

　　我在作这幅画的时候，一方面是抱了极大的希望，一方面却也有点担心。我深怕我的技巧不能和我的感觉相一致，将大好的美景失之交臂，即使再来描写，恐怕已不及此时的丰富的情绪了。所以我把全身的力量都放了出来，坐在残缺的城楼上，以十二分的勇气，聚精会神地开始描写了。大约经过一个半钟头的继续制作，完成了第一步的手续，于是从城头上跳下来，将画布搁在稍远的地方，口里抽起烟卷，看看构图和大体的色调都还满意，心里有了几分把握。大概作画的时候，若是最初构图和大体的色调认为满意的，便已有了一大半的成功。因为部分部分的分析，倒比较的容易着笔，而且有了好的情绪，自然愈画愈合拍了。这样我又跳上城头，重新鼓起勇气做整理、修饰的功夫，一忽儿跳上，一忽儿跳下，凝神、制作，休息，抽烟，以一贯的情绪、一贯的笔调继续下去，眼前只有一片的江南秋色，心中忘怀了一切，这种悠然自得的三昧境，恐怕只有画家自己知道吧。

因了这地方风景的入画，第二天早晨我又去了，所取的风景是前一天决定好了的，就是将前一天所画的地方稍向左移，以伸出于河中的那块土地上的小庙作为画面的中心，把杨柳移到画面的右边。近景配以岸上的屋脊及船的顶棚，远景仍是一片平野。这幅风景和前一幅虽在同一地方，而构图却已大大不同了，前者多透视线而后者多平行线，前者是动的而后者可说是静的。而且天气也变幻了，昨天那样的日暖天晴，而隔了一晚，已变成了昙天，而且还带点雨意，一切都现出银灰色调，倒影也分外沉静。然而阴天的风景，正是我所爱好描写的。近来想改变一点作风，所以也欢喜描写阳光之下的明快景色。在一二年前，我有一向专爱描写阴天的风景的。这是因为阴天的色彩，比较的沉静、幽雅，和我画面的色调颇相一致。现代西洋画家的马盖（Marque），他的风景画，大半都是这样的灰色调，那薄雾蒙蒙的码头情调，那带有凉意的湿味，那沉静而稳练的用笔，使全画面笼罩着一层微薄的伤感，使人看了陶醉于那种伤感情调里。又如阿斯朗（Arslline）也常用涩味的灰色。

我因为平时爱好这几个作家①的作品，所以不知不觉受了影响，也好用灰色调了。但是，就像前面说过，用鲜明的色彩易流于庸俗，同样，用银灰的色调却易流于平凡。所以用银灰的色调，要使它活动、幻变，像贝壳内层那样有光彩的色泽（珍珠色）。而在全画面中，为了打破平凡，不期然地使用几笔大胆的原色。所以描写这阴天的风景，在我是觉得较有把握的。但是作画的情绪，却没有上一天的统一。这因为许多同学们，看了我的那幅《秋晴江南》，第二天也都跟我一同去了。十多个人在城头上排成了一横列，又是拉了我修改，把我自己作画的情绪有些陷于昏乱了，当我以十分的镇静力，重新提起画笔的时候，天已霏霏地下起微雨来，他们都草草画成回去了，最后仍旧剩了我一人，忍耐了凉湿的微雨，慢慢地完成了这幅画。虽然也表现出几分静穆的诗意，但较之前者，已缺少一点精彩了。

石梅附近，因为和我们所住的常熟饭店相去很近，所以有很多朋友常到那儿去探寻风景材料，我也觉得那地方另有一种悠闲的情调，也去画了几幅。白色的粉墙，后面衬着深绿色的杂树，不十分整齐的小路，路旁有枯黄了的小草，碧空中有几朵白云浮荡着。这样的风景虽然很平凡，但你如能在这里发现出美点来，却是有隽永的妙味，使人百观不厌。就像现代法国画家佛拉芒克，是常常描写这样的冷街僻巷的风景，他用了爽脆的表现法，把这种平凡的对象强调起来。风景画因表现法的

---

①指"画家"。——编者注。

不同，大致可分为模糊的与爽脆的二种不同的趣味。十九世纪末的印象派的风景画——例如莫奈（Monet）、毕莎罗（Pissarro），雷诺阿（Renoir）等的风景画，都是表现浓厚的氛围气的，画面上看不到明晰的轮廓线。而二十世纪的风景画，大半是倾向于爽脆的对照法。所谓爽脆，便是以果断的决心，单刀直入地将物与物的关系表现出来，有时明暗的对比非常的显著，不妥协，不犹豫，这样的画面是力强的、明快的，有现代人的感觉。但这爽脆和流畅又有点不同，爽脆不必一定就流畅。流畅往往容易流于浅薄的、表面的描写，使人一看而无余味，没有深刻的意义。所以在爽脆里面，还要带几分生涩。这种趣味，正和吃橄榄的味道差不多，清脆而带点涩味，吃了之后，还有隽永的回味。所以高明的画家，往往在技巧的纯熟中显出一点稚拙，这样使作品的趣味更加深化了。我一向对于绘画是欢喜爽脆的。因为过于模糊就纤弱无力的，变成平凡了，没有男性的力强的美。在石梅附近所画的一幅，这种爽脆可说已表现出了几分。

　　在石梅附近一带的居屋，大多是有闲的中产阶级的家庭，那种房屋不是完全旧式住宅建筑，当然更不是完全现代式的住宅建筑，乃是一种半洋式的，稍稍饶有一点庭园之胜，从外面看去，可以知道住在这里面的主人是如何地度着相当舒适的生活。我那天就是立在那样的一个住宅的门前作画的。到路上去作画，最容易引起人家的注意。最初是年轻的姑娘在门缝里窥视，后来有一位中年妇人走到我旁边来看了，还啰啰嗦嗦地问了我许多话,问我画了这种画有什么用的,是去卖的吗。我海阔天空地向她乱吹了一番,说这种画是带到上海去卖的,而且价值是非常的高。那诚实的妇人听了我这样的话信以为真,咋舌不止。其实,画家卖画是应该的,制作的时候是一种趣味,而制作完了后却可成为一种商品,否则画家凭什么去生活呢?然而中国的洋画家说来实在可怜,在展览会的目录上,即使是定了很低的价格,也极少有人顾问,这是根本因为中国人对于洋画的鉴赏力太低,即使有好的作品,也不为人所识,识者又或者无力购买。普通室内的壁面装饰,大都仍是中国的书画,而用油画做装饰者,却是少见。所以研究洋画的人,除了从事艺术教育,就别无出路,有的中途易业,有的穷途潦倒,埋没了多少天才。中国的洋画界到如今还是沉寂而无生气,这怕是极大的原因。所以做艺术运动的人,应当从这方面着想才好。

石梅是一处茶馆的区域。苏常一带茶馆的精雅而普遍,是著名全国①的。坐茶馆,也确实是件享乐的事情。你如果没有事的时候,从家里慢慢地踱出来,走到雅洁的茶馆里,那里有舒适的座位,亲切而热烈的环境,茶博士殷勤的招待,清香浓郁的龙井茶送上来了,热的手巾提上来了,那里可以遇到每天相会的熟友,不关痛痒地谈些世事的变迁,城里发生的有趣的新闻,而加以幽默的批评。你若是爱好清净的,也可以对客下围棋一局,消磨这无聊的永昼,你若是饲养芙蓉、百灵的,也可

---

① 原文如此。今用"全国著名"。——编者注。

以提了你的鸟笼,挂在迎街的窗前,听听它们的婉转的歌音。茶馆的确是唯一享乐的地方。苏常一带,因为生活比较富裕,居民习于享乐的生活,所以茶馆也特别的多了。对于这样的生活,我倒也非常羡慕,当我每次经过那许多茶馆的窗前,看见那些茶客们的从容悠闲的态度,也很想跑进去尝尝那样的滋味。有一天上午和弦牺牲了半天的作画时间,到里面去坐了几个钟点。虽然未曾习惯那样的生活,态度不很自然,但喝喝香茗,抽抽烟卷,看看当地日报上的新闻,感到一种舒徐淡泊之趣。这种悠闲的生活,在大都会的上海是无论如何享受不到的吧?

然而这样的悠闲的享乐生活,在工作的余暇,偶然去消磨半天的光阴是无妨的,像苏常的有闲阶级,每天吃了没有事做,以茶馆为第二家庭,这未免把一生太随便看过去了。江南人的颓废享乐,不知道向前奋斗努力,于此可见一斑。然而这些日常的茶客,大都是一些四十岁以上的中年人,至于年轻的公子少爷呢,他们享乐更为彻底了。听说常熟的青年,只要是生在不愁衣食的中产之家,他们永不想到这世界上来谋发展、图进取,只是闲荡、闲游。他们当然有志同道合的一群,群居终日,无所事事,他们每日的课程,便是赌博,遨游,张筵席以豪饮,挟美妓以取乐,这样,就一天一天地虚度过去了。然而这样的青年,也不仅限于常熟,内地各大城市里随处都可以遇到。

我们接连到各处制作了几天,作品也就挂满在旅舍的四壁了,心里颇觉自慰,以为不虚此行似的。有一天的午后,我们忽而想起了剑门之游,而且决心不带画具,专做游览,因为剑门虽美，而不很适于作画的缘故。剑门，当我十年以前来虞山时，曾两度登临，所以那儿的印象，还依稀残留在我脑里。危崖峻险，在江南一带，敢夸无匹，向下俯视，可以看见迂回曲折的运河，河的两岸的片片的水田，河上叶叶的归帆，都是充满着茫茫的诗意。由这样的回忆，更使我的游兴增高起来。我们约了此君及其女友三人，还有两个南国的青年，一行九人。我们先由西门雇了小船，慢慢地摇到剑门之麓，从那里攀登上去，山势颇为峻急。记得前次来时，我的体力正健，直登剑门之上，毫无倦容，然而我现在自信还保持着这样的元气。走了不多时候，我已遥遥超出他们之前了，几个女友更觉落后，只有好胜的此君，她是不甘雌伏的，她向我力追，我看她气喘不堪，有时过意①坐在石级上休息一会，让她领先几步，而两个南国的青年，他们到底年轻、活泼，他们如飞地赶上来，他们一直向上跑，到了此君的视线及不到的地方，便预先埋伏在山上的大石旁，等到此君走过的时候，便像狼一般的跳了起来，做大声的怪叫，害得此君也骇得惊叫起来，于是大家都格格地欢笑了。这样，我们或先或后地走着，不知道路的远近，更忘记了身体的疲劳了。四山是那样的寂静，除了我们的一群之外，连樵夫也不容易看到，只有一片风吹松林的音籁，像波浪一般地在空中滚着。但是我们并不感到空山的寂寞，因为我们自己的一群声势已经够浩荡了。

---

①指"故意"。——编者注。

其实到了剑门，倒也并不觉得有怎样特别的兴趣。游览山川，大都是如此的。趣味倒在向前进行的途中，到了目的地也不过如此。而且那时已是欲雨的昙天，登高远望，如一幅淡墨的山水。秋的娇艳的色彩，完全要阳光来渲染的，阴天的秋景，却只有严肃和凄凉的气象了。剑门之上，也只有一所空空的古庙，看不见一个僧人，残废的佛像凌乱地置着。寺院的殿堂内更布满了沉沉的阴气，要是一人独游，定会疑惧鬼怪之将出现。但是我们这富有生命力的一群，似乎反把那里面的阴暗和恐怖征服了。他们在黑暗中找到了签筒，又照例地抽起签来，在临走的时候，弦又偷了一尊最小的涂金的木雕佛像，他说从这种佛像上可以看出东方艺术的精神来。

在我们头顶上的天空，已经布满了层层的密云，稍远的景物，也有些模糊难辨，雨是快要下了，而且真的有凉意的雨点在一点一点打在我们脸上，我们立刻便做归计了，好在归途中，也仍旧是游览。剑门山势的险峻，在江南诸山中，堪称独一。就是平常人行的坡道，走下去的时候，若是脚步快一点，也有点向下直冲的趋势，要立刻停步是不可能的。至于另一面，那并无坡道地方，真有一泻千里之势。山上满生了荆棘丛树。平时，除了樵夫之外，恐怕再没有游人去冒险涉足了。我，因为那时游兴正浓，以为这样匆匆一游，就循了原路回去，实在不能满足我们的欲望，所以我就对同行者提议说："我们不要走原路回去，有谁能从这面走下去的？"两个南国的青年，不等我的话说完，便毫不思索地一跃下去了，接着我也下去了，此君，她是无论什么事情不愿示弱的,她也跟了我们下来。那样的山路,实在是不容易走,最初,我们利用了繁密的丛草,把两脚伸直坐在草上,向下直溜,倒是非常痛快,然而遇到了有刺的荆棘,就会把手上的血也刺出来,衣服也会钩破,此君就常常为了这个叫起来。她是在最后,不免现出一点心慌,有时就大声叫着:"往哪里去?""从这面走,跟了我来!"我远远地应着,就坐在草上等她近来,再和她同行一段。渐近山麓,岩石也渐渐地多了起来,这对于攀行倒觉方便些,但不时可以遇到很深的窟窿,如果失足堕了下去,虽不致有性命之忧,至少也得受些微伤,所以我们还要小心翼翼地、迂回曲折地走,不消说我们的脚胫都有点感到酸痛了,这是因为走这样的山路,非用全力在脚胫上不可的缘故。但渐渐也就走到平地上了,这时日色已暮,四周又都是荒坟野冢,幸而我们的余勇犹存,对于那样荒凉阴惨的环境并不感到恐怖,循着一定的方向,不久就到停船的埠头,他们由原路而归的几个,都早已到了在等待我们,看见了我们,便讥笑我们的迷路迟归,而我们却夸示我们冒险中所得的乐趣。真的,没有冒险的精神,绝不能得到游览的真趣味,那些坐了藤轿去游山的绅士太太们,他们哪能领略到游山的真趣味呢?

  此后,我们接着又到比较剑门更远的石老虎洞、白鸽峰等处。石老虎洞不过是个小小的村镇。勉强画了一幅临湖的水乡风景。白鸽峰比较的有些山景,沿途多长松翠柏,清幽绝俗,而始终寻不到一处作画的材料。这样,我们又转而到北门外的菜园村。菜园村,风景虽属平凡,只具有田园的情趣,然绿荫深处,有白色的酒帘招展,凉亭竹椅,陈设清幽,旨美的酒,有本地风味的菜肴,确有诱致游客的魔力。弦,就是一个专喊着"到菜园村去"的人。从菜园村再往北去,那便是规模宏大的兴福寺了。"天下名山,占尽佛门",这话真说得不错。这兴福寺,便是住在山的深奥处,树林的环抱中,得天然的形势。而寺院的内堂,更有亭台楼阁之胜,有泉石兰竹之趣,曲径通幽,如入仙境。听说有不少的失意才人、积学青年,情愿弃去尘世而到这里来享受世外清福的。然而我总觉得那地方太冷清、太孤寂了,只可做一时的清游,不能做永久的住居。

接连去了许多地方,都是得不到满意的画材,为了作画,还是到西门去。这回,我走到西门的外面去寻画材了。真的还有许多未曾发现的佳构。就像先前我从城楼上望见的那河岸的小庙旁的秋柳,现在从近处去看,又是另一种情景。我在画面上取了这样的构图:把柳树放在画面的中央,而所占的地位很大,树下系着一只小舟,而背景却包含了很复杂的市集以及山上的杂树,这样的对象画在画面上颇有抒情的诗意,但如说到实在的地方,不但没有一点诗意,而且是污浊丑陋的平民窟的处所。即如那小舟,不过是江北人的浮家,而河水,却是充满了污物的浊流。尤其是我站的地方,前面就是一个大粪缸,周围群集了无数的苍蝇。所以当我开始作画直到终了的中间,我口上的烟卷是没有停过。从这里看来,我得到两种作画的经验,第一,便是证明了画风景不必一定要名胜古迹,即使是极丑恶的地方，经过了画家的技术的洗练，也可以成为一幅优美的有诗意的风景。第二，作风景画有时须有极大的忍耐性。能够站在美好的环境中——像绿草如茵的公园中，或鸟语花香的山野间——作画当然最好，但如有了满意的风景，而自己所处的地位却是最污臭的处所，也只得牺牲一时的难堪，忘去了周围的现实，忍耐着来作画。

从西门走出去，过了桥，从河的彼岸回身向城门处眺望，那又是另一种情调了。在码头边，有几只内河的小汽船停着，岸上有许多错纵着的经营小买卖的店铺，这就十分地充满了人间味，而对于构成画面也是最好的材料。在房屋的背后，更有一列城墙。虞山，以最挺秀的姿态出现在城墙的后面。我画这风景的时候，是有极安适的心情和从容的态度，这是因为连日勤于制作，手法和调色都渐趋纯熟，对象虽然复杂，而我觉得操纵绰有余裕的样子。因了这样的自满，画时似乎并不十分专心，有时和旁边围拢来看的江北小孩开开玩笑，有时看看周围的情形。我的画架，是安插在一间低矮的平房的旁边。那平房，大约是一家小市民的家庭，里面好像有母女二人在做着女红，她们最初看见我在她们的门前安放了画架，似乎有点感到惊奇，但后来看我尽是默默地作画，并无异动，也就安心了，渐渐靠近了窗前，不时地来看我作画，而且在窃窃谈笑着，我听不出她们所说的是什么。有时回头去看她们一眼，那年轻的姑娘，的确生得相当的美，水汪汪的眼睛，白净的皮肤，动人怜爱的姿态，可说是一个小家碧玉的典型。我不禁向她凝望了一会，用微笑来表示我对她的好感,但她似乎有些怕羞了,不好意思地躲了进去。看她们母女二人,手不停针,猜想起来是依女红为活的吧。啊,年轻的姑娘,或许也是"年年压金线,为他人做嫁衣裳"的可怜的女儿吧?

说起女人,听说常熟正是中国出产美人的地方呢。所以我们到了常熟,对于这一方面也相当的注意,找寻常熟美人去,几乎成为我们的口号。可是大家闺秀,都是深处闺中,我们外乡的游子,当然无缘看见,我们所能看见的,就只有小家碧玉了。你若是在清晨,坐了小船,摇过临河人家的面前,你便可以看到许多妙龄的娇娃,她们或许是小家的碧玉,或许是大户人家的侍儿宠婢,她们正三三两两地在忙着早间的工作,那盈盈如水的眼波,那楚楚动人的姿态,而且她们大都是分开了两腿蹲着的,充分地表现出了丰富的性感。又如你在乡间夹树小道上步行,也常常可以遇到明眸秀脸的田舍姑娘,似乎在卖弄风情地引逗游人。你若是走近去问她们一声行路的方向,她们也会似真似假地指示你,而接着就可以和她们边走边谈了。有时,她们可以陪着你走到两三里的路程。至于旅馆里的那些娼妓,她们因了无节制的出卖官能和不规则的生活,大都是苍白的面容,颓废的神情,毫无一点可爱的地方。可爱的倒是那些来叫卖水果的年轻妇人。她们大都住在乡间,每天到城里的旅馆酒楼里来兜售食物,以帮助一家生活的。她们都是有健全的体格,红润的皮肤,好像雷诺阿(Renoir)画中的人物。每天到我们房间里来的,就有这样的两个。你最初若是拒绝了,她们会从篮里拿出一部分来,硬放在桌上,现出一脸的媚笑恳求着说:"就买了吧,这一点钱在你们是不算什么的。"这样,我们终于买下来,而她们也就快乐到很感激似的,把柚子的外皮剥了,一囊一囊的提到你口边来。

这样,她们便成了我们每天作画后唯一的安慰,我们也就把她们当作理想中的常熟美人了。当我们回上海的前一天,弦因了一时的高兴,竟用了一块钱向她们买了不值四角钱的生果,我们都笑他做了傻瓜,而他却很得意地微笑着。她们,做了这样一次好买卖,自然十分高兴,对我们格外殷勤了。

"先生,你们还有几天可住呢?"

"我们,明天就要走了。"

"为什么不再多住几天呢?"

"你也同我们到上海去好吗?"

"我们是没有这样的福气哟。"

这样随便地谈笑了几句,她们也就走出去做别人的生意了。

这第二天的早晨,我们的一行就动身回上海去了。对于这住了将近二十天的常熟,都有点表示依依惜别的样子。别了,常熟的城市。别了,常熟的美人。

1933年10月中旬
(《画人行脚》)

萧　乾（1910—1999），记者、翻译家、作家。1926年在北京崇实中学学习。1930年考入辅仁大学英文系。1931年转入燕京大学新闻系学习。1942年入英国剑桥大学英国文学系学习。1944年担任《大公报》驻英特派员兼战地随军记者，成为当时西欧战场上唯一的中国记者。主要著作有《梦之谷》《人生采访》等，主要译作有《莎士比亚戏剧故事集》《尤利西斯》等。

雁荡行

萧　乾

一、雁荡序幕

临到名山脚前，是摆架子呢，还是为了使香客们肃穆下来，路已不再那么平坦了。

极目望去，没有了那齐整的地平线，却是一重重嵯峨的关山。当我们的车由小温岭的山根盘向顶巅的途中，那恍如是做了一场又惊又险的噩梦。向车窗两旁探首，等待着你的永是壁立千仞的峭崖。缩头看看前面，嶙峋的山坡上爬着一条曲折如蛇、旋转如螺的公路。汽车呜呜震响着、奔驰着，如一匹激怒了的巨兽。遇到拐角处，有的乘客时常会脱口喊嚷出来："司机，司机，慢点开呦！"

然而这嚷叫早为马达声吞没了。喊的人只好无助地向车窗外看，越是怕越想看啊！

　　窗外，田野阡陌尽处，是一片白茫茫的湖雾。湖心似还泊着一只帆船，细小有如一根孤生的芦苇。宁静的湖水闪烁着它那份澄静舒坦，似乎是安排来镇宁乘客们的心情的，它冲散了不少车里的恐怖。

　　像是结束了一口悠长的叹息，我们的车跨过了小温岭。车身的震响少了，我们的梦也醒了。然而抬头望望那始终警觉着的司机，那坚毅勇敢的背影，一种感激钦佩的心情油然而生。

　　可是回首看看那如蛇如螺的艰苦工程，更应感激的不还有当日筑路的民伕吗？他们用臂膀凿出这条险路。便是在这样阴雨连绵的季节，也还那样坚固坦平。

　　车到白溪，载运汽车的摆渡已在伫候着啊。

　　这以后，我们便投入了雁荡的怀抱。

　　不须指点，突然你会觉得周围变了样。一路上尽管经过十八座山，高的有，险的也有，然而一个平凡的"山"的观念你脱不掉。但到了雁荡，置身于那幽奇浑然的境界，你将不断地问着自己：这是哪里呀，这么古怪，这么怕人！

　　汽车停在山口，那里离我们的宿处还有五六里地。

　　正像一出古典剧的序幕，这五六里地沿途的布置把我们整个引入另一种庄严境地。也正像雁荡的许多重要角色都闪出个侧影。它不要你洞悉，却要你洗刷为铜锈油腻淤塞住的心灵，忘掉沿途的辛苦，准备一具容得下瀑布山影的胸膛。

　　首先，你得惊讶山到了这里竟全然变了色，苍黑里透着绛紫。平时看见一座不毛之山，你会嫌它植树太少，你划算一座山可以辟作几块梯田，土质宜种荞麦还是桃杏。一句话，你盘算山，支配山，你是山的主人。到这里，山却成为你的主人了。

埋伏在四周的，哪有一个驯顺家伙呀！有的像一只由天上击下来的巨拳，握得那样牢，似有无限重力蟠结在拳心。击下来倒也罢，它偏悬在半空，叫你承受那被击的疼痛感觉。迎面，矗入天空的，是一只拱起的臂肘，上面长满了积年的疤痕。臂肘旁边，不知谁在长长伸着两个秀细指头（双侠峰），及至你一逼视，手指下面还睁了一双骷髅般深陷的黑眼（老虎洞），对你眈眈怒视。左边又出现一面悬崖绝壁（云霞嶂），上面依稀布满了斑斓的朱霞。这一切，都像伏卧着的巨兽，巉岩上垂落着这巨兽的唾涎，有的地方还是悬空散下，如檐前细雨，当地人叫作雪花天。

沿着一道小溪，我们到达了旅社。一顿异常香甜的午饭后，我们各拄了根棍子，齐向灵岩拔步。

二、 永远滚流着

灵岩寺算不得一座大庙，藏在无数奇形怪状的峰峦中，它却摆出极其宏伟的排场。

立在寺背后的是锦屏嶂，嶂下是一片疏疏朗朗的竹林。没缘分见过海市蜃楼的我，真不知那嶂石里面究竟还存在着怎样一个幻境。在那斑驳的黑影中，你可以清晰而又恍惚地辨出亭台楼阁来，没有真的清楚，却比真的景色更能引起你的遐思。

真像哼哈二将，只是体魄更要硕大多少倍，耸立在寺前的是南天门（又名白云岗），左展旗峰，右大狮岩，岩上便是拔地而起、不着寸土的天柱峰。这座矗立云表，高可达百二十五丈的巨岩，如果仔细端详，周身还有着棱角，宛如一块顶天立地的晶石。

天阴着，我们在寺殿前品着云雾茶，僧人便挥着长长衣袖，指点给我们：那酷似一个女人剪影的是"侧面观音"，两峰并立的是"双鸾峰"，细圆直起如古墓华表的是"卓笔峰"，两峰连起如一本展开的书册的是"卷图峰"；真是重叠竞举，形成一座巍峨的山城。

在这些惊心动魄的庞大家伙之间，还夹着些以精雕细琢惹人注目的"金乌""玉兔""美女梳妆"，它们那奇秀的姿态，恰好调和了四周崄巇逼人的气势。

灵岩这小庙，便为这些奇峰怪峦重重围起，自成一个世界，蔽日遮天，好一个荒僻、幽暗的山谷。

我们走出寺的后门，沿了竹溪僻径，访问灵岩另一奇迹了。

拐过一巨岩，我们为一种铿锵嘹亮的响声所惊骇。在幽暗的山谷里发出隆隆回声。我们低头寻找，还以为溪涧突然发了狂，可冤枉了那清澈见底的小溪，它依然冲刷着大小卵石，卷着凋落的竹叶，琤琤吟唱，缓缓向山下流着。

那响声越来越隆大了。渐渐地，深谷里的寒风竟夹着雨星向我们扑打。天阴，可还没落雨！当我们一面向前探着脚步，一面心下揣了疑惧猜测着的时候，突然一道由半山垂落下来的白光出现在我们眼前了。

"小龙湫!"有人这样喊。

啊,瀑布,梦了多少年,今天我有福气看到了。我不甘心遥遥望着它。镀满青苔的乱石是泞滑的,然而我可以爬。

终于,我爬到了小龙湫的脚前。我仰起头来,由那石缝迸出的是一股雪白怒泉,滚滚泻下,待泻到半途,怒气消解,却又散为细碎银珠,抖抖擞擞,飘落而下。纷乱的银珠击在湫下乱石上,迸溅得更细碎、更纷乱,终于还得落在潭溪里,凝成更闪亮的洁白颜色,随注滚下,窜过乱石隙缝,坠入涧溪了。

我是多么舍不得离开这白色奇迹啊,然而同行的朋友说:"还有更大的哪。"我随了旅行团,沿着那琤琤玑玑的涧溪,又返回灵岩寺。

说是"采石斛"表演还没准备好,我们又爬山去看"龙鼻水"。雨后的山路异常泞滑,然而仰头,那座山洞里却逼真地伏着一条细长多鳞的龙身,鼻水淋漓垂下。我们扶着那段铁缆,喘嘘地爬:在牌位后面,还看见一只"龙爪",作为头部的那块奇石,据说许多年前已为人砍掉了。

站在洞口,我们发现天柱峰的半腰晃着一个人影,岩顶还似乎有人在嚷着,山谷里发出一种细微隐约的回响。

我有些莫名其妙。当我发现峰腰那小小人影是挂在由岩上垂下的一根细绳上时,我吓得几乎嚷了出来。人影如一只困在蛛网上的小昆虫,悬在那里,踹着腿,嚷着。

"二十块钱卖一条命!"旁边有人这样叹息着。

领队招呼我们看山民的缒绳表演,并说明这不是为我们做的。我们还有更精彩的"节目"!

我们回到灵岩寺。僧人早在殿前放好躺椅,桌上盖碗里已泡好云雾茶,还有一碟碟瓜子。擦完一把热手巾,忽然,我发觉天柱峰和展旗峰峰顶之间系起一根绳,纤细隐约有如远天的风筝线。

我仰头张望着,正奇怪谁有这胆量爬到那"天柱"顶尖去系这绳子呢,突然,空中又起了一阵微弱的喊嚷。这时,我才看到耸拔峭岩的崖角,蠕动着几个人影,直像一片片为风吹动摇撼着的树叶。

于是,我们的节目开始了。

"节目"是怎样一个不符事实的名词,这是拿生命当把戏来耍啊!我几乎不愿再回想那蝙蝠般的黑影,因为那原是个人,却微小得像蝙蝠,四肢伸张挣扎得也像一只蝙蝠。

然而为了揣想那峰巅的高度,你还得记住这是只小蝙蝠。一声喊,这细小的黑影由天柱峰顶滑下来了,滑到那细绳上,悬空挂起,而且,向对面山峰蠕动着了。

(这时,我才明白这"节目"的表演者是要由天柱峰沿了那细绳爬到展旗峰尖,不说那险劲,这口气力也近于不可信了!)

然而那小小黑影这时离天柱峰又远了些。天阴得那样惨灰,衬托着这在天空挣扎的小生物,挥动在灰天里的四肢几乎连成黑黑一团,由那缓慢的蠕动,我几乎可以听到他的喘息,看到他筋骨的痉挛。也许他没心去嘀咕了,然而他的心就能不蹦跳吗?

蹦跳的却是我的心。

爬出十几丈远,那黑影还"表演"哪。他在那根细绳上翻筋斗,侧身作安卧状;更骇人的是,他踹蹬着他的脚了。我虽看不见那绳子颤动,却担心他会从半空中坠落下来摔个粉碎。

他又蜷起双腿,向细绳中腰移近。边爬着,还边顺手掷下一些碎片。那碎片依恋地陪着他在半空盘桓一阵,随后向下飘落,不知什么时候才坠到地面。

那只小小蝙蝠这时攀到细绳中腰了。像生在清癯脸庞上的一颗黑痣,灰灰天空停留了这么一个黑影。我以为他疲倦了呢,他却还向我们嚷着。僧人唯恐我们听不清,告诉我们空中那个人问:"拍照不拍?"他想得多周到啊!

他又翻起筋斗来了,并且点放炮竹。訇的一声,山谷里发出清脆的回响。他放一只,还向我们招招手。

连响几声,他又有了新主意。他悬空假装憩坐势,还用极安闲的姿态吸着烟卷。他是用装出的闲逸来陪伴安坐在地面上观者的真实闲逸啊。

过后,他又唱了一阵似乎军歌一类的调子,声音细微辽远得不易听清。然而不吉利啊,我即刻想到葬歌,甚而赴刑场途中囚犯的狂歌,也是那么硬凭胆量表现出的一种镇定。他外表做得越是安闲豪迈,旁观者的痛苦也越加深重。

摆弄了一会儿,突然,空中发出一阵连续的响声,他把一挂鞭炮系在绳上,燃放了。鞭炮越响越短,谁能想象一个"假使"呢？

为了取悦地面上嗑着瓜子的观众，他直是把生与死当成两颗石球，玩在手里，抛掷着，戏耍着，永远溜在二者的边缘上。

好容易，他滑近展旗峰了。我眼看他一把把抓到绳端，看他拽住崖角一棵松树，我才松释地喘出一口气。

三十分钟，时间像是在我神经上碾上一场磨，我头痛，眩晕，我倒真像是才由半空落下，脑际萦绕着刺骨的摇晃的回忆。

我们在山脚等着，等着，终于看到这位英雄了。他有二十多岁，短打扮，满身是栗色的健实肌肉，一脑袋疤痕，一脸的淡漠笑容；腰间系着一个铁丝缠的围圈，肩上背着一束绳子。他告诉我们，自己叫万为才，又指指身旁一个吧嗒着烟袋、沉默不语的老人，说是他的师傅周如立。还说这两峰的高度有人测量过，都是一百二十五丈零五尺。

归途，山道上迎头走来一个不到十岁的幼童，肩上也背了那么一束绳子。一问他，说是才拜师傅的小徒弟。"采石斛"原是乡民为了采这种药材而攀登悬崖，如今竟成为用来换饭吃的绝技了。

三、 灵峰道上

天色近晚，谷里尘雾迷蒙，一片冥冥的白烟由地上腾起，向着峰顶凝集。且有一股狰狞的乌云，四下散开，山雨眼看将要扑来。

对着那低低压下来、诡诡谲谲的重云，不免望而生畏。然而我们人多，终于还是全副雨装，各个怀揣电筒，迈出了旅社的门槛，沿着那涧溪东进。

走过响岩，一位旅伴抱了块山石，涉着溪流，去敲一下那巨岩，直好像巨岩发了怒，小小的山石竟能击出隆隆的声响。

我们走过许多古怪山峰，将军抱印、朝天鲤、听诗叟、睡猴、卧蚕，道旁有栽好的箭头，上面指明那些奇峰的方向；但是到现在，我仍能记得起形状的，却只有那老猴披衣了。

出了净名寺，我们便踏上诸峰的夹缝。矗立在我们左右的净是盘踞起伏的层峦叠嶂：莲房、金鼎、蝙蝠、玉杵把阴沉沉的天空遮得更晦暗、更低矮了，而且，遮得只剩那么小小一块。山坡上遍是桐树，粉色的花，衬着苍黑的岩石。

转过帽盒峰，忽然，我们头上那块灰天变得更暗了，而且成了窄长的。这是哪里啊？壁立在我们左右的是两座高入云霄的巉岩，黝黑、斩齐、耸拔，真像是一斧劈成的两道巨墙。

我们夹在这蔽天的巨墙中间，仰头望望那峥嵘的峰头，忽然忆起屠格涅夫散文诗里那篇阿尔卑斯山双峰的对话来了。同行的人发现了这巨墙的名字。还得谢谢那箭头，我们知道它叫"铁城阵"。

深山里的洞窟最引人缅怀原始生活。我们蹑手蹑脚地走进维摩洞，幽深、僻静，心里默默地摹想着史前时代。

中折瀑的地势有点像一只大瓮，四面为参差岩石所环抱，瓮口还有灰暗云雾蒙盖着。瀑布不算大，瓮口距瓮底却极高，下有碎石小潭。瀑布倾注而下，隆隆震出一种郁闷浑圆的响声，至为怕人。这时瀑布又为瓮口外面的风吹得忽东忽西,飘摇不定,直像是在逗着本领。

归途,山雨终于赶到。摸着黑,我们文明的手电筒权充作原始人的火炬了。

次晨,去散水岩的道上,转过玲珑岩,沿着鸣玉溪前行。横在天边的是一簇奇特剪影,嵯峨环列,真像吆呼一声截住我们的去路。有的拔地而起如幼笋(蜡烛峰),顶尖处还安着个朝天龟。在这丛起伏的冈峦上,还矗立着鸵鸟峰、宝印峰、金鸡峰、伏虎峰、犀牛望月:名称虽是当地人起的,那奇形怪状也太逼人引起实物的联想了。

由此跨过谢公岭便是去石门潭的路。这座纪念谢康乐曾攀登过的名山,本身是没有什么稀罕的。但爬到山尖,下眺山脚田野阡陌,黑绿相间,真是一幅别出心裁的图案。

越过山脊,老僧拜石的远影渐渐出现在眼前了。雁荡许多"象形的"山名我都不服气,单独老猴披衣和这老僧的形状,真酷似一尊石膏模型。谁个大手掌拿一座高山做泥团,捏得这么惟妙惟肖啊!

下了谢公岭,隐在一片茁茂竹林里的是东石梁。洞幽深而且阴冷,岩缝涔涔滴水。上面筑有三层楼阁,突出洞外。石梁便蜿蜒横在洞口,如一巨蟒。

我们一鼓作气登上最高一层楼阁。二十只脚咚咚地踩着单薄的木梯,那声音是够大的,更何况好事的旅伴又把铜磬和木鱼一齐敲打起来呢!敲得黑黑洞窟里,那位菩萨的金身也像惊慌得闪了亮,善良女人型的脸上仿佛溢出笑容来了。一对陈旧的灯笼,一串罩满积年尘埃的银纸元宝在摇晃。嗅着那浓烈的檀香,承受着岩缝滴落下的沁凉水珠,幼时许多回忆夹着那恶作剧的磬声向我接连袭来了。

去石门潭要走很远的路,而且沿途是狭窄的田塍,泥泞不堪。然而一走到大荆溪畔,便觉得这段路是值得跋涉的了。

正如我不懂得为什么有的山是一堆土,肥如一口母猪,有的却一身嶙峋怪石,崇高傲慢,我也为流水的颜色而纳闷了。不能说是天空的反映,压在我们头上的明明是万顷灰天,疏疏朗朗地嵌着些碎朵白云;然而横在我们脚前的却是那么清澈,那么碧澄澄的水,清澈到看得见溪底石卵隙缝的水藻。两岸枫枝上晒着一束束金黄的麦梗。这时,一只竹排由上游浮来。顺流的水拖着小小竹排,排上的渔人闲怡地坐在一只小板凳上补着渔网,水上印出一幅流动的鲜明图画。

我们登上靠岸的一只摆渡,那老渡户把我们载到对岸的石滩上。受过山洪冲刷的卵石在我们脚下挤出细碎笑声。

方才那道溪水绕过石滩,终于为两座壁立的悬崖夹起来了,狭窄、坚牢,果然是座石门。我们爬到左边那面崖角,下望石门潭,澄爽碧蓝如晴空,只有梦里才会有的颜色呀!摹想在满天星斗的夜间,由崖角跃下,骤然一声,坠入这青潭,冒出一个蓝色水泡,即刻为疾流卷去——雁荡山人蒋叔南正是这么死的。听本地人说,是因为他修桥补路,管教了山川,却没管教好膝下的儿子。

我们原路折回，赶到灵峰禅寺饱餐一顿。

听名字，灵峰禅寺照理应是座古旧的庙宇，然而这四个隐世的字却写在一座洁白整齐如一学生宿舍的门楼上，横排上下两层楼都是单间卧室，远望近观都没有庙寺的气象。同行的人戏呼它为"灵峰新村"。

观音洞夹在两崖的掌缝里，远望细窄几乎容不下一人腰身；攀上石磴，才知道洞里依岩势赫然筑起九层楼阁。由洞缝外望，诸峰拱立，天地一览无余。

我们走过那些宿舍，登上最高一层佛堂。缝岩也滴着水，观音金身端然坐在巨龛里，积年的蜡扦淌满了烛油。我们喝着小沙弥泡的清茶，读着壁上万历年间的碑文。不知谁在佛前皮鼓上轻拍了一掌，洞里即刻震起一阵隆隆如雷的响声。

山洞之前，有人在洞口崖石上发现了一面土地岩，迎着洞外天色侧看，俨然是一尊就洞石天然雕成的土地爷。正面看去，却和别处一般凸凹，看不出一点棱角形象来。

在北斗洞里看了一些拓墨。下山时天色已近暮，立在果盒桥畔对灵峰重新回顾一眼：怪峰耸拔，清流急湍，真是壮观！

四、 银白色的狂巅

沿着山谷里一片多黄麦垄西进，灵岩诸峰这时多浸在白茫茫的云雾里。山坡上开满野杜鹃，栗鼠夹着湿漉漉的尾巴，在那嫣红的小花丛中蹿跳。松塔向上翘立如朱红蜡烛，松针上垂挂着一颗颗晶莹的雨珠。山妇光着脚站在道旁涧溪里，采着溪畔山茶树上的残叶。幼竹比赛着身腰的苗条，蚕豆花向我们扮出一张鬼脸。这时，天空还有一只鹞鹰在庄重地打着盘旋，像是沉吟，又像是寻觅着遗失在天空的什么猎物。

过了灵岩村，我们对着泛滥在观音峰巅的云海出神了。

幼时我常纳闷天上云彩是不是万家炊烟凝集而成的呢，如今，立在和云彩一般高的山峰上，我的疑窦竟越发深了。我渐渐觉得烟是冒，云彩却是升腾。这区别可不是字眼上的，冒的烟是一滚一滚的，来势很凶，然而一阖上盖子，关上气阀，剩下的便是一些残余浊质了。升腾的却清澈透明，不知从哪里飘来，那么迂缓，又那么不可抗拒。顷刻之间，衬着灰色天空，它把山峰遮得朦胧斑驳，有如一幅洇湿了的墨迹；又像是在移挪这座山，越挪越远，终于悄然失了踪。你还在灰色天空里寻觅呢，不知什么时候，它又把山还给了你；先是一个隐约的远影，渐渐地，又可以辨出那苍褐色的石纹了。然而一偏首，另一座又失了踪……

隐在这幅洇湿了的水墨画里面的，还有一道道银亮的涧流，沿着褐黑山石，倒挂而下。

走下竹笋遍地的山坡，含珠峰遥遥在望了。

照日程上预约的，今天有五个著名瀑布在等待我们哪。

走进巍峨的天柱门，梅雨潭闪亮在我们面前了。潭水由那么高处泻下，落地又刚好碰在一块岩石上，水星粉碎四溅，匀如花瓣。

由梅雨潭旁登山扶铁栏，跨过骆驼桥，罗带瀑以一个震怒了的绝代美人的气派出现了。她隆隆地咆哮、喷涌，抖出一缕白烟，用万斛晶珠闪出一道银白色的狂颠，然而凭她那气势怎样浩荡，狂颠中却还隐不住忸怩、娉婷，一种女性的风度。看她由那丹紫色的石口涌出时是那般凶悍暴躁，泻下不几尺便为一重岩石折叠起来。中股虽疾迅不可细辨，两边却迸成透明的大颗水晶珠子，顺着那银白色的狂颠坠入瀑下的青潭。

　　立在山道上"由此往雁湖"的路牌旁，我们犹豫起来了。忆起中学时候，在教科书里读到的"雁荡绝顶有湖，水常不涸，雁之春归者留宿焉，故曰雁荡"那段话，望望隐在云里的峰尖，觉得不一访雁湖真太委屈此行了。然而领队坚持雨后路滑，天黑才能赶回，万万去不得。为了使我们断此念头，还说那湖面积虽大，却已干涸了，下午可以拿仰天窝来补偿。我试着另外约合同志，终因团体关系，只好硬对那路牌合上眼，垂头丧气地循原路下山。

　　踏过一段山道，又听见猛烈响声了。这声音与另外的不同些，它对我却并不生疏。在我还不知道已到了西石梁时，便断定这是悬瀬飞流的瀑布声了。

　　梅雨潭的瀑布坠地时声音细碎如低吟，罗带瀑则隆隆如吼啸；为了谷势比较宽畅，西石梁飞瀑落地时嘹亮似雄壮的歌声，远听深沉得像由一只巨大喉咙里喊出的。走近了时才辨出，巨瀑两旁还有晶莹水珠坠下，在半山岩石上击出锵琅配音来。

　　太阳虽始终不曾探头看看我们，肚子这只表此刻却咕噜噜鸣了起来。算算离晌午总差不多了，便在瀑布旁吃了午饭。一顿饭，两眼都直直望着门外悬在崖壁上的"银河"。我吃得很香，很饱，但却想不起都吃些什么了；只记得很白，很长，滑下得很快。

饭后，还坐在正对着瀑布的那小亭子里啜茶。一个白须老者臂上挎着一篮茶叶走来，说他的茶叶是用这瀑布的水培养的，饮来可吸取山川的灵气，说得至为动人。

喝完茶，我们爬上那形状酷似芭蕉叶的西石梁洞。横在洞口的石梁真像一座罗马宫殿的残迹，幽暗、僻静，充满了原始气息。一只羽毛奇异的鸟，小如燕，翅膀抖颤如野蜂，叫出一种金属的声音，夹着洞旁隆隆的瀑布声，把这洞点缀得越发诡秘了。

洞旁有一座用石块堆成的小屋。墙隙缝里伸出一根剖半的竹筒，像只胳膊直插入由洞里流出的淙淙小溪。竹心仰天，水便沿了那竹筒缓缓流入屋里，竹心扣下，水依然流下山去。

我们正惊讶这聪明的发明呢，那小屋里走出一个道姑来，微笑地为我们搬来了一条板凳。

道姑的住所很简单，三间矮房，檐下一堆干柴。一个七八岁的小道姑正抱着一束干柴走过，见了我们眼皮即刻朝上，羞怯怯地忙躲了进去。准是个受气的小可怜虫！

到了大龙湫，数小时内连看四个瀑布，眼里除了"又是一片白花花"，已不大能感觉其妙处了。游山逛水原是悠闲生活，若讲起"时间经济"来，就有点像赶集的小贩了；东村没完又忙挑到西村，结果不过成为一个"某年某月余游此"式的旅行家而已。对于雁荡，我便抱愧正是这一种游客。

也许是因为水来自雁湖，论气魄，大龙湫比今天旁的瀑布都大（不幸是转到它眼前时，人已头昏眼花，麻木不仁）。而且，因为岩顶极高，壁成凹状，谷里透进不少风力。瀑布由岩顶涌出，便为风吹成半烟半水，及至再落下数丈，瀑身更显缥缈。落地时，已成为非烟非雾的一片白茫茫了；只见白烟团团，坠在潭里，却没有什么响声。

瀑布旁，褐黑岩上，刻着多少名士的题字："千尺珠玑""有水从天上来"……然而最使我留意的，却是刻在"白龙飞下"旁的一句白话题字："活泼泼地。"不说和其他题名比较，仅看看眼前的万丈白烟，再默诵那四个字，不免感到太煞风景了！

沿着大锦溪，走到能仁寺旁的燕尾瀑时，我只记得天上徘徊着一片灰云，山色发紫，瀑布挂在山麓，很小，像是燕尾。瀑布坠入了霞映潭。

来不及喘口气，我们又扑奔仰天窝去了。

虽然没缘看见雁湖，山上却有这么深一座小池也够稀罕了。然而它不止奇，还有它的险哪！

我甩下外衣，一口气由山脚领头跑上去，原想抢先看看这奇景。拄了根竹棍，我竟爬到了山顶。待将到仰天窝时，路忽然为一壁立千仞的巨岩截断了。俯身一看，啊，好一口无底的大陷阱。

池水是黄的，池畔的土绵软作朱红色。靠近崖角还放了张石桌,栽有两棵制造香烛的柏树。这"天池"的主人(也许是管家)是一位和善的老农,那正冒着白色炊烟的三间瓦房便是他的家。这时,他还为我们端出几碗茶来。

坐在那石桌边,仰首,周围环绕我们的净是暗褐色的山,只有玉屏峰下挂了几道银亮溪流。山谷里是一片稻田,深黄葱绿,田塍纵横,似铺在山脚的一块土耳其地毯。

虽是阴天,这却是个银亮亮的日子。躺在硬邦邦的床上,梦境挂满了长长白练。

五、 一只纤细而刚硬的大手

由马家岭下眺南阁村,不过是叠铺在稻田中的一片栉比黑瓦,三面屏围高耸,一面直通远天。天空这时正有一程白云,折出灰色细纹,覆盖着这静寂的山谷。

走到山腰,渐渐可以辨出黑瓦下面乱石累成的墙了。墙外是一片浅黄疏竹。一道白亮亮的小溪,接连着远天,蜿蜒钻来。它浸润了油绿的稻田,扶起金黄的大麦,沿途还灌溉了溪旁的桑麻,终于环村绕成一道水篱笆。

这时,黑瓦上面正飘了片片炊烟。

走进这村口,只见几个穿了花格短袄的女人正屈下腰身,在溪畔浣衣呢。身旁一个两三岁的孩子,伸出小指头向着岸上指点。迎头出现了一个男人,头上扣着一顶旧戏里丑角常戴的两牙青呢帽,背着一束熟麦,蹒跚走过来,看见那个小孩,脸上立即堆满了笑容。

隔着墙缝，我偷看这山村里农户的草垛堆了多高，我留心徘徊在道旁的水牯是肥壮还是瘦削；它摆摆那细得近于滑稽的尾巴，向我沉痛地叫了一声。我还同那赤脚在河滩上放羊的女孩坐了一阵。只听她抛着卵石，低唱着俚俗的小调。随了那懒洋洋的吟唱，落在溪里的卵石冒着泡，画起大圈套小圈的图案。

秋天，枫树一红，我们就把它比作火焰；我却不知道春天的枫叶也可以旺盛得像火焰，上浅下深，那么繁茂，那么升腾，真似谁在春色里放了把烈火。

我们走过人家，走过店铺，终于出了村庄西口。村口外，那片田野在迎迓着我们了。

和小溪平行着，这石路也长长地伸入绿野里，接连着辽远的天空。雏燕在溪上轻佻地掠出诸般姿势，飞得疲倦了时，不定落在溪里哪块卵石上，听不见它的喘嘘，却看得见那赭色小尾翅频频扇动。

流到章大经（恭毅）墓前，溪面展宽了。会仙峰由地平线上猛然跃起，隔着那棵硕大柳树看它，细长柳叶形成一个框缘。

当我们踩着溪里的乱石，奔向对岸的佛头村时，溪畔正停着一顶彩轿，周身闪出灿烂的珠饰。衬着四面素朴的山水，这华丽越显得鲜艳稀罕。一定是由老远抬来的，四个轿夫正歇在石上，擦着汗。几个短打扮的小伙子手里各摆弄着一宗粗糙乐器，两牙呢帽下面，是一张笃实的脸。

出我们意料之外，轿帘大敞着：那穿了宽松大红绣袍、胸前扎着纸花、头上顶了一具沉重冠盔的"俏人家"正大模大样地坐在轿里；前额一绺刘海儿下，滴溜着一对水汪汪的眼睛，望着隔岸的山丛呆呆出神。那里，谁为这个十八九岁的少女安排了一份命运，像那座远山一样朦胧渺茫，也一样不可挪移啊。

许多旅伴伸手向她讨喜果。她仰起小脸来茫然望着我们，机械地把那只密匝匝戴了四只黄戒指的手伸到身旁那布袋里，一把把掏出染红了的花生糖果，放到那些原想窘她的人们手里。

今夜，她将躺在一个陌生男子的身边，吃他的饭，替他接续香烟，一年，十年，从此没个散。这人是谁呢？溪水不泄露，山石不泄露，她只好端坐在彩轿里，让头上那顶沉重家伙压着，纳闷着。

大家感到了满足，于是渡过溪流，直奔佛头村而去。

走出不远，一阵竹笛和二胡交奏声由隔岸吹来。回头一看，彩轿抬起来了，轿夫们正涉水渡着溪。

由佛头村沿山道前行，便到龙溜。这是湖南潭的出口。不知是千年山洪冲陷的，还是天然长成的，浩荡的潭水临到下山时却碰到这么一块古怪岩石，屈曲十数折，蜿蜒如游龙，下为石阈阻住，水不得逞，又逆流折回，飞卷起狂颠的水花，银亮汹涌如怒涛。掷下巨石，即刻便卷入湍流。看不见石块，只听得击碰如搏斗的响声。

湖南潭有三潭。据说上潭最为幽奇，只是天雨路滑，并且还得赶程去散水岩，便放弃了。

一个薄情的游客，离开雁荡可以忘记所有的瀑布，或把它们并了股，单独散水岩，它不答应。它有许多逼人惊叹的：背景那样秀美,竹林那样蓊郁,紫褐的巨崖拔地而起,瀑布悬空垂落,脚下那碧绿潭水里还映出一条修长倒影,摇摇晃晃,散水岩好像凭一道银流,贯穿了天地。

然而使人发呆的还是散水岩自身。几天来,说到瀑布,你都意识到一个"布"的观念。可是轮到散水岩,这布便为一只纤细而刚硬的大手搓揉得粉碎了。你只觉这只无名的手在一把一把往下抛银白珠屑,刚抛下时是白白一团,慢慢地又如降落伞般陡然分散,细微可辨了。半途如触着一块突出的岩石,银屑就迸得更细小了些,终于变成一种洁白氤氲,忽凝忽散,像是预知落到地上将化为一滩水的悲惨,它曳了孔雀舞裳,飘空游荡,脚步很轻盈,然而由于惊慌踌躇,又很细碎;越游越散,越下坠,终于还是坠入下面那青潭。有时触着潭边崖角,欢腾跃起,然而落到崖石上,崖石依然得把它倾入潭里。

走过佛头村一家门前,院里正挤着许多看热闹的乡民。我们好奇地探进身去,没人拦阻,于是就迈进门坎。供奉着祖宗牌位的客堂很窄小,两张方桌却围坐满了贺喜的戚友。看了我们十个人拄着棍子,一直闯进来,他们莫名其妙。

"看新娘子啊!"领头的那位在喜堂嚷开了。大概是公公,一位颔下飘着一撮胡须的老人很恭敬又有点害怕地替我们推开东屋的房门。屋子很黑,新娘子穿了大红绣袍,直直垂立在墙角,旁边还有两个穿藕荷袄的小女孩陪伴着。

啊,新娘腼腆地抬头了,脸庞那么熟稔,不正是溪畔那乘彩轿抬来的姑娘吗?在黑黑屋角里,我依稀看见了一张泪痕斑斑的脸，喉咙里还不住哽咽着——

"新郎呢，我们也得见见！"那位不怕难为情的旅伴在门槛上敲着竹杖，又大声嚷了。幸好这时那公公已知道我们不是歹人，他很殷勤地着人招待我们了。

厨房里，这时正煮着一大锅红饭。大师傅在灶间锵琅地敲着锅边。铁勺一响，火团闪亮，他便又完成一碗丰盛适口的杰作，我们也嗅着了一股肉香。

随着伙伴，我也登上那窄小楼梯。浙东住家的房屋大抵都是两层小楼，如今才发现二楼低矮狭窄得很像轮船的统舱。走上楼口，由一堆稻草垛里闪出一个满面红光的小伙子，穿着一身崭新如纸糊的长褂，微笑地迎接我们。

"大喜，大喜！"我们齐向他拱手道贺。

然而他摇了摇头。顺着他的手指，我们又闯进另一间黑漆漆的小屋。在那里，才像捉蟋蟀般找到了那个新郎，年纪不过十四五岁，羞怯、呆板，而且生成一对残疾的斜眼！

一路上，我们都为那个姑娘抱屈，然而谁也无力挽回这刚刚拼凑起的安排。真似凭空落下块陨石，胸间觉得一阵郁闷。

瑰丽的山水，晦暗的人间。

丰子恺（1898—1975），著名漫画家、散文家、文艺理论家和翻译家。1919年毕业于浙江省立第一师范学校。1921年获亲友资助赴日留学，10个月后因经济困难回国。先后在上海、浙江、重庆等地任教，并曾任上海开明书店编辑、《中学生》杂志编辑。1924年在文艺刊物《我们的七月》上第一次发表漫画《人散后，一钩新月天如水》。1942年在重庆自建"沙坪小屋"，专事绘画和写作。

桂林的山

丰子恺

"桂林山水甲天下"，我没有到桂林时，早已听见这句话。我预先问问到过的人："究竟有怎样的好？"到过的人回答我，大都说是"奇妙之极，天下少有"。这正是武汉疏散人口，我从汉口返长沙，准备携眷逃桂林的时候。抗战节节失利，我们逃难的人席不暇暖，好容易逃到汉口，又要逃到桂林去。对于山水，实在无心欣赏，只是偶然带便问问而已。然而百忙之中，必有一闲。我在这一闲的时间想象桂林的山水，假定它比杭州还优秀。不然，何以可称"甲天下"呢？

我们一家十人，加上张梓生先生家四五人，合包一辆大汽车，从长沙出发到桂林，车资是二百七十元。经过了衡阳、零陵、邵阳，入广西境。闻名已久的桂林山水，果然在民国二十七年六月二十四日下午展开在我的眼前。初见时，印象很新鲜。

那些山都拔地而起，好像西湖的庄子内的石笋，不过形状庞大，这令人想起"天外三峰削不成"的诗句。至于水，漓江的绿波，比西湖的水更绿，果然可爱。我初到桂林，心满意足，以为流离中能得这样山明水秀的一个地方来托庇，也是不幸中之大幸。开明书店的经理，替我租定了马皇背（街名）的三间平房，又替我买些竹器。竹椅、竹凳、竹床，十人所用，一共花了五十八块桂币。桂币的价值比法币低一半，两块桂币换一块法币。我们到广西，弄不清楚，曾经几次误将法币当作桂币用。后来留心，买物付钱必打对折。打惯了对折，看见任何数目字都想打对折。我们是六月二十四日到桂林的。后来别人问我哪天到的？我回答"六月二十四"之后，几乎想补充一句："就是三月十二日呀！"

汉口沦陷，广州失守之后，桂林也成了敌人空袭的目标，我们常常逃警报。防空洞是天然的，到处皆有，就在那拔地而起的山脚下。由于逃警报，我对桂林的山愈加亲近了。桂林的山的性格，我愈加清楚了。我渐渐觉得这些不是山，而是大石笋。因为不但拔地而起，与地面成了九十度角，而且都是青灰色的童山，毫无一点树木和花草。久而久之，我觉得桂林竟是一片平原，并无有山，只是四围种着许多大石笋，比西湖的庄子里的更大更多而已。我对于这些大石笋，渐渐地看厌了。庭院中布置石笋，数目不多，可以点缀风景；但我们的"桂林"这个大庭院，布置的石笋太多，触目皆是，岂不令人生厌。我有时遥望群峰，想象它们是一只大动物的牙齿，有时望见一带尖峰，又想起小时候在寺庙里的十殿阎王的壁画中所见的尖刀山。假若天空中掉下一个巨人来，掉在这些尖峰上，一定会穿胸破肚，鲜血淋漓，同十殿阎王中所绘的一样。这种想象，使我渐渐厌恶桂林的山。这些时候听到"桂林山水甲天下"这句盛誉，我的感想与前大异：我觉得桂林的特色是"奇"，却不能称"甲"，因为"甲"有尽善尽美的意思，是总平均分数。桂林的山在天下的风景中，绝不是尽善尽美。其总平均分数绝不是"甲"。世人往往把"美"与"奇"两字混在一起，搅不清楚，其实奇是罕有少见的，不一定美。美是具足圆满，不一定奇。三头六臂的人，可谓奇矣，但是谈不到美。天真烂漫的小孩，可谓美矣，但是并不稀奇。桂林的山，奇而不美，正同三头六臂的人一样。

我是爱画的人，我到桂林，人都说"得其所哉"，意思是桂林山水甲天下，可以入我的画。这使我想起了许多可笑的事：有一次有人报告我："你的好画材来了，那边有一个人，身长不满三尺，而须长有三四寸。"我跑去一看，原来是做戏法的人带来的一个侏儒。这男子身体不过同桌子面高，而头部是个老人，对这残废者，我只觉得惊骇、怜悯与同情，哪有心情欣赏他的"奇"，更谈不到美与画了。又有一次到野外写生，遇见一个相识的人，他自言熟悉当地风物，好意引导我去探寻美景，他说："最美的风景在那边，你跟我来！"我跟了他跋山涉水，走得十分疲劳，好容易走到了他的目的地。原来有一株老树，不知遭了什么劫，本身横卧在地，而枝叶依旧欣欣向上。我率直地说：

"这难看死了！我不要画。"其人大为扫兴，我倒觉得可惜。可惜的是他引导我来此时，一路上有不少平凡而美丽的风景，我不曾写得。而他所谓美，其实是奇。美其所美，非吾所谓美也。这样的事，我所经历的不少。桂林的山，便是其中之一。

篆文的山字，是三个近乎三角形的东西。古人造象形字煞费苦心，以最简单的笔划，表出最重要的特点。像女字、手字、木字、草字、鸟字、山字、马字、水字等，每一个字是一幅速写画。而山因为望去形似平面，故造出的象形字的模样尤为简明。从这字上，可知模范的山，是近于三角形的，不是石笋形的；可知桂林的奇特的山，只是山之一种——奇特的山。古语说："仁者乐山，智者乐水。"则又可知周围山水对于人的性格很有影响。桂林的奇特的山，给广西人一种奇特的性格，勇往直前，百折不挠，而且短刀直入，率直痛快。广西省政治办得好，有模范省之称，正是环境的影响；广西产武人，多军人，也是拔地而起山的影响。但是讲到风景的美，则广西还是不参加为是。

"桂林山水甲天下"，本来没有说"美甲天下"。不过讲到山水，最容易注目其美。因此使桂林受不了这句盛誉。若改为"桂林山水天下奇"则庶几近情了。

1947 年 3 月 7 日于杭州

叶灵凤（1905—1975），原名叶蕴璞，笔名叶林丰、临风、亚灵、霜崖等。江苏南京人，毕业于上海美专。1925年加入创造社，主编过《洪水》半月刊。1926年与潘汉年合办《幻洲》杂志。1928年《幻洲》被禁后改出《戈壁》，年底又被禁，于是改出《现代小说》。1938年到香港，编过《立报》副刊《言林》、《星岛日报》副刊《星座》。其作品主要有《灵凤小品》《红的天地》《香港方物志》《未完成的忏悔录》等，译著有《新俄罗斯小说集》《故事的花束》等。

北游漫笔

叶灵凤

北国的相思，几年以来不时在我心中掀动。立在上海这银灯万盏的层楼下，摩托声中，我每会想起那前门的杂沓，北海的清幽，和在"虎虎"的秋风中听纸窗外那枣树上簌簌落叶的滋味。有人说，北国的严冬，荒凉干肃的可味，较之江南的秋春还甚。这句话或许过癖，然而至少是有一部分的理由。尤其是在这软尘十丈的上海住久了的人，谁不渴望去一见那沉睡中的故都？

柔媚的南国，好像灯红酒绿间不时可以纵身到你怀中来的迷人的少妇；北地的冰霜，却是一位使你一见倾心而又无词可通的拘谨的姑娘。你沉醉时你当然迷恋那妖娆的少妇，然而在幻影消灭后酒醒的明朝，你却又会圣洁地去寤寐你那倾心的姑娘了。

这样，我这缠绵了多年的相思，总未得到宽慰，一直到今年的初夏，我才借故去遨游了一次，虽是在那酷热的炎天中，几十日的勾留，不足以言亲到北方的真味，然而昙花一瞥，已足够我回想时的陶醉了。

最初在天津的一月，除了船进大沽口时两旁见了几个穿红裤的小孩和几间土堆的茅屋以外，简直不很感觉北国的意味。我身住在租界，街上路牌写的也不是中文。我走在水门汀的旁道上，两旁尽是红砖的层楼，我简直找不见一个嚼馍馍、大葱的汉子，我几疑惑此身还是在上海。白昼既无闲出去，而夜晚后天津的所谓"中国地"又因戒严阻隔了不能通行，于是每晚我所消磨时间的地方，我现在想起了还觉得好笑。每晚，在福绿林或国民饭店的跳舞厅中，在碧眼儿和寥寥几位洋行的写字员之中，总有我一个江南的惨绿少年，面前放了一杯苏打，口里含着纸烟，抱了手倚在椅上，默视场中那肉与色的颤动，一直到夜深一二时才又独自回去。有时我想起我以不远千里之身，从充满了异国意味的上海跑来这里，不料到了这里所尝的还是这异国的情调，我真有点嘲笑我自己的矛盾。

离开天津乘上京奉车去吸着了北京的灰土以后，我才觉得我真是到了北方。那一下正阳门车站后，在烈日高张的前门道上，人力车夫和行人车马的混乱，那立在灰沙中几乎被隐住了的巡士，和四面似乎都蒙上了一层灰雾的高低的建筑，甚至道旁那几株油绿的街树，几乎无一处使我望去不感到它的色调是苍黄。峥立着的涩干的前门，衬了它背后那六月的蔚蓝的天空，没有掩映，也没有间色。下面是灰黄混乱，上面是光秃的高空，我见了这一些，我才遽然揉醒了我惺忪的睡眼。啊啊，这不是委婉多情的南国了。

近年北方夏季天气的炎热，实是故老们所感喟的世道人心都剧变了的一个铁证。在京华歇足的二十几日中，所遭的天气几乎无日不在九十度①以上。偶尔走出门来，松软的土道上，受了烈日所蒸发出的那种干燥的热气，嗅着了真疑心自己是已置身在沙漠。不幸的我，自离开天津后，两只脚上的湿气已有点痒痒，抵北京后在旅馆中的第一夜更发现脚底添了两处破洞，此后日渐加剧，不能行动，一直在海甸②燕京大学友人的床上休息了两整星期后才算养痊。在那两星期中，我每日只是僵卧，天气的闷热，苍蝇的骚扰，长睡的无聊，和想出去游览的意念的热切，每日在我心中循环地交战。我竭力想用书籍来镇压我自己，然而得到的效果很少，我几乎是又尝了一度牢狱的滋味。这样一直到我的脚能勉强走动了才止。我记得在近二十日的长睡后，我第一次披了外衣倚在宿舍走廊朱红漆的大柱下去眺望那对山时的情形，我的心真像小鸟样的在欣慰活跃。

长卧的无聊中，每日药膏纱布之余，睁目乱想，思维的能力便较平日加倍的灵敏。燕大的校舍是处在京西的海甸，辟置未久，许多建筑还在荒蓁中未曾完竣。我所住的朋友这间宿舍，

---

①此处为华氏温度。——编者注。
②今称海淀。——编者注。

窗外越过一沼清水，对岸正有一座宝塔式的水亭在兴工建筑。我支枕倚在床上，可以看见木架参差的倒影，工人的"邪许"和锤声自上历乱地飞下，仿佛来自云端。入夜后那塔顶上的一盏电灯，更给了我不少启示。我睡在床上望了那悬在空际莹莹的一点光明，我好像巡圣者在黑夜遥瞻那远方山上尼庵中的圣火一般，好几次冷然镇定了我彷徨的心情。这迷途的接引，这黑夜的明灯，我仿佛看见一只少女的眼睛在晶晶地注视着我。

据说这一块地基是一个王府的旧址，所以窗外那一沼清水，虽不甚广阔，然已足够几只小艇的泛游。每到热气清消的傍晚，岸上和水中便逐渐地热闹起来，我坐在床上，从窗里望着他们的逸兴，我真觉得自己已是一只囚在笼中的孤鸟。从水草中送上来的桨声和歌声，好像都在嘲笑我这两只脚的命运。窗外北面一带都是宫殿式的大楼，飞檐画角，朱红的圆柱掩护着白垩的排窗，在这荒山野草间，真像是前朝的遗物。那倚在窗口的闲眺者，仿佛又都是白头宫女，在日暮苍茫中，思量她们未流露过的春情。

啊啊，这无限的埋葬了的春情！

这样，在眼望着壁上的日历撕去了十四五页以后，我才能从床上起来，我才能健快地踏着北京的街道。

离去海甸搬到城内朋友的住处后，我才住着了纯粹北方式的房屋。环抱了院子矮矮的三楹、纸糊的窗格、竹的门帘、花纸的内壁和墙上自庙会时买来的几幅赝造的古画，都完全洗清了我南方的旧眼。天气虽热，然而你只要躲在屋内便也不觉怎样。在屋内隔了竹帘看院中烈日下的几盆夹竹桃和几只瓦雀往返在地上争食的情形,实在是我那几日中最赏心的一件乐事。入晚后在群星密布的天幕下,大家踞在藤椅上信口闲谈,听夜风掠过院中槐树枝的声音,我真诅咒这上海几年所度的市井的生活。

有一夜大雷雨,我中夜醒来,在屋瓦的急溜和风声雨声的交响乐中,静看那每一道闪电来时,纸窗上映出的被风摇曳着的窗外的树影,那时的心境,那时的情调,真是永值得回忆。

在北京下车后在旅舍中的第一晚,就由朋友的引导去了中央公园一次。去时已是夜十一时了,鼓着痛足,匆匆地在园中走了一遭,在柏树下喝了一瓶苦甜的万寿山汽水后,便走了出来。园中很黑,然而在参天的柏树下,倚了栏杆,遥望对岸那模糊中的宫墙,我觉倒很有趣味,以后白天虽又去过几次,但总觉不如第一夜的好。实在,在一望去几百张藤椅的嘈杂人声中,去夹在里面吃瓜子,去品评来往的女人,实在太乏味了。

北海公园便比"中央"好了。而我觉得它的好处不在有九龙壁的胜迹,有高耸的白塔可以登临;它的好处是在沿海能有那一带杂树蜿蜒的堤岸可以供你闲眺。去倚在柳树的荫下,静看海中双桨徐起的划艇女郎和游廊上品茶的博士,趣味至少要较自己置身其中为甚。这还是夏天,我想象着假若到了愁人的深秋,在斜阳映着衰柳的余晖中,去看将涸的水中的残荷和败叶披离的倒影,当更有深趣。假若再有一两只踽步的白鹭在这凄凉的景象中点缀着,那即使自己不是诗人,也尽够你出神遐想了。

　　我爱红灯影下男女杂沓酒精香烟的疯狂混乱的欢乐，我也爱一人黄昏中独坐在就圮的城墙上默看万古苍凉的落日烟景，然而我终不爱那市场中或茶棚下嘈杂的闲谈和屦走。

　　在北方的两月中，除了电影场外，没有看过一次中国的旧戏。去北京而不听京戏，有人说这是入了宝山空手归来，实在太傻了，然而我只好由人奚笑。在幼时虽也曾欢喜过三花大脸和真刀真枪，可惜天真久丧，这个梦早已破了；现在纵使我们的梅兰芳再名驰环球，中外倾倒，我的去看京戏的兴致也终不能引起。我觉得假如要听绕梁三日的歌喉不如往上海石路叫卖衣服的伙计口中去寻求，要看漂亮的脸儿不如回到房中拿起镜子看看自己。

　　这既非写实又非象征的京戏，对它，我真只好叹我自己的浅薄了。

　　北京茶馆酒楼和公园中"莫谈国事"的红纸贴儿，实在是一件值得大书特书的怪事。

　　不过，同一的不准谈国事，在北方却明示在墙上，在南方则任着你谈以待你自讨苦吃，两相比较，北方人的忠厚在这里显出了。

　　去西山的一次是在阴天。西山虽没有江南山气的明秀，虽没有北派诸山的雄壮，然而它高低掩映，峰脉环抱，实在是北京一切风景中的重心和根源。我去的一次，在走到半山中便遇着了雨。所以去的时间虽不多，见到的却很好。雨中看山，山中看雨，看雨前白云自山腰涌出封锁山尖的情形，看雨后山色的润湿和苍翠，实在抵得住了多日。

走上西山道上，回过头来便可望见万寿山的颐和园了。这一座庞然的前朝繁华的遗迹，里面尽有它巧妙的布置，伟大的建筑，可是因为主管的太不注意修理了，便处处望去都是死气沉沉。排云殿的颓败，后面佛阁的颠危，我终恐怕它们有一天会像西湖雷峰塔的骤然崩溃。知命者不立乎崖墙之下，我想着这些便止不住缓缓地避开了。我更不敢到昆明湖中去。这大约是我还没有找着我可以尽忠的圣主吧？

对于北京前朝的宫殿和园囿，我要欣赏它的各个而弃掉它的全体。一带玉陛的整齐，不如去欣赏它雕了蟠龙的白石柱子的一个。三殿的雄伟，哪里抵得上金黄的琉璃瓦的一片可爱呢？我不愿去看故宫的博物馆，我只愿看大元帅府前的汽车和卫兵。

这或许是我的渺小，这或许也就是它们的伟大。

北京"三一八"惨案放枪的地点我也总算去看过了。马号中依旧养着马，地上也长着青草。血呢？

琉璃厂中去买旧书，北京饭店去买西书，实在是我在北京中最高兴的事儿，比夜间乘了雪亮的洋车去逛胡同还要可恋。可是，有一次雨天，当我从东交民巷光泽平坦的柏油大道上走回了我们泥深三尺的中国地时，我又不知道哪一个是该诅咒的了。

泥虽是那样的深，然而汽车却可以闭了眼睛不顾一切地绝驶而过。在北京，黄牌的汽车，比上海租界内的 S. M. C. 三字还要有威风哩！我只好揩去我身上的泥，我还是回上海去赏 S. M. C. 的滋味吧。

在七年以前，曾经由津浦线北上，过黄河，在天津附近的一个小县里住了半年。这一次的北行，往返却都是由海道。回来的一遭，在船中我每日裹了一件毛绒衫躺在甲板上看海。船舷旁飞溅的浪沫，远处缓缓送来的波涛，黄昏时天际的苍茫，新月上升后海上那一派的银雾和月光下海水的晶莹，日落时晚霞的奇幻与波光的金碧错乱，实在使我见了许多意外的奇遇，虽是回来后我额上和手臂都被海风吹得褪了一层皮，我仍是一点也不懊悔。

因了事务的不容缓和朋友的催促，我终于回来了。在回来后一月余的今天，我回想起在京时朋友们待我的盛情和所得的印象，都觉得还是如在目前。

耗去两月的光阴，实际上虽未得到什么，然而一个颠倒了多年的北国的相思梦却终于是实现了，虽是这个梦的实现对于我也与一切恋爱的美梦一般，所得的结果总是不满。

1927 年 9 月 16 日于上海听车楼
(《天竹》)

石评梅（1902—1928），乳名心珠，学名汝璧，笔名石评梅。中国近现代女作家，"民国四大才女"之一。先后就读于太原师范附小、太原女子师范。1919年后在北京女子高等师范学校就读，其间开始大量发表作品。1923年从北京女子高等师范学校毕业后，留任该校附中女子部主任兼国文、体育教员。1924年与陆晶清等编辑《京报》副刊《妇女周刊》。1926年与陆晶清等编辑《世界日报》副刊《蔷薇周刊》。1928年病逝。石评梅一生创作了大量诗歌、散文、小说、游记，尤以诗歌见长。

武昌的名胜

石评梅

天晴后空中幻出五色彩云，捧着一轮赤日，慢慢地披开了砌垒的云幕，撒开了朦胧的愁网，冉冉走出，在宇宙中当时焕发着耀目的奇彩！我们参观团在这时光，遂踱过莲池，经过鄂园，向着抱冰堂而来。

抱冰堂建在蛇山上，由下边一级一级地上去，绿树荫蒙中，隐现着红绯娇白和画楼雕梁。一阵惠风披襟，花香浮动，只见万紫千红涌现眼底。我们进了抱冰堂的大厅，壁上悬着古画屏联，中间放着古瓶二个，高约四尺，凡武昌雅人伟士都在这个地方宴会。地周围约有一万二千九百四十八方丈。抱冰系张之洞的别号。张之洞督鄂的时候，鄂人感公盛德，故建此堂，为公生祠。大厅的西面，相距约五十步，有很庄严的五间大厅，双门锁闭甚严，推开门只见灰尘满地，蛛丝满壁，中间的神龛供着张文襄公的牌位,旁边有黎元洪立的碑。

晴后小径中青石黏土,十分泥滑,两旁千条垂柳,常绾鬓角。再上去是十桂堂,张叶如幕,桂树林立,可惜这不是秋高月圆时。站在十桂堂的中间,由树缝里看见长江如练,民房似枏,可以看见纺纱厂的烟筒,黑云萦绕,烟雾笼罩,凉风过处,心神为之一爽!这是何等舒适逍遥的境界啊!可惜上去了一大群丘八,我们只得远避。从石砌的道上过去,有小亭,有假山,怪石奇岩,嶙峋无状。我们在这里照了一个游相做纪念。他们都走过去了,我坐在小石上,听着小鸟的啁啾、布谷的婉转,一声声都令人感到一种超然神游的景象。碧天的游云,阶前的落叶,飘萍无踪,荣枯靡常。转瞬间我又车声帆影,飘游于何处何乡?人生如逆旅,在我的心里常印着这点模糊的追忆迹象……在我思想深入的时候,忽然有人在我肩头一拍,吓得我跳起来,回头一看,原来是惠和。她笑嘻嘻地手里拿着一束草花,我遂携了她的手,由小径中穿出,浓茵铺地,碧草拂鞋,一阵草香扑鼻欲醉。地址①虽不大,但结构异常精巧合度,风景如画,涌现千里,而且寂寞荫蒙幽雅最宜人。比较黄鹤楼的术士乞丐汇集者,当然有雅俗的分别了。

二十五号的下午,参观了附小以后,雇车到黄鹤楼去,我同芗蘅先到的。只看见些败壁颓垣,萎靡万状,乱石堆集。我同芗蘅也不知道黄鹤楼是何处上去,后来逢到一位小学生,是

---

①这里的"地址"当作"占地"之意。后文同。——编者注。

附小的学生，请他给我们领路，上了一道石坡就到了。只看见很巍峨、灿烂、辉煌的高楼，我以为是黄鹤楼了，原来是照相馆。这楼的顶上，镌着个展翅的黄鹤，两旁有一副对联是：

  眼底汉江空色相，楼头云鹤复归来。

  由这楼往西，就看见一座一座的相面算卦的棚和命馆。进了张公祠，登了奥略楼，临窗一望：江水滔滔，涌现眼底；帆影如雁，翩跹上下。在碧雪黄涛的尽头，依稀如翠螺堆集的，就是龟山，对着奥略楼有一座西式茶楼，高出云霄的就是黄鹤楼故址，在我们未到杭州之先，就听说这楼又塌了。

  张公祠就是张文襄公的祠，现在湖北教育联合会在里面，所以奥略楼上有张之洞自题的"日朗云空"四个字的大匾，两旁的对联是：

  昔贤整顿乾坤，缔造都从江汉起，
  今日交通文轨，登临不觉亚欧远。

  这是张之洞所撰，辛亥之役，不知沦于何所，壬戌秋重建，请教育厅宗整重书。奥略楼下壁上有王羲之的一笔鹅，从奥略楼下去，就是吕祖①庙，里面香烟缭绕，令人头晕。里面有吕祖

---

 ①吕祖，即吕洞宾。——编者注。

的骑鹤吹箫的像在壁间挂着,对联是:

鹤飞楼在名千古,地缩仙归道一家。

我同惠和在签筒里抽了一支上上签,她们都笑我们迷信。出了吕祖庙,走不了三步,就有乞丐来索钱,男女老幼都有,原来这是黄鹤楼的出产。黄鹤楼在我心坎中的印象很深,但我觉着除了上了奥略楼望望长江外,没有一样入目的东西。只见龌龊的乞丐,崎岖的道路,败垣乱草中,又有金碧辉煌的大餐馆显真楼,中国人不知正当地保存古迹是何等的可惜。

二十六号的上午,我们乘着汉阳兵工厂的武胜轮破浪直进,在烟波江上,只见风帆上下,浪花飞溅,放眼望去,龟山临左,蛇山傍右,武昌、汉阳、汉口鼎足相向,湖北形势为历史上最著名,实在诚然。船入汉水未久,而汉阳已在目前,两岸树木林立,浓绿荫深,不觉忆及古人诗:"晴川历历汉阳树,芳草萋萋鹦鹉洲,日落乡关何处是,烟波江上使人愁。"武胜轮拢岸后,我们遂舍舟登陆,陡觉炎热凌人,清凉隐逸。走得十余步,已抵汉阳兵工分厂。地址阔广,每一工厂,相距甚远,汽炉炉煤之气,扑鼻欲呕!先至漂棉厂,就是将烂棉花入锅漂过。磨棉厂、汽炉房、马力房都在这一方,比较尚近,不需多走路就到了。此外又到拌药房、切药新厂、压药新厂、矿炉房、硫酸厂、真空房、酒精厂、枪厂、木枪房、炮厂、钢壳厂、机关枪厂、枪弹厂、打铁厂、木样房、机器厂、图案课。由上午九点钟参观到十二点钟，赤日当空已属炎热万分，再加上参观的工厂不是机声轮轮，就是煤气呕人，头晕目眩，痛苦万分。但一想到工人的辛苦，我们也只好勉力地向前。对于工厂的组织和化学的配合，纯粹是门外汉，参观所得仅仅是一种形式而已。参观完兵工分厂后，遂返汉水原下船处，仍乘武胜轮至兵工厂总厂，其督办杨文亮的夫人偕其大女公子、大少爷在门外欢迎，至会客厅稍息，幸而有几瓶汽水，才把这一上午的集热逐去。又至总厂参观造枪炮之机器及程序，其工厂分法与上所述分厂同不详。我看过一遍，见工人在煤气中生活是何等危险，而其点滴血汗所造成的杀人利器，既不能保障国家的富强，反用以做残杀同胞的工具，这是何等可怜？可惜！中国军阀！中国军阀！何其浑昧如斯啊？炮厂现在正为某军阀赶做绿气炮，可知其阴蓄之久，而中国内乱其有已时吗？

参观完又返总厂的会客厅，督办请我们吃大餐，最有趣的事是督办的母亲杨老夫人，她很奇怪我们这次出来参观，她的心理仍以为是闺阁小姐何能事万里长征。所以她在会餐的时候，问了我们三句有趣的笑话，第一句是：谁家有这些女儿？第二句是：谁家要这些媳妇？第三句是：何处找这许多婆家？这是个很难答的答案，我们只好付之一笑吧！饭后，杨督办拿来许多纸，让我们每人随便写几句话留作纪念。我们为了这一饭之德，更不好推辞，只好每人随便写几句感谢祝贺的话，这一来把我们女高师的程度都考去了。

客厅后面有极幽雅的小园，绿树荫复如遮翠幕，过一极小之茅亭，碧波荡漾，游鱼上下，池心有撒天荷叶，映日红莲，池旁杨柳树下，有白鹅一双，头藏在颈内，正在酣睡。由树林中望去，真神仙佳境。我在这里忽然想到一件极悲哀的事，一腔热泪，夺眶而出，故人何在？旧景虚幻，所留的仅这点触景的回忆和我这天涯的飘萍！

四围黑云渐渐地包拢来，一轮赤日已隐回去，清风送着草香荷馨，令人神醉。我们二十余人，掩映出没在这小园中，陡觉园林生色、草木欣然。我同芗蘅在一片山石上坐着，谈去年今日在北京时的情景。看看天上云愈堆愈厚，照相馆已有人来了，我们就择一块前有小泉、后有青山的地方，站着的、坐下的照了个相。

照相后，尚有一个铁厂未去参观，我因为精神困倦的缘故，所以同芗蘅、惠和走到江岸去找船。但这时候江里的风浪很大，天气阴沉，不久即雨，我不敢去冒险，遂又回到铁厂的应接室休息。里面有茶点，有电扇，我遂躺在睡椅上假寐，略养心神。这时候雨声淅沥，乱洒蕉叶，又换一副无聊之景。五时天始霁晴，去参观铁厂的同学已回来，遂一同至江畔，仍乘武胜轮返武昌。一路风浪甚大，汉江苍碧，一望无际。远眺云霞灿烂，虹彩耀目，江上风景殊觉宜人。我们在甲板上曼声唱卿云之歌，余音萦绕江上，许久不息，临风披襟，心神为之一爽！

陈友琴（1902—1996），笔名珏人、静岩。1923年肄业于上海沪江大学文学系。1930年后历任上海建国中学、敬业中学、务本女中语文教师，《中央日报》副刊编辑，安徽屯溪柏山皖中、建国中学、江苏临中教员，杭州之江大学国文讲师，杭州《东南日报》副刊编辑，浙江临安杭州幼师副校长，北京大学文学研究所副研究员，中国社会科学院文学研究所副研究员、研究员。作品主要有《温故集》《长短集》《晚清轩文集》等。

忆阆中

陈友琴

一

匆匆做客只在那儿住了两夜的阆中，忽然它的影子侵袭到我的脑子里来，叫我不得不联想起一些旧迹。

阆苑本来是仙人住的地方，所谓"瑶池阆苑"的风景，是中国旧诗家所艳称的。而我现在所追忆的，并不是什么仙境，只是平平常常的几万户中国苦百姓们宛转呻吟的地方，它是坐落在四川省的北部，清代号称保宁府，今日号称阆中县的阆中。

风景，当然是很可爱的，于四山环绕之中，有一道苍苔碧玉般颜色的嘉陵江，包围了阆中城的三面。朱楼画阁古代有最著名的所谓十二楼，目下仅仅有六七座在临风战栗着，不但褪了垣宇的鲜艳颜色，而且内部的构造也已有渐就倾圮的危险了。

几十只板船搭起的浮桥,放在南门外向南津关去的江面上,从这里渡过,便可以去游离阆中最近的名胜地——锦屏山了。

锦屏山是一字儿似的摆在嘉陵江对岸,真仿佛是一座屏风儿,遮蔽着东南角。县志上说这是一座案山,其作用不啻是给县老爷作书案,上面是用以供签筒笔架铁砚池的。县大老爷的尊严和伟大,于此可以想见了。不过时至今日,县老爷乃须屈服于有枪阶级之下,这座案山上面,又只好插些令旗之类,其尊严和伟大的主人翁"不得不转变一个方向了"!山前山后,有的是伤兵医院和疗养所之类,包头的,瘸脚的,发热狂烧而大叫的,宛转哀啼在地面上做狗爬的,这些可怜的同胞们,都是不知为什么原因被自己的同胞们残害了。天可怜见的!

山腰虽然有吕祖庙、三贤祠(杜甫、陆游、司马光)之类的香火地,可是临江茶楼上游客常常是稀少的。

我们得在此中占却一小时,做做文人雅士的风雅勾当,静赏阆山阆水,远看阆苑仙楼,可是仔细一想,汗毛管儿里的毫毛一根根笔竖起来!这个年头儿,还在学痴人说梦,要流连光景什么的,恐怕就是以瓜皮汁写诗的吕洞宾也有些儿不惯吧!

据锦屏山上石刻吕祖瓜皮诗碑,上面说吕仙访君平于此,以瓜皮做笔,瓜汁做墨,吟诗于石,后来好事人就照着原迹刻起字来。其诗云:"时当海晏河清日,白鹿闲骑下翠台。只为君平川底去,不妨却到锦屏来!"

足见吕祖作诗访友,也要在海晏河清的时候,我靠何人,也敢在海不晏河不清之日来此冒昧吗?因此这一天诗思就不在家，没有写出半个句子来，其原因并不为了别的。

城里面有的是难民收容所，凡是祠堂庙宇，没有一处不是收容着通江、南江、巴中等县的难民，一面由公家供给每日两餐的稀饭，一面由私家自己煮一些儿黑饭，生活一直照这样维持下来，好在并不需要做工，日子也暂且可以度，至于所内的污秽奇臭、疾病传染，照例是官民不管。本乡本土的道地阆中人，虽然眼见得难民们吃白米饭而眼热热的，也属无可如何，因为他们供给官厅，官厅供给难民，本来是天地无私仁至义尽。别的事还能管得了吗？

读过《聊斋志异》的人，应该知道阆中有一个灵异的桓侯祠。

说起桓侯祠来，真是大大有名！谁不知道阆中郡是三国时代蜀汉名将张飞的镇守之邦！一直到现在，张老爷仍是赫赫有灵的。所有官绅富豪，莫不听命，大家都很愿意地在张老爷的阴灵庇护之下。到底因为民穷财尽的缘故，并没有替张老爷重整庙貌，这是阆邑人士至今耿耿于心的！

桓侯之殿，据说还是宋时的建筑；他的真像，据说是逼肖其人。矮矮的身躯，黑苍苍的面孔，两只几乎要暴出来的圆眼睛，我们这些并未生长在蜀汉时代的人，无从判断其逼肖与否，不过神像塑得颇平易可亲，并不像戏台上那样古怪可怕。神像后便是墓碑，墓冢恰恰筑在殿后，冢身当然是很高大的，有人告诉我，坟内只有张飞的尸身，其首级被范疆、张达等割了携到云阳县，后来便在云阳葬了。所以张老爷死后实在是身首异处的。

这些,也都不在话下。

关于阆中的土产,有一首《宝塔诀》为证,其诀云:"醋,皮蛋,半夏秞,白糖蒸馍,五香豆腐干,四川陆军中将。"其最后一个代表,未免有一点儿幽默性,可是陆军中将是属于四川的,这也是实际如此,并非有意为土产鼓吹也。

临走,我们本来还想看看唐代诗人所盛称的什么鲁王灵夔之宫,滕王元婴之苑一类的名迹,可是时间不允许了。因此,阆中所给我的回忆,仅仅是如此而已!

二十三年十月二十八日

二

昨天(二十四年四月十九日),各报都有这样的一个消息,说是川军已克复阆中了。怪不得阆中县按期寄给我的官方的《川北周报》,已经停寄了一个多月的光景,原来其中有一些变故:"剑外忽传收蓟北,初闻涕泪满衣裳",这是少陵闻官军收复冀北的诗,为什么听见官军打了胜仗,还要"涕泪满衣裳"呢?我今天才懂了,无论收复以前或收复以后,都值得人们喜极而为之涕泪满衣裳的啊!

我非川人,更非阆中人,然而对于阆中县,自一游以后,永远不忘,因为那个地方实在太可爱了,山川风物之美,简直与江浙最美的地方一般无二。本来阆中在古代，就是最著名的风景区，所谓"阆苑仙葩"，所谓"五城十二楼"，古人认为是仙境，是乐园，一直到去年，我游的时候，虽然民生凋敝，名胜摧残，时时露出捉襟见肘的情形；然而仿佛是蓬头垢面的美人，仍然有楚楚可怜的神态，叫爱好自然的人们，不得不加一倍的爱惜，加一倍的垂青。

四围青山的大圈子以内，再萦回着绿波如带的嘉陵江（这就是吴道子所画嘉陵三百里最秀丽的地方）。阆中城的位置，便在这山环水抱中了。

少陵有阆山阆水二歌，《阆山歌》云：

阆州城东雪山白，阆州城北玉台碧。松浮欲尽不尽云，江动将崩未崩石。那知根无鬼神会，已觉气与嵩华敌。中原格斗且未归，应结茅齐看青壁。

《阆水歌》云：

嘉陵江色何所似，石黛碧玉相因依。正怜日破浪花出，更复春从沙际归。巴童荡桨歌侧过，水鸡衔鱼来去飞。阆中胜事可肠断，阆州城南天下稀。

阆州城南的风景，竟至于在天下也算稀少的，简直有"甲于天下"的好处。这虽然是诗人的夸张，却也真有些名副其实。

我曾在阆中城南一带留恋过。

我又曾在东门城外公园徜徉过,在大观楼上凭眺过,松花井前吃过茶,张飞庙里求过签,还有武则天所遗留的一口古铜钟和唐代铸就的一座刻字的铁塔,我都一一赏鉴过、抚摩过,不知道此次被难后,这些地方还照旧无恙吗?这些古物,还没有被毁坏吗?

又,不知这一次阆中人,曾否请张老爷降过坛?张老爷降坛以后,又是怎么说?我想一定张老爷说过叫大家快些走了,如果张老爷的确是灵验的话。

本来,从川军手里失去了的阆中,重新又由川军手里夺回来,在川军方面,也许可以功过两抵的。

不过这样一出一进,吃亏的还是老百姓罢了!我在这里远远地替阆中人洒泪了!

二十四年四月二十日

(《萍踪偶记》)

陈友琴（1902—1996），笔名珏人、静岩。1923年肄业于上海沪江大学文学系。1930年后历任上海建国中学、敬业中学、务本女中语文教师，《中央日报》副刊编辑，安徽屯溪柏山皖中、建国中学、江苏临中教员，杭州之江大学国文讲师，杭州《东南日报》副刊编辑，浙江临安杭州幼师副校长，北京大学文学研究所副研究员，中国社会科学院文学研究所副研究员、研究员。作品主要有《温故集》《长短集》《晚清轩文集》等。

都江堰与望丛祠

陈友琴

在成都住了几天，因为酬应频繁，感觉得有点儿厌倦了。我们想跑到远一些的地方去看看，后来决定到灌县和郫县去，一天工夫可以往还，这是不碍于我们出发到西康或川北考察的行期的。

灌县距离成都不过一百二十里（或云一百四十里），长途汽车三四个钟头可以直达，而郫县在灌县与成都之间，是我们必经的地方，所以也不妨停下来看看。

因为时间的限制，我们在灌县只看了一下都江堰，在郫县只看了一下望丛祠。虽然行色匆匆，所见甚少，但其中还颇有记录价值的资料。

一、 都江堰

灌县都江堰的水利，在我国史地上是颇为有名的。并且李冰和二郎神治水的故事在民间流行极广，所以可说是又科学又神话的地方。岷沱二江发源于松潘以上岷山一带高原，以灌县为分水的枢纽地，《禹贡》所谓"岷山导江东别于沱"，就是指的这些地方，我们为寻长江水源起见，灌县也是必须到的理由之一。

汽车出成都西门，在平原上驰行极速，不比从重庆来时驰行山途的危险而缓慢。不过两番遇见缺口，要等农民扛木板来填桥才能过去，未免耽搁了一些工夫。车进了灌县城，直到县政府里，寻着了杨县长和水利知事周郁如，蒙引导我们到老王庙里去休息，并在离堆楼上设宴款待。老王庙在城外，正当水流冲激怒潮汹涌的江口，一路走去，满脚踹的是鹅卵石，大大小小，圆滑可爱，既拾级登山，俯瞰全城，可以览而尽，江水穿绕，仿佛系着白带，而我们所在的地方，恰和白带扣着结儿似的，这个结儿本就是枢纽，一开一结，关系着四川盆地几十县的福利，可以想见它的重要了。在城隍山和离堆之间，流深湍急，浪花飞溅，坐在离堆楼上，可以听见下面潺潺的水声。这里叫作宝瓶口，瓶口宽七丈半，两崖有水量尺，深时高出水面二十六尺以上，现值水落时候，只出水面六尺，其下则深窈难计，人临其上，不免为之惴惴然！离堆下有形似象鼻的岩石，上面悬挂着很多的铁链，以为急水滩上船夫拉练住篙之用。

据《堤堰志》说：李冰凿离堆、虎头，于江中设象鼻七十余丈，首阔一丈，中阔一十五丈，后一十三丈，指水十二座大小钓鱼护岸一百八十余丈。离岸之石，是沙泥和细石子凝结而成，坚固异常，我疑惑并非是什么李冰凿成的，不过李冰在秦时治水计划周密，后人故神其说罢了。所谓护石，是笼石附岸，使水不能蠚土，指水是象鼻状的小滩，导岷江曲折东流，但到了神话里，指水十二座，又变为什么十二座望娘滩了。又据《成都古今集记》说，李冰治水，他自己是设计的人，他的儿子二郎才是实行的人。李冰使其子二郎，做三石人以镇湔江，五石犀以厌水怪，凿离堆山以避沫水之害，穿三十六江，灌溉川西州县之稻田，自禹治水之后，冰能因其旧迹而疏广之。

范石湖《离堆诗序》云：沿江两岸中断，相传秦李冰凿此以分江水，上有伏龙观，是冰锁孽龙处。

《灌县旧志》亦云：伏龙观下有深潭，传闻二郎锁孽龙于中，霜降水落时，见其锁云。

这些厌水怪、锁孽龙等等的神话，实际上都是附会！我们在伏龙观里，游览了一会儿，并看见所谓大禹岣嵝碑，其实也是赝鼎，想为后人有意摹造以点缀风景古迹的。

从这里分出去的两条江流，一曰内江，内江为沱江之源，一曰外江，外江为岷江之源。由内江向内流者，分三支河，曰走马、曰白条、曰蒲阳。其灌溉区域为灌县、崇宁、郫县、新繁、新都、成都、华阳、金堂、彭县、广汉。外江系岷江正流，分六支河，曰沙沟、曰黑石、曰江安、曰新开、曰羊马、曰杨柳，此六支流灌溉区则为崇庆、温江、双流、新津等县。内外二江分出的九条大支流，全靠都江堰以为分配调节的工具。否则，旱涝不时，便不免有偏枯之患！都江堰每年开堰二次，外江在立春的时候开放，霜降时即断其流，让水流到内江去。内江则在立春的时候断流，清明节开堰。

都江堰上，立有包楼，以为开断水流之用，又有所谓分水鱼嘴的工程，其法系用大鹅卵石装在笼兜里面，填塞水口，堆作堤岸，以分配内外两江的水量。因为水量是跟着时节不同，一会儿涨，一会儿落，看定涨落关头，用施两样不同的调节方法，才可以免掉或旱或涝的灾难哩。

李冰的治水六字诀：深淘滩，低作堰。至今水利知事，还是守为成法不敢稍变的，此六字是为内江而说的。滩须深淘，堰水乃得畅流无阻；堰须低筑，洪水乃不致淹没田畴。古人治水方法确实已有了一点贡献，可惜国人不能把古人成法更精进一层去研究，至于今日，治黄导淮，都须借材于别国，说起来真大可惭愧啊！

因为山洪峻急，曾有人主张在此间设水电厂。但据水利知事周郁如谈：灌县水量每秒仅五千立方尺，入夏虽亦有数万匹马力，但一年中有四个月无用，因为水涸的时候只一千马力，甚至只有数百马力，不像大峡间常年可得二万匹的马力，所以水电厂仍以设于大峡平善坝之间为有较大的希望，灌县并不是我们理想中设水电厂的好地方。

后来我们随周君下离堆，出老王庙，由人字堤、飞沙堰，溯江上行，至金刚堤、新工鱼嘴、安澜索桥（按四川索桥，以灌县为最有名，惜今已废，仅存索桥的石座在江中做中流砥柱而已！）一带考察。见外江的水已干涸，现正是开内江堰的时候。许多工人们起水底大鹅卵石，负运往来，背在背后大篾篓中，每篓装大石六七个，重百余斤，据工人自己说，平均每日要背上六十负往来，所得工资仅仅能吃一顿饱饭，内地工人真是牛马不如啊！

渡内江到二郎庙去，渡江的方法很妙，江中横着两根绳索，牵系在两岸的树身上，渡船就攀援着这绳索儿溜过去，不用桨，也不用篙，因为这儿水势冲激震荡，桨篙之类根本是无济于事的。

二王在史书上没有名字，但是威力很大，庙之雄伟，突过老王的祠堂，神像是有三只眼睛的，不像他父亲那么王绺三须，文雅端正。《封神榜》上有名的杨戬，不也是三只眼睛叫作二郎神的吗？何以他一时会姓杨，一时又会姓李呢？据胡适在《民间文艺》创刊号通讯里说：杨戬被认为二郎神，是宋时的宦官杨戬，被东京人呼为二郎神，到后来却成了杨戬了。但不知这两个三只眼睛的二郎神，又有什么考证的牵涉可以硬拉？我以为民间传说的神话，本是无稽，他们理想的伟大人物，总是天上下来的神仙，总是生得要与众不同一点，没有三只眼，便不能下水捉怪降龙。李二郎神，杨二郎神，都同是一个畏神的初民幼稚心理发生出来的理想人物罢了！（长江一带有水神名杨四将军，其理由也是为此。）

二王庙殿阁层层，攀登而上，壁上有"湛恩江灭，不在禹下"八个大字，又有赑屃负碑二方在山腰，一曰"顺流同轨"，一曰"饮水思源"。照壁上镌《六字诀》曰："深淘滩，低作堰，六字旨，千秋鉴。挖河沙，堆堤岸，砌鱼嘴，安羊圈，立湃阙，凿漏罐，笼编密，石装健，分四六，平潦旱，水画符，铁桩见，岁勤修，预防患，遵旧制，毋擅变。"这里面每一句都是很有道理的，蒙水利知事周君一一为我们解释，左右有联云"过湾截角①，逢正抽心"，都是治水的秘诀。二王殿前，有几个道士在大唱川戏，我们也无心倾听，一直爬到太上老君庙为止。远望云雾里的青城山，峰回峦合，削翠飞青，恨不能借我一个月时间，前往细细探赏一番。回灌城时，由玉垒山麓，经虎头岩、凤栖窝、三道岩（形如鸡爪）等地，我们不觉在都江堰上兜了一个大圈子，听了许多关于治水的神话，可惜没有篇幅把这些荒谬之谈一一记录出来。借杜甫《石犀行》，权作本段文章的小结束。杜诗云：

君不见秦时蜀太守，刻石立作三犀牛。
自古虽有厌胜法，天生江水向东流。
蜀人矜夸一千载，泛滥不近张仪楼。
今年灌口损户口，此事或恐为神羞。
终藉堤防出众力，高拥木石当清秋。

---

①应为"遇湾截角"。——编者注

先王作法皆正道，鬼怪何得参人谋。
嗟尔三犀不经济，缺讹只与长川逝。
但见元气常调和，自免洪涛恣凋瘵。
安得壮士提天纲，再平水土犀奔茫。

二、望丛祠

我们的归车，从灌县打从郫县经过的时候，有人在车上提议进城去看看，我们这些远客当然很赞同，可是有几位嫌时间太晚了，恐怕入夜到成都，守城的检查起来麻烦。后来陪我们回成都的周郁如先生说："郫县城内并没有什么好看的，不过望丛祠还值得去瞻仰一下。"

"什么是万崇祠呢？万是不是千万之万，崇是不是崇拜之崇？"有人发问了。

"望就是指的望帝，丛就是指的丛帝。望丛祠是纪念古蜀二帝的呀！"周郁如似乎夷然不屑地回答这位发问的人。

大家不响。车进了郫城的西门，因为我们车上插了二十八军的旗帜，守卫城门的兵士并没有阻止（灌县、郫县都是二十八军的戍区），汽车呜呜地叫了几声，街上出来看汽车的人挤得满满的。市房低矮，全市几乎无一家整齐的铺子。一般人头上并无例外的也多半缠着白布，或者用蓝色的布缠着，男女老幼皆然。衣服也多半褴褛不堪。据说灌郫还是四川的富庶之区，民生已甚憔悴，至于川北苦况，当更可以设想到了。我在回想着"酒用郫筒不用沽"的唐代，我又在回想着曾生长一代文豪扬雄的汉代。至于今日，早已地既不灵，人亦不杰了！

一刹那间，车出了南门，已驰到所谓望丛祠的门前了。一座大牌坊写着"望丛公园"四个大字。大殿里面供了望帝和丛帝的神位。按《华阳国志》：

>鱼凫王后有王曰杜宇，教民务农，七国称王，杜宇称帝，号曰望帝。曾有水灾，其相开明，决玉垒山以除水患，帝遂禅位于开明，升西山隐焉。

这里所谓杜宇既然就是望帝，所谓开明当然就是丛帝了。开明又叫作鳖令，又叫作鳖灵。据一般人口里的神话，说丛帝原是水怪，被望帝收服了，望帝当他是一个心腹，常使之随侍左右。望帝娶蜀山氏之女，极为美丽，不料那个号称鳖灵的丛帝，见色心动：趁望帝出巡的时候，他暗地里和蜀山氏女通起奸来。后来望帝晓得了，他们俩怕事情发作，就先下手为强，把望帝谋害死了。望帝既死，魂魄不散，化而为鸟，名叫杜鹃，其大如鹊。因为含冤未雪，常常哀号，声极凄惨，飞的时候，吻上每有一点一点的鲜血滴下来。杜鹃又叫作子规，所以后世诗人每每有"杜鹃啼血""子规泣血"的话头，便因为有这一段哀艳故事的缘故。李商隐所谓"望帝春心泣杜鹃"，是更明白地说出了。

当然这些神话家和诗人们的说法素是不足为信的，我的意思以为所谓望丛二帝者,不过是先民为纪念农蚕而设想出来的两位神人。祠门口明明榜出"功在田畴"的字样,而且四川古号蚕丛,扬雄《蜀王本纪》云:蜀王之先名蚕丛、柏灌、鱼凫、蒲泽、开明。是时人民椎髻咙言,不晓文字,未有礼乐。《华阳国志》云:蜀侯蚕丛,其目纵,始称王,死作石棺石椁,国人从之,故俗以石棺椁为纵目人冢。

目不横而纵,这是多么稀奇的相貌,可惜这样人种,至今不曾遗传下来,实是遗憾,如果古代真有这样人形,三只眼睛的二郎神,比较起来又不足为怪了!《明一统志》云:蚕丛氏初为蜀侯,后称蜀王,教民蚕桑,俗呼为青衣神。我颇疑惑丛帝就是指的蚕丛,虽然《蜀王本纪》说从开明上至蚕丛积三万四千岁,二帝并非一人。

我们如果不肯信荒唐的神话,最好认定望丛为农蚕之祖。望帝丛帝之在四川,正如神农螺祖①之在全国吧?妄拟之说,明知无根,但似乎比奸杀夺妻污蔑神灵的话要好些。

祠在后面,有很大的园林,亭楼水榭,竹径花坞,白石清溪,小桥曲径,布置得颇有雅趣。再进去便是望帝丛帝的墓道,丰碑高冢,甚为壮伟。二帝的陵墓,像两头蛇似的,东西相望。各朝着不同的方向,一碑大书曰:古丛帝之陵。是民国八年熊克武、但懋辛二氏为之重修的。字亦为但氏所书。熊、但二君在乱时居然留心到这些古僻的事,也实在是有趣得很。虽然于

---

①应为"嫘祖"。——编者注。

国计民生，并无补益，却比造私人花园或营金屋藏娇的那些只顾私利的人们，贤明到千百倍以上了。

游罢了望丛祠，天色已经黑了下来，我们更无心参观别的，便一直乘车驰回成都。

再诵杜甫《杜鹃行》一首，以为此文作结束：

> 君不见昔日蜀天子，化作杜鹃似老乌。
> 寄巢生子不自啄，群鸟至今与哺雏。
> 虽同君臣有旧礼，骨肉满眼身羁孤。
> 业工窜伏深树里，四月五月偏号呼。
> 其声哀痛口流血，所诉何事常区区。
> 尔岂摧残始发愤，羞带羽翮伤形愚。
> 苍天变化谁料得，万事反覆何所无。
> 万事反覆何所无，岂忆当殿群臣趋！

（《萍踪偶记》）

滕　固（1901—1941），原名滕成，字若渠。美术理论家，被称为"中国现代艺术史学的奠基者"。早年就读于上海美术专科学校，毕业后留学日本，专攻美术考古和美术史论，归国后攻读文学和艺术史。1929年又赴德国柏林大学留学，1932年获美术史学博士学位。历任行政院参事兼中央文物保管委员会常务委员、行政院所属各部档案整理处代理处长、重庆中央大学教授等职务。1938年出任昆明国立艺术专科学校校长。其作品主要有《唐宋绘画史》《中国美术小史》《征途访古述记》《唯美派的文学》等。

龙门石窟

滕　固

十二月十六日上午八时赴河洛图书馆参观藏品，内陈列古代铜器、六朝造像、唐代经幢及明器甚多，然陈列不得法，器物杂乱，令人对之有破铜烂铁之感。余等在陈列石物之一室中观览，最觉珍异者，一为晋韩君神道石柱，柱高约五尺，圆形，直径约尺许，雕刻垂直之瓜稜纹，顶头有装承露盘之小圆榫，上部平石上刻文曰"晋故散骑常侍骠骑将军南阳堵阳韩府君墓神道"。余秋间在山东省立图书馆内见汉琅琊相刘君神道石柱，其形式与此略同，唯雕有双螭蟠拱。此两物为江南六朝陵墓上神道石柱之前型，吾人不可忽略者也。二为武曌石床，高约二尺，长约七尺，边缘平浅浮雕，人物龙凤野兽，辅以连绵之纹样，纤细精致；合以唐代碑侧之雕饰，其为唐物无疑，唯馆员指为武后之石床，不知有何根据。余等巡览后至庭院，见陈有汉代圹砖两方，砖面各高二尺半，宽四尺余，刻鸟兽若干，散在于砖面，不相连续。刻势爽利，刀法坚劲，与世传汉石画像大异其趣。此必未烧时乘泥土软腻而施以刻划，故能如是新颖生动也。

十时向龙门出发，过河向南行，经大王庄、王城廓、枣村、豆腐村、关林、槐树湾，十时三十分至龙门。沿途已修筑汽车道，故通行尚便。余等先在龙门村略憩，即往龙门山视察。东西两崖隔江遥峙，伊水由此北流，故又名伊阙，谓两山中缺，望之如阙门也。石窟佛洞多在西岩，余等沿西岩南行，依次探视胜迹，兹本其所见并参考常盘、关野之《支那佛教史迹》，略记如下：

第一石窟　上山先见石楼，为光绪壬寅年所建，空无所有。其上为第一石窟，窟基略作长方形，深三十余尺，广二十余尺，角隅圆形。本尊释迦如来，左右阿难、迦叶两罗汉侍立，南北两壁为夹侍菩萨之立像，前面为天王鬼怪。此石窟壮丽瑰玮，为唐贞观年间经营，而雕刻形式，犹可认出隋代之风尚也。佛像雕饰本施彩绘，今剥落毁损，无复当年气象矣。

第二石窟　此窟邻接其南之宾阳洞，亦称宾阳左洞，南北广二十六尺，东西深三十二尺；后面雕本尊及左右罗汉两菩萨，其窟基地形稍广而作圆形。本尊高约二十尺，躯体雄伟，船形之背光内，雕莲花火焰纹样，左右罗汉及夹侍菩萨，亦甚魁伟，皆显出隋代雕刻之特质。天面穹形，中刻莲花圈，周围绕以飞天，外缘作绣帐，四壁有大小佛龛，皆为隋唐时作品。北壁有贞观二十二年洛州河南县思顺坊老幼等所造"弥勒像之碑"。其下偏东有一稍大之佛龛，作弥勒倚像、两罗汉、两菩萨、两金刚力士，皆为初唐之雕刻风格。外壁南面，有北齐造像，龛内方座上之释迦，衣裾垂直，雕法简朴，盖为北齐之代表作品。龛下香炉及狮像，毁损已甚。

第三石窟　此窟名宾阳洞，北魏时开凿，规模宏大，雕饰壮丽，为龙门之杰制。窟南北广三十六尺，东西深三十三尺，后面刻本尊、两罗汉、两菩萨，左右壁各刻佛像三尊。本尊释迦如来，跌坐于方台，衣裾垂于前面，全体姿势具均衡之美。面轮稍作长形，眼为纤月之状，唇露微笑，发作波纹。衣纹劲遒，衣角之褶襞流畅动人。背光作圭形，中饰忍冬莲花等纹样，气象雄浑，诚为稀世之珍。两旁罗汉及左右菩萨，皆以适合之雕法装点，亦皆表现富丽与劲遒之观。窟之前面，在入口左右之腰壁上，刻人物鸟兽，壁面分三层，下层为皇帝皇后率领一群宫人进香之浮雕，皇皇矞矞，不但令人惊叹艺术之高超，且可借以考见当时之仪式。中层上层刻佛传浮雕，其丰富优美，与进香图无异。窟前左右外壁，刻仁王像，北边有大业十二年四月十二日观音造像之铭刻。

第四石窟　此窟北接宾阳洞，故亦称宾阳右洞，南北广三十一尺，东西深三十尺，稍作方形。本尊释迦如来坐于方台，衣裾蔽其前，面轮略长，姿势均整，亦具北魏作品之特质，唯与宾阳洞之佛像大异，盖技术显有逊色也。且原像损坏，经后世修补，已非当年之真面目。左右两罗汉、两菩萨，亦似北魏式之作品，细审手法，与北魏亦有异致。征以北壁小佛龛为大业十三年造，此等佛像或成于隋时而规抚魏物也。南北壁及入口之左右壁，有大小佛龛多所，皆做于隋唐，毁损颇甚，令人不耐认辨。窟右即第三窟之左首，有一巨碑，镌龙门三龛记，岑文本撰，褚遂良书，贞观十五年立，此碑金石书籍著录及题跋者甚多，兹不赘述。

第五石窟　此窟在潜溪寺南首之高处，名敬善寺洞，广十一尺余，深十尺半，后面本尊坐像，左右两罗汉、两菩萨、两天神像，壁间又刻菩萨、天人等像，前壁入口左右又有多所小佛龛。本尊姿势均齐，容貌丰厚，而温和端丽之姿势，特别媚人，盖为初唐巧妙之制作也。左右侍像，大半毁损，两天神像为浮雕，足踏两鬼怪，颇示雄爽之姿度。天面为穹隆状，中央刻莲花，周围刻飞天，配置皆甚巧妙。入口前面左右之外壁，有仁王像，亦被污损。前面北首有宣德郎守记室参军事李孝伦所撰之《敬善寺石像铭》，西南首有显庆三年杨真藏刻弥陀三尊之铭文，则此窟殆为显庆三年以前凿成之物。

第六石窟　此倚岩壁开凿，广五十余尺，深不及十尺，后壁正中刻本尊椅像，左右夹侍座像。本尊左右两菩萨及后壁两端之仁王，皆系工事未完成之作。本尊高约十四尺，容相柔和，其衣褶贴附肌肤，雕工亦似未完；两夹侍像亦仅成头部，身躯粗砺，未施工事也。此外左右菩萨及两仁王像，仅显雏形而已。北面岩壁上作二佛龛，亦殊草率。观佛像形式如属隋以前物，但甚少其他条件资以论证；又工事中止之原因亦不可详。

第七石窟　窟广约十二尺，深约十四尺，后壁本尊释迦如来坐像。左右罗汉像，左右壁两菩萨、两立佛，其他已残毁，佛像左右排列均齐，故俗称八仙洞。此等作品大抵成于初唐，而诸像中间之壁面上多作小佛龛，皆有年代可稽。天面穹隆状，中央刻莲花，周围刻飞天，其形式与第五石窟相似。窟前左右有仁王像，南面一像之旁有垂拱三年四月之铭记，则知此窟之成当在垂拱以前也。窟内诸像经后世俗工涂饰修补，故臃肿呆木无复神气矣。

第八石窟　此窟狭长形，广六尺余，深约十四尺，后壁正中凿本尊椅像，左右两罗汉、两菩萨侍立，毁损甚多。左右两壁刻千佛像，故名千佛洞；天面上不作雕饰。窟内诸像被俗工涂补，真面目已难辨识。开凿年代不可考，而大体上殆为初唐时期之物。入口南侧有天授二年之铭记，则此窟为天授以前之制作明矣。窟前左右刻仁王像，左像已失去，右像亦被毁损。

第九石窟　此窟略作方形，广约十九尺，深约二十二尺，后方正中八角座上雕本尊释迦坐像，左右两罗汉，窟隅两菩萨；诸像后面，又作多数之菩萨像；左右两壁刻万佛像，故名万佛洞。本尊高约九尺，头部虽觉沉重，而容颜和易可亲。台座八角，台腰有四天王承座。罗汉、菩萨皆毁损，涂补丑陋。后壁刻承住五十四菩萨之莲花，枝干相连；而菩萨头部大部分已被击毁。入口左壁小佛龛，有垂拱二年等之铭记。天面中央刻大莲花，四周天人浮雕，并刻"大唐永隆元年十一月三十日成"等尺方大字，故此窟又称永隆洞。窟外左右有仁王像，其前雕有两狮像，气概雄毅，盖亦当时之佳制。窟下有一小石窟，广八尺余，深约七尺，雕本尊、两罗汉及两菩萨，背光隙处有千佛像，左右两壁列大小佛龛，皆为初唐时物，惜头部毁失，仅见涂补之陋塑而已。

第十石窟　此窟名塔洞，广约八尺，深约六尺，略作长方形，后壁方座上刻本尊，衣裾前垂；左右及角隅刻两夹侍、两菩萨，又左右近壁刻两石狮。佛像皆有宝珠形之背光，四壁及入口左右侧壁，多作小佛龛，铭刻甚多。天面为椭圆形之穹窿，中央作莲花。大小佛像头部皆毁损，石狮尚完好，雕法生动，足征佳制；此洞又名跪狮窟，即以此故。此窟大体成于唐初，后屡次添凿小龛，故有"元丰七年八月"之铭刻。

第十一石窟　此窟前面崩坏，仅存后部，广十二尺余，深存约十尺。后壁作本尊椅像，气概昂藏，背后有中印度式之披肩；右面罗汉一尊，左面列小佛像及小佛龛。左右壁之后方，有夹侍两菩萨像，姿容甚美；其前面各像皆已毁失，壁面又多列小佛龛。南壁东端有咸亨四年之铭刻，为此石窟凿成年代之根据资料。

第十二石窟　此窟广约十八尺，深约三十余尺，但其前部左右山岩尚未凿成。天面高二十八尺，作穹窿形，未施雕饰。周壁刻大小佛龛及千佛像，佛像大者高十尺，小者二三寸不等，佛头毁去者甚多。此等作品亦为初唐时物，后壁有天授二年，北壁有显庆元年之铭刻，可为明证。

第十三石窟　窟广二十余尺，深约四十尺，因其近阙口，俗称伊阙洞。入口上部作尖拱形，拱轮中央刻兽面，其左右刻火焰。入口南侧之壁上，除北魏佛龛外，尚有多所初唐之佛龛，内有先天二年之铭刻。外壁刻仁王像，入口北侧一壁损毁，仁王像亦已失去。窟内后部为平面半圆形，中央有本尊释迦立像，左右两罗汉、两菩萨，皆为北魏时代之杰作。本尊面轮长形，端丽庄重，衣纹褶襞，遒劲流动；后面作船形之大背光，刻莲花火焰，亦颇宏丽。罗汉、菩萨之雕刻具有与本尊适应之庄严与技巧。诸立像之间，凿大小佛龛，作千佛像。南壁作大佛龛三层，又辅以小佛龛，雕饰至为巧丽，北壁亦满作小佛龛。天面浮雕大莲花，三面刻六躯飞天，只前面未完成，亦未施以装饰，故此窟又名莲花洞。南壁佛龛间有永熙、武平、正光、天保、长安等年号之铭刻，北壁有孝昌、连义等年号之铭刻；知此石窟始建于北魏，而北齐及初唐继增事饰者也。大小诸佛像之头部几尽被盗毁，当时精丽之艺术，令人未由细玩。

第十四石窟　窟略作长方形，广十一尺半，深约十三尺，后面本尊坐像，高六尺半，左右两罗汉、两菩萨。本尊及两罗汉容相已毁，夹侍菩萨犹完好，技法浑朴，古意盎然。左右两壁正中各凿佛龛，内各刻释迦、两罗汉、两菩萨，入口两旁刻狮像，唯佛像头部已全毁损，或加修补，或仍毁损后之惨状。壁间多作小佛龛，天面穹状，高约十尺，中刻莲花，为未完成之作品。南壁右菩萨之右面，有北魏普泰元年之铭刻；西北隅罗汉与左菩萨之间有东魏天平四年之铭刻；故知此窟为北魏时代所经营。

第十五石窟　窟广约十尺，深约十二尺，后壁凿大龛，刻本尊、两罗汉、两菩萨。本尊如成于北朝，然非佳制。菩萨刻法稍异，而形相亦较佳。左壁有两佛龛相并：东龛作释迦、两罗汉、两菩萨，西龛作释迦椅像。右壁一龛内亦作释迦、两罗汉、两菩萨。其他诸壁面大小佛龛甚多，入口南壁有一北魏佛龛，此外多属初唐之造像，盖有显庆年号可稽也。天面穹形，中刻莲花，周围作飞天，但前面尚未完成。此窟始营于北魏，至唐初必大加增饰一番矣。

第十六石窟　此窟略作长方形，广约十七尺，深约二十一尺，四围壁面上虽作大小佛龛并附有铭刻，而本尊独付阙如，自全体观之，殆开凿而未施工事，颇呈残破，故俗称破洞。壁面诸佛龛大抵成于唐初，右壁有显庆四年、龙朔元年及总章二年等之铭刻。龛内佛像，毁损甚烈，唯后壁龛中之弥勒椅像独存，以其在高处，故未被盗毁者殃及，亦云幸矣。

第十七石窟　窟广十三尺，深十四尺余，俗称魏字窟。本尊释迦如来趺坐方座，衣裾前垂，姿势优美，盖为北魏作品。左右两罗汉头部毁损，两菩萨简易浑朴，亦发挥北魏雕刻之特质。南北两壁各凿大佛龛，各作本尊、两罗汉、两菩萨，外作仁王像；而其头部悉被割去。壁面多作小佛龛，有孝昌二年、正光四年等之铭刻。后壁罗汉与菩萨之间，有多所唐代所刻之小佛龛。天面穹形，中作莲花，四围浮雕飞天，生动妩媚。入口外壁左右原有魏刻仁王像，皆已毁损矣。此窟左面即在与十六石窟之间有一佛龛，刻弥勒三尊，头部亦被割去，但就本尊其背光而言，亦为北魏时代之佳制也。

第十八石窟　窟之平面略作长方形，广十四尺，深十一尺，后壁作大龛，雕本尊及两夹侍菩萨，本尊高七尺，台座甚粗糙。

南壁有一大佛龛，雕弥勒椅像及两夹侍，北壁刻观音立像，高约六尺。其他壁面大小佛龛甚多，入口南壁一龛显为北魏制作，入口左右壁上留存之北魏刻物亦不少，其余皆为初唐刻物；故此窟北魏所凿而唐初增饰者也。

第十九石窟　此为奉先寺基址，倚山凿壁，其宏大为全山之冠。平面略作方形，广袤约一百二十尺，自山顶直下，岂①昔日建寺于此，故不作窟状也。本尊卢舍那佛连台座高五十尺，方座角隅刻四天王像，各面刻天神天将；北面刻大卢舍那像龛记；左右雕迦叶、阿难及两夹侍菩萨，南北壁各雕两金刚、两仁王，各高约三十五尺。据《佛龛记》，唐高宗咸亨三年建像，皇后武氏助脂粉钱二万贯，至上元二年毕功。本尊宏伟庄严，发作波状，躯体魁伟，衣纹浅刻，盘旋生动，极其雄劲，唯手部、膝部皆已损毁，实为一大缺憾。背光船形，中刻莲花，周作化佛火焰浮雕，宏丽绝伦。此像既合"普照"之神性，又无所忌惮发挥初唐伟大之时代特色也。左右各侍像，亦由同样之技法，表现丰丽之特质，唯身段嫌矮，与头部比较略失均整，或当时艺人之精神集中于大像，对于侍立诸像不免草率也。

第二十石窟　此窟名药方洞，广十二尺，深十四尺余，后壁正中本尊坐于方座，姿容简素，背光富丽；左右两罗汉、两菩萨，亦古拙而不事琢饰，在全山北魏作物中可谓最简朴之雕刻。前面香炉，左右石狮，惜皆毁损。南壁有一稍大之佛龛，

---

①原文如此。——编者注。

刻本尊、两罗汉、两菩萨。北壁刻二佛，座下又有小龛，其他壁面上大小佛龛密布，有北魏时代所成，有唐初所成。天面高约十三尺，稍作穹形，中刻大莲花，四周浮雕飞天，为烟火所熏，未能明辨。石窟入口之左右两侧，刻药方于其上，此洞名所由起也。入口上部拱门之中央，刻龟趺，左右作力士形，以之支持碑形石，碑面无文，碑首刻蟠螭，颇觉壮丽。入口两旁浮雕仁王像，气象沉雄，似为唐初之作品。入口前面左右刻有石柱，形甚诡异。此窟始建于北魏，北齐及初唐皆曾予以数度之改饰。

第二十一石窟　此窟名古阳洞，又名老君洞，为龙门最初之石窟，与宾阳洞同为北魏石窟中之杰出者。广约二十三尺，深约三十尺，后方作半圆形，后壁正中雕本尊释迦如来坐像，高约十五尺，衣裾垂于座台之三面，台下左右雕石狮。本尊毁损，后世补塑甚乏味；后面背光中浮雕小佛火焰，差觉雅丽。左右夹侍菩萨，立于莲花座上，亦具有美曼之背光。南壁大体分三层，下层西偏作二大龛，东偏凿小龛多所。第二层、第三层，各刻四大龛。北壁情形与此略同。大小佛龛，装饰富丽，其傍多刻年代及供养者姓氏，真所谓满目琳琅也。著名之龙门二十品，即自此洞拓出。诸造像铭刻中，太和七年孙秋生等造像为最早，可征此窟即在此时开凿者也。

自古阳洞以南，唐时所成之小窟尚多，大抵无甚异致，唯极南一洞，广十五尺余，深十一尺余，为一杰出之制作。后方正中本尊趺坐方座，像高约五尺，躯体损坏，但犹存丰丽之观。左右两罗汉、两菩萨，毁损至不易辨认，唯见身躯之苗条，以征其技工之妙处而已。南壁东偏一佛龛，内作立像而头部已毁；其他壁面小佛龛甚多，大抵成于唐初。

　　观毕西岩，即北返，过土筑之桥，至伊水东岩，山腰有香山寺，相传为白香山读书处。沿途浅龛数处，似为后代所凿，中无石砾，但置陋塑。复向南行，至看经寺，始见奇伟之石窟焉。石窟左室作长方形，广约二十七尺，深约二十尺，本尊坐像，唐初所雕而后世加以修补者。四壁作千佛像，密布而达于天面。天面穹形，中作莲花圆像。石窟右室，广约二十一尺，深约二十尺，后壁作本尊释迦椅像，容相端严，衣纹健实，为唐初之佳制；左右夹侍菩萨像，后面作宝珠形之背光，亦复优丽动人。周围腰壁，刻《金刚般若经》，南北壁刻传法二十五祖像，傍刻赞语，像皆等身，排列有序，瑰玮生动，洵为大观，惜头部多毁，令人悲愤耳。天面穹形，中刻莲花，周围飞天及云文。窟之中央有一石坛，作佛像三躯，皆为初唐卓越之品。其附近之小窟，广约十六尺，深十三尺余，刻本尊、两罗汉，左右壁刻菩萨、神将；菩萨头部毁坏，神将完好，姿态威毅。壁面多作小佛龛，天面穹形，中刻莲花，周围刻五飞天，美妙无匹，盖亦初唐之佳构也。出看经寺大殿，弄内壁上，有墨绘三罗汉像，笔法放纵，颇具气势，迥非出于俗人之手。时天将垂暮，急乘车返城。途经关林下车，略观建筑。抵城内，已近八时矣。晚饭后至专员公署，观机场掘出之古物，顺便向王专员辞别。

（《征途访古述记》）

滕　固（1901—1941），原名滕成，字若渠。美术理论家，被称为"中国现代艺术史学的奠基者"。早年就读于上海美术专科学校，毕业后留学日本，专攻美术考古和美术史论，归国后攻读文学和艺术史。1929年又赴德国柏林大学留学，1932年获美术史学博士学位。历任行政院参事兼中央文物保管委员会常务委员、行政院所属各部档案整理处代理处长、重庆中央大学教授等职务。1938年出任昆明国立艺术专科学校校长。其作品主要有《唐宋绘画史》《中国美术小史》《征途访古述记》《唯美派的文学》等。

洛阳白马寺

滕　固

十二月十五日上午八时出城向东出发，先偏北行，随转东偏南行，过瀍水，经大觉寺见旧城基一段，传为古洛阳城遗址。九时半至杨湾，路旁平原古冢棋布，大者高约二十余丈，周约二百步，或为帝陵，或为名臣之墓，有可考者，有不可考者。又东行至管辖分金处，有一狮陷于泥中，视其头部雕刻，必为唐以前物。旋过分金沟村庄，村前有一石羊，雕刻古朴，亦为唐以前物，此殆从墓域运来，或此村之前身为古坟地也。十一时至白马寺，此为佛教东渐之最初史迹；今忽呈现于余等眼前，余等不禁欣喜欲狂。

白马寺历史悠久，可远溯于后汉。《魏书》卷一百十四《释老志》叙佛教东来云："案汉武元狩中，遣霍去病讨匈奴，至皋兰，过居延，斩首大获。昆邪王杀休屠王，将其众五万来降。

获其金人，帝以为大神，列于甘泉宫。金人率长丈余，不祭祀，但烧香礼拜而已。此则佛道流通之渐也。及开西域，遣张骞使大夏还，传其旁有身毒国，一名天竺，始闻有浮图之教。哀帝元寿元年，博士弟子秦景宪受大月氏王使伊存口授浮屠经。中土闻之，未之信了也。后孝明帝夜梦金人，项有日光，飞行殿庭，乃访群臣，傅毅始以佛对。帝遣郎中蔡愔、博士弟子秦景等使于天竺，写浮图遗范。愔仍与沙门摄摩腾、竺法兰东还洛阳。中国有沙门及跪拜之法，自此始也。愔又得佛经四十二章及释迦立像。明帝令画工图佛像，置清凉台及显节陵上，经缄于兰台石室。愔之还也，以白马负经而至，汉因立白马寺于洛城雍关西。摩腾、法兰咸卒于此寺。"此段记载比袁宏《后汉记》卷第十内所叙为详尽，白马寺为佛教东渐之最初史迹，盖非过甚之辞也。寺名白马，其取义有二：其一即上述白马负经而至因立白马寺，杨炫之《洛阳伽蓝记》卷四白马寺条所载，亦主此说。其二为招提之改称，梁僧慧皎《高僧传》卷一云："相传云外国国王尝毁破诸寺，唯招提寺未及毁坏，夜有一白马绕塔悲鸣，即以启王，王即停坏诸寺，因改招提以为白马，故诸寺立名，多取则焉。"晋太兴二年在建康中黄里建白马寺，即从此取义（见《法苑珠林》卷五十二《伽蓝篇》）。余以为招提传说似晚起，且行于南方，洛阳白马寺之取义，应从《魏书》及《伽蓝记》所载。

白马寺初建时情形如何，在今日任何人所不能想象者也；释道宣广弘明集卷一：搜录一文曰汉显宗《开佛化法本内传》，中有一节云:"传云,明帝永平十三年,上梦神人,金身丈六,项有日光,寤已,问诸臣下,傅毅对诏,有佛出于天竺,乃遣使往求,备获经像及僧二人,帝乃为立佛寺,画壁千乘万骑,绕塔三匝。"此种记载是否可靠,颇成问题。然白马寺崇饰土木由来已久,《魏书·释老志》云:"自洛中构白马寺,盛饰佛图,画迹甚妙,为四方式。凡宫塔制度,犹依天竺旧状而重构之,从一级至三、五、七、九,世人相承,谓之浮图,或云佛图;晋世,洛中佛图有四十二所矣。"此当为魏晋间事,白马寺为诸寺刹之领袖,令人犹可想见。而印度式建筑之流行于当时,亦为甚饶兴趣之事实。白马寺在北魏,当有一番盛状,但杨氏《洛阳伽蓝记》卷四所载,寥寥数语,令人失望。有一条记白马寺柰林蒲萄①云:"浮图前柰林蒲萄异于余处,枝叶繁衍,子实甚大。柰林实重七斤,蒲萄实伟于枣,味并殊美,冠于中京。帝至熟时,常诣取之,或复赐宫人,宫人得之,转饷亲戚,以为奇味,得者不敢辄食,乃历数家。京师语曰,白马甜榴,一实值牛。"于此吾人聊从寺内珍贵之产品推想及寺之华美庄严而已。曩年白马寺尚有北魏时代造像碑碣之出土,可谓白马寺最古遗物。出土物其一为玉石弥勒像,高与身等,原在殿内,今归美国波士顿博物院。此像形式,具有北魏之一般特质,而面容柔和,衣纹委宛,似为晚期作品(参看常盘、关野《支那佛教史迹》第一集第一图版;大村西崖《支那美术史雕塑篇》二

---

① "蒲萄",原文如此。——编者注。

四五页五五二图）。其二为造像碑首，碑作龙矩式，中有佛龛，刻小佛三尊，下面雕刻飞仙诸景，为北魏碑刻中精致之作（参看大村西崖前引书三七〇页六二七图）。此碑未在寺内检得，殆亦为人攫去矣。唐时白马寺内有铁铸佛像，《朝野金载》云："唐神武皇帝七月即位，东都白马寺铁像，头无故自落于殿门外。"史书关于白马寺记载必多，作者见闻不广，拟俟异日补充。

兹略叙白马寺之现况：寺在洛阳城东二十里，其地空旷，望之气象闳庄；第一进山门，标横额白马寺，系明嘉靖间重建；门前有一对石狮，殆亦系明刻。第二进天王殿，左右塑四天王，中塑关公。第三进大殿，新标一横额曰万寺灵光，中塑释迦佛，中左塑文殊菩萨，中右塑普贤菩萨，阿难、迦叶、梵王、帝释、韦驮立侍。第四进法堂，标一直额曰大雄殿，中塑释迦佛，左药师佛，右弥勒佛，东西列十八罗汉。第五进接引殿，中塑西方三圣。第六进已在高阜，地名清凉台，正中毘卢阁，中塑毘卢佛；左摄摩腾殿，中塑摄像；右竺法兰殿，中塑竺像。此为殿宇与佛像之大概情形，对于殿宇建筑，余为门外汉，不及细观其形制。

寺之围墙内东南隅，有摄摩腾墓，黄土一坏，蔓草滋生其上；有一石碑云"敕赐汉启道圆通摩腾大师墓"，系明崇祯年所建。西南隅为竺法兰墓，其情形与摄墓相仿佛，唯多一砖造之碑亭（摄竺二僧遗事见《高僧传》卷一）。寺外东南约数百步，地形爽垲，其上即为有名之砖造十三层舍利塔。据常盘与关野解释:"此塔为后唐庄宗所建,庄宗又作浮图九层,高五百余尺,为木造物。宋靖康元年罹灾,金大定十五年僧彦公再营伽蓝,又立十三层砖塔,方形,高约百六十尺,模初唐形式而未及者"(参看《支那佛教史迹评解》第一集图版第二)。此塔为金代遗构,明嘉靖间重修,征于石刻,亦可明其原委。

白马寺之兴废,余以为在地志中或可检考若干,适携有嘉庆《洛阳县志》,检卷二十二《伽蓝记》,白马寺条,转录《水经注》及《洛阳伽蓝记》记载外,有如下之记述:"旧志(寺)在县东二十五里,汉永平十一年作,宋淳化三年,元至顺四年,明洪武二十三年,嘉靖三十五年先后增修。本朝康熙五十二年知县高镐里人黄璘僧如琇重修"。此简单之记载,固使吾人窥见宋以来历次修缮之消息,同时又引起吾人搜求碑碣。余等观览全寺时,确见若干碑碣,有横陈于院落,有嵌砌于墙壁,至此专意搜讨,得石刻十七种;兹依其时代,缮录于后:

宋端拱二年五月敕命追勒无垢净光大陀罗尼经碑记
此碑甚漫漶,字迹颇不易辨认;内有语云:"年代深远碑记全无",可见在宋时已不见宋以前之碑碣矣。
宋天禧五年正月七日摩腾入汉灵异记
宋崇宁二年八月西京留府给白马寺帖
金大定十五年五月初八日大金国重修河南府左街东白马寺释迦舍利塔记　按此碑碑文已载陆耀遹《金石续编》卷二十。

元至元三十年九月扶宗弘教大师奉诏修白马寺赠诗

元大德十一年四月故释原开山宗主赠司空护法大师龙川大和尚遗属记　此碑余以为甚重要，内有语云："珍（即门弟子海珍）等涕泣稽颡，敬奉严训，元贞二年，统巴上士奏奉圣旨，遣成大使驰驿届寺，塑佛菩萨于大殿者五，及三门四天王，计所费中统钞二百定。大德三年，召本府马君祥等庄绘，又费三百五十定。其精巧臻极，咸曰希有①。"

元至顺四年九月洛京白马寺祖庭记　此碑大部分已漫漶。

明嘉靖三年孟夏重修白马寺记　碑文内有云："唐忠臣狄梁公墓，其神道碑尚存。"狄梁公墓在寺的左近，今只剩黄土一堆及晚近所立一碑。

明嘉靖三十五年十一月重修古刹白马禅寺记　碑中详记建殿宇肖佛像之种种事实，足资考据。

明嘉靖辛酉（四十年）东嘉王诤奉使河东夏五过白马寺漫赋一首

清康熙五十一年壬辰四月释源如琇白马寺六景

清康熙五十二年癸巳孙云霞和颖公（即如琇字颖石）白马寺六景

清康熙五十二年洛京白马寺释教源流碑记

---

①"希有"同"稀有"。——编者注。

清康熙五十五年重修释源大白马寺殿宇碑记

清雍正十二年释颖石白马寺六景

清雍正十二年释源大白马寺舍利塔灵异记

释源如琇清凉台春日有感　此刻无年月,观于上举清代诸碑,可知为康熙雍正间物。

前举诸种石刻,关于白马寺之兴废,传教源流以及当年景物,皆可借以窥测。唯王昶《金石萃编》卷一百二十五载淳化三年重修西京白马寺残碑,寺内遍觅不得。在围墙内东隅清凉台下有一石棺,方形,四周刻佛像及花纹,技法质朴,审视再四,似为唐以前物。唯究为石棺与否,不易断定,或为藏经之石匮,此为寺内碑碣以外唯一之石造遗物也。

余等在白马寺内所特感兴味者,厥为大殿中之塑像,此等制作与天王殿及法堂内之塑像,比较之下,颇觉别致。其特点一为身段甚高;二为面容轮廓凹凸处皆以留有棱角之手法出之,宛如希腊石雕;三为衣纹之环摺坚劲,着力而不失自然柔和之致。审其细部之装饰,及剥落之泥漆,亦较他殿塑物为古旧。余等再三相视,参以碑记,认为元代名手之作品而后代曾加涂饰者。《龙川大和尚遗嘱记》内所云,元贞二年塑佛菩萨于大殿,精巧臻极者,恐即吾人今日所亲之手泽也。元代塑工中有域外人参加,此又为精到之作品,必有来历。余等于欣欢鼓舞之余,切愿他日有重莅机会,再加一番探讨也。

由白马寺而西,至旧金镛城,城址尚在,相传李密据此,故又称李密城。转东南行至龙虎滩，得虎头瓦当一，浮雕生动，余与仲良审视，定为北魏遗物，因与造像碑饰之中雕刻有一致之处。又得瓦削文字数种，有曰"任小石削"；适前年文舟虚先生赠余其所辑《汉瓦削文字谱》，知此类物为汉代所遗。渡河而南至关庄，寻魏太学遗址，据一来自龙虎滩之老书生云，土基略高之处，即为石经之发现处。自石经发现后屡有人来盗掘，所存地下遗物大半不翼而飞矣。余等在此基址周围盘桓半晌，检得有花纹之破碎瓦当若干，恍然于称此地为太学遗址之不虚也。老书生又云，名震一时之辟雍碑，亦在其南大郊村所发现，今匿藏于同村李氏，居为奇货，拓本出售，价甚昂贵。余等忖思以为此等重器当由公家罗致，否则亦有流入海外之危险。时已垂暮，余等即返枣庄渡河，径返洛城。至专员署与王专员略谈，对于白马寺古塑及辟雍碑之保存，又以刺戟之言辞促其注意。是晚中央古物保管委员会主席委员傅沐波兄来电，有"天寒远涉，益感贤劳"之语，余等阅之，不禁惭汗浃背。

（《征途访古述记》）

鲁　彦（1901—1944），原名王燮臣，又名王衡、王鲁彦。现代小说家、翻译家。1920年自上海到北京大学旁听。1923年到湖南长沙平民大学、周南女学和第一师范任教。后又回北大，任爱罗先珂的世界语助教。1927年任湖北武汉《民国日报》副刊编辑。1928年任南京国民政府国际宣传部世界语翻译。1930年到福建厦门任《民钟日报》副刊编辑。此后辗转在福建、上海、陕西等地中学任教。其作品主要有《柚子》《黄金》《野火》等，译作有《显克微支小说集》等。

关中琐记

鲁　彦

一、 古旧的潼关

1934年2月28日夜深，车子进了潼关。几分钟后，我踏着了关中的土地。在以前，这里才算是真正的中国，我的故乡是南蛮，是外国。所以历来由东方来的，一进河南灵宝县的函谷关，就叫作"进关"。所谓"出关"，乃是指东出函谷关，或西南出散关，东南出武关，西北出今甘肃之萧关而言的。这说法，现在似乎必须变换了，尤其是在我这个南方人看起来，西过函谷关，仿佛是到了关外一般。

潼关的夜，冷静而且黑暗。除了从火车下来的很少的旅客和几辆人力车外，便没有别的人迹。街上没有路灯。城门已经关了，等到了一辆要人的汽车，才给开了，一齐进城。气候并不觉得冷，似乎和上海的差不多。

第二天正是阴历正月十六日，街上一队一队地走过高抬和高跷，人非常拥挤。店铺很少。有几家柜台里装着炉灶，煎熬着鸦片，有几家正在县政府的邻近。原来鸦片的卖买，在这里是公开的。

下午到东街看了一株大槐树，据说就是马超刺曹操的古迹。树干一半在药店里，一半在布店里，墙壁拦着，辨别不出多少大。据说五六个人还抱不住。离地一丈多，树干上有一个洞，说是枪刺的痕迹，三角形，直径有一尺多，里面分成两个小洞，不晓得多少深。我爬上特设的梯子，抚摸了一下，哄骗着自己遇到了古迹。

出了东北门，循着冯玉祥所辟的汽车路，不久就到了金陡关。金陡关一名第一关，在豫陕分界的地方。关在两岗间，不很高。据说游人都到这里来观赏，想是历来战事所必争的缘故了。火车隧道就在关外的右侧，上面设有天井通烟灰。走上关，北行一二十步，底下就是黄河。对岸山西境内的高山即伯夷、叔齐饿死的那个首阳山了。那面的河边有一个市镇，叫作风陵渡，说是从前有女娲墓，女娲姓风，所以叫作风陵。山西有汽车直通那里，为陕晋交通的要道。黄河沿着南北行的首阳山从北来，到这里和西来的渭水相合，突然由首阳山东折，潼关正对着两水交合的口子，水势的确是很大的。潼关的城厢地位很低，岸边的泥土且极容易崩溃。《水经注》云："河在关内，南流潼激关山，因谓之潼关。"然而现在却没有危险。车夫说，那是因为城下压着宝物的缘故,要不然,城里一定给水冲走了。

潼关城厢的后背是华山脉,往东去叫作崤山。起伏重叠,形势很险。但和郑州以西的山一样,没有草木,没有石头,都是灰白色的黏土,山上一层层的平地,是种麦子的,一个一个的洞,是住人的窑子。

潼关没有特别的出产,除了有名的酱菜。它只是交通的要道。古旧,冷漠,衰败,这便是现在的潼关。

二、 荒凉的旅程

三月二日,坐着人力车,由潼关西行约十五里,即折向北行。村落渐行渐稀渐小。每个村落都筑着土堡,这也是我没有看见过的情形。由潼关到朝邑县都是平原,计程六十里,过了两条狭窄的河,在南的是渭河,近朝邑县的是洛河。这两条河都没有桥,洛河上连系着几只船,和浮桥一样,水大的时候,这浮桥就变作了渡船。过渭河有一只很大的渡船。几辆牛车、骡车、人力车都用这渡船载着过了河。

朝邑县城在黄河滩上,地势特别低,背后有三个土堡在高原上。远远望去,以为那就是县城。

第二天早晨,坐着一辆骡车往郃阳。朝邑到郃阳有一百十里,渐走渐高,是上坡的路,还要翻沟,因此人家叫我天才黎明就起行,给我雇了一辆快车。所谓快车,就是两个骡子拉着走的。但是我虽然起得早,车夫却来得很迟,出发的时候,已经七点半了。而快车也很慢,我的两个骡子和人家的一个骡子一样,一小时只能走十里路。这骡车,虽然从前在别的地方常常见到过,却还是初次坐,因此坐着也不舒服,睡着也不舒服,老是在车里碰着头,心像快被摇了出来,肠子振动得要断了一样。

一路往北,村落愈稀,差不多五里一个,十里一个,小的村落只有二三十家,没有街市,没有店铺,只有到了市镇,才有卖吃的。这一百十里中,车子只经过朝邑县的一个市镇,叫作两女镇。十时半到那里,车夫问我要不要吃点东西,我不晓得这种情形,觉得肚子并不饿,没有吃,因此一直饿到下午二时半,车子特地多走了十里路,弯到郃阳境内的露井镇去休息。

四时从露井镇出发,离县城尚有三十里。翻了一个很长的沟,天将黑的时候,到了金水沟。过了沟,到县城只有五里了。但这个沟是最不容易翻的。

所谓翻沟,原来就是过一条河道。但因为现在这河道没有水,所以就成了车路。

金水沟一上一下,约有一里路。坡很陡峻,没有转弯休息的平地,没有攀手的东西,两边高耸着峭壁。头上的天是长的,只有一丈光景宽。我下了车步行着。车夫扎紧了车内的行李,用一根木棍绑住了一个轮子,只让一个轮子转动。他一路用另一根木棍随时阻挡着那一个转动的轮子,不让它走得太快,一面又紧紧地拉着骡子的缰绳,随时勒住它们的脚步。上坡的时候,去了轮上的木棍,加了一匹牛拉着走,车夫又在后面随时用木棍阻挡着轮子的倒退,一面叱咤地鞭打着牲口。骡子悲惨地喘着气,仿佛要倒毙的模样。

没有山水草木,地上全是灰白的黏土,找不到一块石子,荒凉冷落,如在沙漠里一般,这旅途。

三、 郃阳——古有莘氏之国

《郃阳县志》云:"尝稽唐尧时,鲧取有莘氏女,而夏启以莘封支子。殷初,伊尹耕于其野,后为周太姒所生国。《诗·大雅》云:文王初载,天作之合,在洽(原注引《朱传》云:洽,水名,在同州郃阳夏阳县,流绝,故水去加邑。)之阳,在渭之涘,文王嘉止,大邦有子。据此,则唐虞夏商这世,郃阳为莘国明矣。"所以现在郃阳的东北区有伊尹墓,东区有太姒墓、帝喾墓。

据《县志》,郃阳城东西二里,南北二里,但实际走起来,南北不到一里,东西最多也只有一里半。到城墙上遥望,城外一望无际,看不见什么村落。县城西北约四十里有梁山,但为高原所遮住。天气晴朗时,可以在城墙上隐约地望见百七十里外的华山。

城内文庙中存着一个曹全碑,明万历年间出土,为汉碑中最完全的一个,当时只一"因"字半缺,现则历经拓摩,损缺的颇多,且搬动时受伤,断裂为二,拼合之后,有十余字损缺。但在所有的汉碑中,它仍算最完全、最清楚的一个。字为八分体,清逸而遒劲,琢字亦无刀痕,没有书撰人姓名。

教育局中又存着观音佛塑像一个,为隋开皇四年所造。石纯如玉，铮钹作声。面貌和装饰颇似印度人。此像前在城外某村中，没有人注意，前几年一个古董商人偷卖了出去，已经运到黄河边，大家才知道它是件古董，把它夺了回来。

和潼关、朝邑一样，郃阳的街上开着许多卖大烟的店，一元钱可买二两多。据说每一家人家都有一二副烟具，自吸或招待客人。有些人吸的是四川的卷烟，或者兰州的水烟。未到陕西以前，听说陕西人有熬烟油点灯，有三五岁小孩子吸烟的，但在郃阳，并没有听到这种情形，据说这样的事情是有的，但不是郃阳，吸大烟最厉害的说是要算山西的有些地方，那里的人多吃白丸，那是烟土中最强烈的一种。今年的政府禁种鸦片似颇认真，三申五令，逼着县知事亲自到乡下去铲烟苗，所以我一路来去，官堂大路旁都没有看见罂粟。

郃阳没有酱油店，只有醋店；挂着醋店的招牌的，并不带卖酱油。大家都不很爱吃酱油，买来的酱油味道是苦的，墨汁一般浓黑。有一次，我们的厨房在檐口滴下了几滴酱油，它便像漆似的凝固在那里，太阳晒了几天，愈加胶固了。只有醋，是大家不能少的助料。一碟醋，一碟盐，有时一碟辣椒油或大蒜，便是很好的下饭的菜。郃阳县境内没有水，许多井掘挖到七八十丈深，有的地方甚至吃沼中的污水。大家都爱惜水，有一家七八口共用一盆水洗脸的。只有离县城三十里的夏阳镇是在黄河滩上，且有瀵水，种了一些菜蔬。郃阳人几乎没有东西下饭。一年到头很少下雨，井水很混浊，茶水里全是灰土，白的衣服愈洗愈黑，做出来的豆腐是黄色的。猪肉很便宜，一元钱可买六斤，鸭每只值大洋二毛，然而邰阳人也不常吃。夏阳的瀵水出鱼，大家不爱吃，也不敢吃，说是有毒。鸽子成对成群地栖宿在每家的屋梁上，没有人捉来吃，连它们的卵也不收。大家已经习惯了不吃菜的生活，只要有醋，有盐，有蒜，有辣椒，一个一个的馍，无论冷的硬的，都吃得很有味。

邰阳没有什么工业品，店家贩卖的布、帽子、袜子、鞋子以及一切的消耗品，几乎全是河东来的。所谓河东，就是指的山西。只有羊毛毡子是它的特产品，但不及俄国货的美而柔而轻，所以它的销路也有限，而出产这毡子的地方又很多。

邰阳的土也全是黏土，一粘在衣服上，便不容易把它刷掉。随便哪里的土都可以挖起来烧砖瓦，用不着像江浙一带挖得很深，而且还只很少数的土地。大家用的土砖，做起来非常容易。用一个长方形的木盒底里撒一点灰，从地上铲起土来，放在木盒里，只用棍子轻轻一敲，倒出来便是一块土砖，所有的屋子几乎全用的这种土砖做的墙，屋上瓦下衬的也是那泥土。

房子的构造是这样：朝南的有三间祖堂（他们叫祠堂），两边是朝西朝东的厢房，中间一个很狭窄的长方形的天井。人都住在厢房里，每一个房里有一个大土炕（夫妇睡的炕叫作配），横直都可以躺上好几个人。冬天一到，底下就生起火来。女人家做女红的一天到晚盘着腿坐在炕上，据一个医生说，邰阳的女人特别多病，就是这缘故，因为坐在那里血脉不活，生火的时候，下身特别热，光线空气又不佳（纸糊的窗子和天花板）。但大家还是最爱住窑子，造屋的时候，里面特别用泥土造成窑子，有的甚至没有窗子，黑洞洞的，大家说更加舒服，冬温夏凉。

地广人稀，是陕西一般的情形，邠阳已经接近陕北，所以在旧关中道中最甚。天时坏，种田的人愁收获不多；天时好，愁工作的人少。牛车、骡车、驴子，拖的负的又非常迟缓。大家想人口兴旺，结婚得很早，男子十六岁，女子十三岁，都结了婚。某一个中学校，初中二三年级学生总数为三十八人，年龄以二十岁以内的占多数，没有结婚的只有三人。结果怎样，是很容易知道的：妇人多病，生育不多，子女羸弱；加上天气过热和太冷，饮食缺乏养料，不讲卫生（妇人生产时坐在灰袋上，故产妇常多危险），没有医院，要生存是很不容易的。

和其余地方一样，邠阳最多的是农人，其次是商人，再次是读书人。因为读书人历来是做官、做绅士，因此地位最高。学生出门，学校里写一张护照，完全照着军队里所发的一样，命令着"沿途驻军不得留难，切切此令，须至护照者"。上面再用朱砂在"为"字上涂下一个大点，在有些字旁边加上几个红圈。于是拿着这护照的学生便可通行无阻，不受检查盘问了。在中学校里毕了业，便有人送捷报到他家里，贴在他的门口，说要由教育厅厅长省主席"转呈国民政府大学院以小学教师及普通文官任用"。但是否有小学教师或普通文官可做，要看命运，要看会不会钻营了。

四、送穷鬼——邠阳风土之一

阴历正月初五，在南方是接财神的日子，但在邠阳，却是送穷鬼的日子。一送一迎，一惧一喜，一个是消极，一个是积极，目的都是一样。南方接财神，年年奉行的多是商家，一般住家大概都已没有什么表示；而郃阳的送穷鬼，却是家家户户都做的。

这一天天还没有亮，大家就起来，争先恐后地放鞭炮，有的从房内一直燃放到大门外，把穷鬼吓了出来，一面举行大扫除，把房内的尘土全扫到大门外。平常扫地都从外面扫进来，把尘土当作了财宝，这一天把尘土当作了可怕的穷鬼，所以往外扫。虽然过年才五天，纸窗才新糊过，但时常起大风，有一二天便被刮破的，这一天早晨必须补好，地上如有洞，也得塞住，怕穷鬼从这些窟窿里钻出来。这叫作塞穷窟窿。这一天大家要吃馄饨，也叫作塞穷窟窿，因为喉咙也是窟窿之一。

明陈耀文所作《天中记》云："池阳风俗，以正月二十九日为穷九，扫除屋室尘秽，投之水中，谓之送穷。"按池阳在今陕西泾阳县北，和郃阳同属旧关中道，故风俗略同，但日子却差了许多。又因为郃阳没有水，所以只把尘秽扫到大门外，不投水中。

五、 招魂——郃阳风土之二

阴历正月初七，旧称人日，郃阳俗呼人七日，是招魂的日子。凡出门在近处的人，这一天都须回家过夜。大家吃一顿馄饨，叫作吃寿星馄饨。天将黑的时候，在土地神像前点上一对长烛（每家都有一尊泥塑的土地像，置在大门内墙龛间），房内也燃蜡烛，好让魂魄回来时容易辨别门径。就寝前，家长在门口喊着家里的人的名字，叫他回来，房内有一个人代替着大家回答着"来啦"。

这情形颇像我的故乡的招魂。故乡的招魂并没有一定的日子，而是在谁生了病，以为吃了吓走了魂魄而举行的。招魂的时间也在晚上，但在灶神的前面点着香烛，请灶神帮忙的。灶上取去了镬子，放一米筛（通常把米筛当作避邪的法宝），一碗清水，一只空碗上覆着一张皮纸。一个人喊一次某人回来，用小指钩一滴清水到覆纸的碗上，一个人在灶洞口回答着"来啦"。待纸上的水越滴越多，纸将破未破时，纸上就显出一二颗晶莹的圆滑的水珠，以为那就是魂魄了，便端着这碗，一路喊着应着走到病人身边，把纸捏成团，用它拍拍病人的额，再将碗内的水给他喝一二口，就以为魂魄回到病人的身上了。

但在郃阳，不论有病没病，是都须在正月初七日招魂的。

《西清诗话》载《方朔古书》①云："岁后八日：一日鸡，二日犬，三日豕，四日羊，五日牛，六日马，七日人，八日谷。其日晴，所主之物育，阴则灾。"《荆楚岁时记》云："人日剪彩为花胜，或镂金箔为人胜以相遗，故唐人谓人日为人胜节。"现在这种风俗似已不易见到，今人亦多不知人日为何日的，郃阳人虽保留了人日的名称，但风俗却完全不同了。

---

①即汉代东方朔《占书》。——编者注。

六、 逐雀儿——郃阳风土之三

雀儿在农家有着很大的害处，它成群结队飞来，可以搬走许多稻麦。中国人向来对它没有办法，只好听其自然，郃阳人却年年一度，在正月十一那一天要赶逐一次。

这一天清晨，天才发白，一个人就在房内燃放鞭炮起来，另一个人乱挥着鞭子赶打着，从每间房里赶到天井，从天井赶到门口，又从门口赶到土堡外的晒场上（每一家人家，都有一块空地作为打麦晒麦用），随后又把雀儿从自己的晒场上赶了出去，让它进了别一家的晒场。虽然这一天的雀儿早已飞的飞走，躲的躲开，但大家相信这么做一番，一年里就不害农事了。

七、 老鼠嫁女——郃阳风土之四

老鼠和雀儿一样，是一种有害的动物，它最会损耗人家的东西，所以在北方，它的名字又叫作耗子（但在关中仍叫老鼠）。这东西昼伏夜出，灵捷狡猾，很有一点神秘，所以许多地方的人怕了它，无法奈何它，便想出了一种方法，客客气气地想把它送了出去。郃阳的老鼠嫁女应该就是这个意思。

正月十二那一天，郃阳人把磨支了起来，让老鼠们去吃磨内剩留的麦粉之类的东西，给它们做喜酒。大家又煮了一锅杏仁，预备正月十五吃，十二那一天先把它煮熟，捻下杏仁衣，撒在地上。杏仁衣是有点红色的，给新娘子戴在头上做凤冠。到了晚上，大家在天将黑时就睡了觉，不点灯，让老鼠们大胆地出来吃喜酒，嫁女儿。到了半夜，姑娘们常蹑着足走到磨边，耳朵凑在磨中的洞口，倾听老鼠嫁女的消息。据说可以听到老鼠们的脚步声、说话声、嬉笑声。

浙江永康也有老鼠嫁女的风俗，时间是在正月初二，和邠阳的差了十天。他们也不点灯就睡了觉，放一点残烛在床上，作为送嫁的礼物，给它们做花烛，那里有两句话云："你把它静一夜，它把你静一年。"

宁波没有这风俗，但正月初一也不扫地，也不点灯，意思是尘秽和油都是财，一年第一天不扫出去，不消耗，全年便积得很多。而实际，这种风俗也暗中给予了老鼠们放肆的机会。

八、从冬天里逃出来的春天

春天在邠阳，甚至可以说，除了陕南一部分，陕西的春天是被冬天关住了的。风占据着整个的冬天，又压住了春天的逃遁。它整天整夜巡行着，把地上灰白的尘土卷到了空中，于是天上的颜色也全和地上的颜色一模一样了。几个月来看不见青天。只有那白日，真正的白日，在尘灰中模糊地露着哭丧的脸，失了魂魄似的忽隐忽现地荡漾着。

没有树，但像有森林在啸，火车在叫，汽车在狂驰。扯着纸窗，飞着瓦片，袭击着人的眼目，推动着人的脚步。看不见花草，看不见春天。冬天一过，夏天就接着来了。

但在夏阳，春天却从冬天里逃出来了。

清明节后两天，我骑着驴子出了城，往东南三十里外的夏阳去探望我所渴望的春天。

　　一路仍像来的时候冬天的气象，只麦子出了几寸长的土。野草是没有的，偶然看见树木，也还未萌芽。经过几个村庄，都用几个大木支起了一个很高很大的秋千。妇女们成群地在那里围绕着游戏，一个六七十岁小脚的老妇人抱了孙子，也在打秋千。她们都是从小耍惯了的。年年寒食前后一星期，妇女们都做这游戏。这原是山戎的游戏，唐朝的寒食节即有女子玩秋千、男女踢球的风俗，现在男子在寒食节踢球的游戏已经没有，唯有女子的游戏还保存着。

　　夏阳镇在黄河滩上，是通山西的要道，即汉韩信袭魏，以木罂渡河处，预备木罂的地方，据说在今夏阳西十里的灵村。灵村已在黄河边，但因在高原上，所以和别处一样的乏水。我见到的一个井约在百丈左右深，汲一桶水，须四五个人吃力地扳动着辘轳。灵村的堡外有一座人工似的小山，叫作蝎子山（陕西最多蝎子，俗于谷雨日画符贴门上驱蝎子），上面倒有一些树木，但这时也还全未萌芽，这里的春天是要到夏天才来的。

　　然而下了一个坡，春天却已经在夏阳了。

　　从高坡上望去，绿色的夏阳一直延长到视线尽处。沿着黄河滩上南行，春天占据了半里宽十几里长的土地。

　　三步一株五步一株的高大的柳树榆树全发了芽，间夹着的杏花桃花已经落红满地。车路的西边还是干燥的灰白的黏土，车路的东边便是滋润的肥腴的黄土了。一切都是艺术的：那树木，那田地，那水沟，都非常的整齐而清洁。到处都非常幽静，新鲜。我仿佛回到了南方似的。一样一样的菜蔬都长得高大而肥美，像在福建所见的一样。

夏阳的春天为什么能从冬天的禁闭中逃遁出来呢？开这禁闭的锁的钥匙是瀵。这是一个特别的水名，别的地方没有的。《尔雅》云："瀵，大出尾下。"郝懿行做《义疏》，说："瀵水喷流甚大，底源潜通，故曰出尾下。"《水经注》云："（瀵）水出汾阴县（山西）南四十里，西去河（指黄河）三里，平地开源，喷泉上涌，大几如轮，深则不测，俗呼之为瀵魁。古人壅其流以为陂水，种稻，东西二百步，南北百余步，与郃阳瀵水夹河，河中渚上又有一瀵水，皆潜相通。"又云："（郃阳）城北有瀵水，南去二水各数里，其水东迳其城内，东入于河。又于城内侧中有瀵水，东南出城，注于河。城南又有瀵水，东流注于河。"这里所谓郃阳城，即指现在的夏阳镇，因从前的县城是在那里的。

现在夏阳的瀵，只有三个，据说尚有两个已经干了。黄河渚中的一个也还在。河水是黄的，但瀵水却非常清，并不深，可以看到底。在岸山的三个瀵都很小，附近的灌溉全靠的这瀵水，农夫开了许多沟，引流着水出去，但水永不会干涸甚至减浅，也不会高溢出来。

夏阳的古迹除了不可靠的帝喾坟外，尚有一不可靠的子夏石室。据说子夏曾在这里讲过学，因此后人给他造了一个亭楼，塑了像，立了许多碑。

九、 远眺中的华山

当我由潼关向北行,往郃阳去的时候,虽然曾经首先沿着华山西行了一二十里的路,但那时,正在阴暗的冬天的灰雾里,看不见华山的全景,随后折向北行,华山更被骡车的篷所掩住了。春去夏来,天气渐渐清朗,慢慢地看见了青色的天,当我快要离开郃阳不久以前,有一次忽然看见了远处一带隐约的山脉。我惊愕地听人家说那就是华山,正懊恼着平日不曾注意到,不久就循着原路南行了。

现在是下坡的路,天气又非常静朗,我的面正对着华山。它占据着正南的一带,又若断若续地蜿蜒到东南的一角。我越走越近,它越高越大越清楚,我才明白了那蜿蜒在东南角的是黄河东边的首阳山。

两天里,从早到晚,华山的顶上始终浮着银白的光辉的云。那云仿佛凝结在一团,没有动弹过。

第二天下午,华山离我愈近愈清楚了。最高的一个峰像一朵半开的花,顶是平的,没有峰尖,而是方的。我相信华山的名字就是因这个峰的形状而来的了。两边有几个较低的尖的山峰,像和中峰不相连接的样子。

过了不久,我忽然看见了一个可怕的面孔。那是一个鬼怪,他秃着尖头,尖着下巴,墨一样黑的脸上露着一副歪曲的嘴脸。眼睛、鼻子、嘴巴是几点白的小孔,仿佛已经破烂了似的。他站在中峰的西边。

随后中峰的东边也露出了一个面貌来了，那像是一个未脱童子气的人的面庞。方头粗额，浓眉，高鼻，阔嘴，两只眼睛大而且深，像一个外国人。他仰着头朝北侧着面，躺着，像睡熟了一样。

同时在他的东南，较高的地方，又转出了一个面庞。那是一个女人，鞑靼人的模样。她侧着面微微俯视着，高鼻深眼，阴沉严肃地在沉思着，她的黑色的头巾一直披到了肩上，显出她已经是一个上了年纪的美人。

我的车轮滚着转着，中峰的东边忽然又现了两个细小的奶头，随后这奶头渐渐变成了两个打坐的和尚，又由坐着的姿态变成了跪的姿态。

离开华山约五六里，我觉得它反而比先矮了。在南方，比它高的山似乎多得很。它虽然黑了一点，可是一样的没有什么树木，仿佛石头也没有的样子。只有在山脚下，车路旁，随时看见了不少的树木。

华山的胜迹在哪里呢？我没有时间上去，不能知道。人人说上华山的艰难，它的胜迹怕就在山路的险峻了。那一条上中峰的路，我在车上远远地望见的，沿着峭壁，一直上去，没有转弯休息的平地，确实是一条最奇突、最险峻的路。

十、 华州的金钱龟

由潼关往西一直到长安，沿着汽车路上的风景和陇海路上所见的差不多，随时可以看见或远或近的一些树木。山虽然比较的高了,但一路上仍没有看见石头,只有将近华州的地方,忽然在车路的两旁发现了一些岩石、石子。但这样地过了三五里路,又恢复了原样,一直到长安,看不见石头。

这事使我惊异,一个同伴便在我询问之后,在颠簸的车中,告诉给我一个关于这些石头的传说。

"大约是明末清初的时候",我的同伴开始叙述说,"华州地方有一个最有钱的人,他的名字叫作李凤山,是一个最吝啬、最刻薄的守财奴。他有了许多钱,却是一毛不拔,还做了许多恶事。他相信他的财产几世吃不了用不了,有一天竟夸口说:'干了黄河塌了天,穷不了华州李凤山。'于是他的罪恶和这自夸的话到了天上,天神发怒了,派了一个神到华州山脚下的一个寺院里来做和尚。有一天,这个和尚穿着一件破烂的衣服,便到李凤山家里来化缘,李凤山不但不给钱,并反把他一顿打,赶出去了。他的家里一个善心的丫头,看着这和尚可怜,便暗地里偷了两个馍,送到大门口给了他吃。

"'姑娘',和尚感激地对那丫头说,'这里快有极大的灾难来到了,你是一个好心的人,我愿意预先通知你:倘若有一天,你看见这大门口石狮子上的眼睛红了,你就一声不响地赶快离开这里吧,越跑得快越跑得远越好。不然,你的性命也难保的呢。请牢牢记住我的话吧,并且不要泄漏天机!'

"于是这和尚就忽然不见了。丫头听着他的吩咐,天天早晚到大门口去看石狮子的眼睛。

"过了多少日子,一天清晨,那丫头果然发现石狮子眼睛红了。那像是谁开的玩笑,在石狮子的眼睛上贴了红纸。丫头觉得和尚的话有了应验,便立刻拼命地跑了走。

"就在这一天,华州的少华山崩了。岩石轰轰滚了下来,把李凤山一家的人全压在石头下,但没压着山脚下的那个寺院。

"此后华州就出了一种特别的动物,叫作金钱龟,和钱一样大,饿上十来天不会死。大家相信那是李凤山一家人变的,因为他们生前有钱,人参吃得多的缘故。"

我的同伴的叙述就此完了。他不是华州人,所讲的似乎还不十分详细。虽然是一个骂人太狠的民间传说,但李凤山那样吝啬刻薄的守财奴,世上是多得很的。

十一、 临潼的华清池

过了华州到赤水,到渭南,为汽车路的中心点,陇海路已通车到这里。由这里往西偏南,地势渐高,车路与渭河愈接近;远望沙尘如烟,疾驰而行,即是渭河滩上的飞沙。

从渭南到临潼,计程八十里,先经新丰县城,即杜甫《新丰折臂翁》所指的地方。县城南北不到半里,东西约半里,但见颓垣瓦砾,荒虚得很,没有居民。出了县城西门,才见到乡村似的街道和住屋。据说城中房屋都是冯玉祥时代兵火所毁的。

又西南行,经过项羽会汉高祖的鸿门,骊山愈走愈近,过一人工似的小山,即秦始皇冢。

骊山为一黄土的山,和一路所见到的山迥然不同,眼目为之一新。上有周幽王烽火台遗址。白居易诗云"骊山高处入青云",实际上骊山是很矮的。

骊山最北峰下面即为临潼。山脚下出温泉。俗传神女为秦始皇疗疮而辟。就是唐朝华清宫旧址,杨贵妃洗浴的地方。

现在那里有两家澡堂,归政府经营,几间中国式的房子,里面开了几个池汤,每一个池汤约一丈宽,一丈半长,水门汀式的底,水从一个圆洞里涌了出来,从另一个洞里流了出去,热得很,非常的清。白居易诗云"温泉水滑洗凝脂",这水洗在身上,的确连皮肤都滑了。这样的水,杨贵妃天天洗了,难怪不成凝脂①。别地方的温泉有硫磺的气息,这里却一点也没有。

东边一家的澡堂后面,有一个井似的圆池,据说是温泉的源,现在这里的水是专门吃的。女人洗澡的池汤为泉源首先所经过的一个,据说即为贵妃所洗浴的地方,所以特名这一个做贵妃池。男子不能进去,带了女人,便可同浴。

澡堂的票价最高的一元,此外几角不等,看在哪一个池里洗。进去了,只要自己有工夫,可以洗了休息,休息了又洗。只是最不便利的地方,在于附近地方没有清洁的旅店(澡堂里虽有几间卧室,是给要人们住的)。潼关来的汽车每天有十来辆,但都在早晨同时开,在临潼下了车,便再也没有公共汽车走过。而长安西开的车,也在早晨同时开,在临潼下了车,也不能再遇到东行的车。所以到临潼洗澡,只有早晨坐着东行的

---

①原文如此。——编者注。

车,下午坐了西行的车返长安。

从临潼西行,经过霸桥、浐桥,计程五十里,就到长安了。

十二、 长安——今日的陪都

长安的城是伟大而雄壮的,它像北平的城,高大坚固。街道店铺、住屋、饮食以及许多生活方式,都像北平。骡车、人力车、水车,也像北平的。街上的土的颜色、土的气息,也是北平的。

北平有民众所酷嗜的雄壮的京调,长安有民众所酷嗜的凄厉激昂的秦腔。北平有很多的古物,长安也相当地丰富。南城的碑林,集合了几千个历代的碑,有伟大的《十三经》全碑,有最高大、碑石最好、雕刻最精的玄宗的《孝经》碑,有和书坊中摹印出来不同的名家的真迹。中国字的艺术,完全给保存在这里了。这不但北平没有,走遍天下也没有的。

充满着历史的回忆的古迹,虽然已被时代洗涤得荡然无存,但那永久不变的天下第一终南山依然横在长安的南门外。我们可以一级一级地走到大雁塔的顶上,把终南山全景吸收在眼帘的。

商业的势力是在山西人的手里。陕西人经商的没有上海所见的那般狡猾,也没有北平人那样的以客气和恭敬留住了顾客的脚的力量。

提高文化的呼声是高的,长安城里有着大小七八个报馆,但没有什么杂志,好的印刷机也还没有。整个的陕西只有一个高级中学，就在长安城里。大学是没有的。

　　一切的建设，因了天灾人祸、交通阻塞、人才经济缺乏的情况下，显得迟慢落后。今日的陪都没有电灯（只有机关和大商铺自用的），没有自来水。陪都的夜仍保持着古城的夜的黑暗与冷落。西北角上的居民仍在那里喝着苦井里的水。

　　开发西北不是容易的事，呼声虽然高，还不能说已经开始。西北人是和自然奋斗惯了的，他们有着坚强的意志和体格。倘使开发西北是有希望的事，则这希望就在这里了。

（《驴子和骡子》）

鞠孝铭（1912—1994），字继武。地理学家。青少年时期在《七月》等刊物上发表了不少文艺作品。在西南联大求学时，与熊德基等人合办《春秋》墙报，撰文评论时政，同时为《云南日报》《大公报》等报纸撰写评论形势的文章。1942年大学毕业，获西南联合大学理学学士学位，又获大夏大学文学学士学位。其作品主要有《大理访古记》《中国地理学发展史》《湖口石钟山》《庐山自然地理》《美丽的岛屿》。

青康之行

鞠孝铭

一、六千里长征

去年三月间，一个偶然的机会，使我能够参加了一个科学调查团，而有青海和西康二省之行。

这次旅行的路线，是从甘肃的兰州起，入青海，经西宁、湟源、都兰，越过车拉山口，渡通天河，经玉树入西康，经昌都入云南，取道阿墩子、大理，而至昆明。

从青海的西宁，到云南的大理，全段路程长达四千八百余里，如果是以兰州至昆明的里程计算，那么我们便有了六千余里之"长征"矣。

青海和西康二省，位于我国大后方腹地之中心，因了交通的不便，内部情形对外界是相当陌生的，事变之前如是，战事开始后，全国重心虽然西移，然青康二省，仍以交通梗塞之故，亦复如是。个人此行，颇多观感，兹特择要记之如下。

二、 奔驰在黄土高原上

三月二十九日，就在这一个伟大的革命纪念日①中，我们一行七八人，开始由兰州乘汽车出发。这条在黄土高原上向西奔驰的公路，是起自兰州沿着湟水，经西宁而止于湟源，五天的旅程，四月二日，我们便到了西宁。

西宁是青海的省会，市面亦因受战事之赐，而渐走上繁荣之道。我们为了准备此后荒野中长途旅行用的衣（皮衣）食（干粮）住（帐幕）行（马），在这儿是有了相当长期的停留。

五月十日，由西宁骑马西行，开始了"长征"。自西宁到湟源，本可利用汽车代步，调查团为工作的便利，所以弃车不用。我人策马征途，风起尘扬，别饶豪迈气概。

抵湟源，留一日。湟源是汉藏民族的接触处，青海毛织业的中心。青海特产的皮和毛织品，便是由这儿顺着湟水（西宁河）东下，而销售于兰州。

由湟源西行数十里，地理景观即渐改变，由黄土地形而进入草原地形矣。黄土地形，在青海地理上，可以自成一区，西止贵德，北界祁连，南达西倾。因为这一区中包括了黄河与湟

---

①1911年4月27日（即辛亥年的三月二十九日）为广州黄花岗起义72位烈士殉难日。——编者注。

水,所以可以称它作"河湟区"。本区中的居民,有汉、回、藏等族,以汉族和回族为主。农业相当发达,此因黄土肥而易垦,但以地处高原,又位于大陆中心,所以气候颇为干燥。耕种的时候,必先储水,为了避免水分因被蒸发而干涸,又须在沟渠的上面,加盖石板。自掘沟渠倒可以储水利用,需时至长,一旦水告枯竭,灌溉又成问题,所以青海有"苦死老子,饱死儿子,饿死孙子"的谚语流行也。

三、 风吹草低见牛羊

踏上了草原后,四野不见树木。短小的河流,游龙一般的在草丛中蜿蜒着,清碧的水,成了我们人和马干渴时的唯一的琼浆玉液。牛群羊群,到处散布着,风吹来时现,风过去后隐。这情景,使我忆起了一首古牧歌:

> 敕勒川,
> 阴山下,
> 天似穹庐,
> 笼盖四野。
> 天苍苍,
> 野茫茫,
> 风吹草低见牛羊。

这首古牧歌,实在是我目前情景的一个绝好的写照。草原上常现出平行的道路数十条，皆牛羊所经之处。牛为犁牛，毛长颜色不一，有白有黑。羊以绵羊为最多！山羊则极少见。盖青海地处高原，天气寒冷，自然环境艰苦，只存耐寒耐苦的犁牛与绵羊，才适于生存也。

四、 科科诺尔

草原上走了三天，跨过喀啦山口，即进入青海盆地，青海湖便在其中。

青海盆地中的河流皆注入青海湖，水草丰美，牧群众多。流入青海湖的小河，盛产湟鱼：无鳞。鱼的胆子极大。我们骑马过河，此种湟鱼，并不他避，以致死于马蹄之下的甚多。捞取一筐，烹而食之，味极鲜美。

青海湖蒙古人称作"科科诺尔"。"科科"是"青"的意思，"诺尔"是"海"的意思。我们来到青海湖边，伫立闲眺，但见一片绿色，状若琉璃，至为可爱。河中有小岛一，叫作海心山。湖中无船，是以外人不得登临。海心山上，有喇嘛庙一，到了冬天，湖水结冰，山中人便在冰上步行二日而抵岸。

青海湖的四周，野马甚多，常成群结队，数达千余，我们策马逼视，野马则奔驰极速，这才叫"望尘莫及"。

五、 三人组成的县政府

由青海湖盆地西行，过布哈河，即跨越一海拔三千英尺的高山，达柴达木盆地的边缘。有一大盐池，曰达布逊湖，青海的食盐便取给于是。再跨过一个山口，即抵都兰县。

都兰县城，围以城墙，极小，但其管辖区域，却大于浙江全省，县政府中仅有县长一人，科长一人，听差一人而已。县长常自己骑马下乡催租，四乡稍有农业，作物仅限于青稞、白菜，大多数人则恃游牧为生。

都兰气候甚为特别，一吹西风便有雨落。此与西宁不同，西宁则一阵东风，便有雨来也。西宁受太平洋气流影响，而都兰或由于柴达木盆地的湿气吹入之故。

六、 盐山上行走

都兰住了一天，继续西南行。这时的坐骑，已由马易为犁牛。因此后所经过的地方，皆盐碱荒地，马不易生也。经思尔哈盐池，盐山绵延达数十里，犁牛践踏其上，如骆驼行沙漠中。惜以交通不便，货弃于地，实为可惜！

这一带气候二日之内变化极大，早晨结冰，手几冻裂，中午日出，则又炎热，达华氏寒暑表七十一度；入晚日没，又转寒冷。朝夕衣裘犹冷，中午赤背尚热；寒暖不常，亦足以象征世态人情也。

此后西南行，所经之地，愈为干燥荒凉，河水涸竭，草亦稀有，故不得不再换坐骑，舍犁牛而取骆驼。新月形的沙丘遍地皆是，宛如置身漠境。沙丘之西北方面的坡度特大，盖风自西南方面吹来也。蒙古包到处可见，由此可知居民是以蒙人为最多了。

七、 打野牛度日

自都兰西南行,过香日德后,所带的食量渐告短少。只以荒凉漠野,骆驼的食料犹感困难,遑论补充人的粮食。无法开源,只好节流,大家束紧裤带,少吃一点而已,希望能在途中碰到商队或牧群,或可取得一些补给也。

经那木山口,爬过布汗布达大山时,食粮已全告断绝。幸野牛踪迹时现,领路的乃建议吾人猎取野牛以充饥。因此事在彼等亦常为之也。在阿蓝湖边,便打得一只,大家吃了十几天,牛极粗劣,可是又不能不下咽。打野牛的方法颇为重要,野牛行则成群,顾前不顾后,所以必须猎取最后的一只,如果是向最先行的打,那么后面跟着的群牛看见,恼怒起来,便会向人来大举反攻了。

八、 跨马渡黄河

自阿蓝湖西南行,旬日达扎陵湖畔,黄河便由它的发源地流经是湖,东注入海。

扎陵湖畔休息了一天。湖水平静澄碧,湖边水草丰美。数十日来的奔波,偷得一日闲。

我们缘湖上行,达黄河水源,水清而浅。古人说"黄河之水天上来",我人策马而过,气概亦豪矣。

黄河水源的两岸,是一片草地,土极松软,马行其上,至感困难。人骑马上,如卧摇篮,稍一不慎,走错了路线,马便陷足泥淖中矣。

九、六月雪

沿鄂陵湖东南行，达巴颜喀啦山主峰，为黄河与长江的分水岭。再越察拉山口，便抵称多县。

自香日德以来，沿途不见农业，到了称多县始有农业，主要作物为耐寒的青稞。房屋亦开始见到。农业生产与定居的关系，由此可见。

我们到达称多，正值六月，然竟常常落雪、下雹，风大且紧。风雹迎面打来，皮肤痛裂，苦不可支，马亦频频侧首避让。

来称多途中，适逢千余青海兵经过，据说是开至玉树镇压叛乱，现方回去。

十、进入西康

乘皮舟渡通天河，即达玉树。

玉树又叫作红毛，藏人称作盖古多，是青康二省的交通枢纽，位于青海的西宁、西康的康定和西藏的拉萨之中心。由西宁到拉萨，或由康定到拉萨，都是两个月的旅程，到玉树恰为一个月。旅行者至此，经过了三十多天的长途奔波，真是人困马乏，必须休息半月一月，始可继续前进。

本地居民极为复杂，共有二十五族，以藏民为主。羊毛业颇为发达，未来的发展极有希望。

我们在玉树休息了十天，便南行入西康。

金沙江把西康腰斩划成了东西二大部分。要横贯西康入云南，取道金沙江东部路线比较便捷顺利。但我们仍然是冒险绕道金沙江西岸，由囊谦以入昌都。

我们爬越怒山抵左贡，越白雪山，而达云南的阿墩子，所经过的地形，一天之内，下降二千五百公尺，沿途极为荒凉，人烟稀少。

由云南的阿墩子，再逾越大雪山，绕过金沙江，便到达了丽江。十月十六日到大理，十一月一日便到了昆明了。

庄泽宣（1895—1976），著名教育家。1916年毕业于北京清华学校。1917年公费留学美国，先后获哥伦比亚大学、普林斯顿大学教育与心理学博士学位。1922年归国后，历任清华大学、厦门大学、中山大学、浙江大学、岭南大学、广西大学心理学系和教育系教授及主任等职。著有《职业教育通论》《教育概论》《各国教育比较论》《西洋教育制度的演进及其背景》《如何使新教育中国化》《各国教育新趋势》《乡村建设与乡村教育》《战争受害国的文化与教育》等。

西宁与塔尔寺

庄泽宣

余于廿八晚抵西宁，廿九、三十在西宁视察，五月一日偕马参赞赴塔尔寺，二日回西宁继续视察，三日离西宁回永登，四日返抵兰州。

西宁在古时为西羌人所居，称为湟中。汉武帝时逐诸羌而筑令居寨，宣帝时赵充国伐先零诸羌，以其地开屯田，并设破羌县，隶属金城郡。东汉时设西郡县，为西平郡治，魏、晋因之。东晋隆安中为南凉国郡，后魏时废为鄯善镇。周时为乐都郡地。隋开皇十八年改为湟水县。唐仪凤三年设置为鄯城县，上元后设于吐蕃。宋初曰青唐城，徽宗崇宁二年置西宁州。元因之，属甘肃行省。明洪武十九年，改为西宁卫。清雍正三年，设西宁府，始置西宁县。民国去府为县，属西宁道，十七年青海置省，成为省治。

县境东距兰州六百二十里，西距青海边界一百五十里，南距黄河一百六十里，北倚雪山，全境面积一万六千方里，人口十六万三千五百余人。汉、蒙、回、藏四族均有，内汉人最多，约十万六千余人，回民次之，计四万九千余人，藏民较少，计八千余人，蒙人最少，多系寄居。全县分为五区、三镇、三百二十四村。

青海省以海得名，自古属于西戎。东晋以后为吐谷浑、鲜卑慕容氏所据。隋大业五年平吐谷浑而置西海、河源二郡，隋末吐谷浑复据其地，唐初再破之。后吐蕃灭吐谷浑尽有其地，元初忽必烈定吐蕃，置贵德州。清初厄鲁特钦实汗自西北侵入青海，散居青海西北部，其南部仍为图伯特之玉树族及番族所居，后康熙平准噶尔，青海诸台吉亦内附，封以王公、贝子等爵。雍正时年羹尧平青海，编各部落为旗，置西宁办事大臣。民国成立，置青海办事长官于西宁，旋增设蒙、番宣慰使，以马麒任之，坐镇西宁。四年改为宁海区，置甘边宁海镇守使，九年设玉防司令部于结古，以马麟任司令。十五年废镇守使，置护军使。十七年西北军入青乃建省治，划甘肃西宁道属之。西宁、大通、乐都、巴燕、湟源、循化、贵德七县及蒙古二十九旗，玉树二十五族等以属之。十八年一月省府正式成立，以孙连仲为主席。十九年增设民和、共和、互助、壹源、同仁、玉树、都兰七县。二十年改巴燕为化隆。廿一年春以马步芳师长为海南警备司令。廿二年及廿四年增设囊谦、同德二县，江源、河源、柴达木三设治局。全省面积凡二百五十六万余方里，除各县及设治局外，旧有王公千百户等，封爵仍存。

青海人民除汉人外，有回、蒙、藏及土民。回民分汉回、撒拉回及蒙藏回，撒拉回为中亚撒马尔罕突厥之后，于元、明时代徙至黄河上流循化东南一带，深目高鼻，颇类欧人。蒙民分为五部，二十九旗。藏民分为玉树二十五族，环海八族，果洛克五大族，二十四小族，土民相传为吐谷浑后裔，分属于十四个土司。

塔尔寺为喇嘛黄教发源地，寺址广大，占地约三百余亩，佛殿三千五百〇二间，僧舍亦三千六百九十三间，喇嘛凡三千六百余人，内活佛八十余位，其中阿嘉佛为最尊，寺内组织分为八部。

大金瓦寺为全寺最雄伟之建筑，凡二层。宗喀巴像四周满燃酥油灯，每一灯旁置一施食，一净水碗，施食以清水拌炒面捏成箭头式之圆柱或扁平形。寺前有圣树。再前为大经堂，庄严高大，中置长凳，上垂绣幡，为班禅及高僧讲经之所。北有小金瓦寺，两寺之顶皆覆以金瓦，冠以金顶，辉煌耀目。两旁有壁画，工致精美，其西有白塔八。

喇嘛之生活与内地僧侣大异，各居一院，食皆牛羊，饮则牛乳，讲经亦非必须至经堂。余等居一喇嘛家中，建筑一如北平之四合院，唯室内土炕甚大，供有佛像而已。

塔尔寺居高原上，据专家测定高出海面三千余公尺，兹将余所经各处之高度列表如下：

潼关	四三〇公尺
皋兰	一六一〇
牛站大坡	二一二〇
乐都	二〇四〇
西宁	二三四〇
塔尔寺	三一五〇

(《陇蜀之游》)

叶　紫（1910—1939），原名余昭明，又名余鹤林、汤宠。湖南益阳人。中国现代作家。1926 年就读于武汉军事学校第三分校。1932 年与陈企霞共同创办《无名文艺》杂志，走上文学道路。1934 年参与主办《中华日报》副刊《动向》。1939 年不幸英年早逝。其作品主要有《丰收》《现代女子书信指导》《星》《山村一夜》等。

岳阳楼

叶　紫

诸事完毕了，我和另一个同伴由车站雇了两部洋车，一直拉到一向所景慕的岳阳楼下。然而不巧得很，岳阳楼上恰恰驻了大兵，"游人免进"，我们只得由一个车夫的指引，跨上那岳阳楼隔壁的一座茶楼，算是作为临时的替代。

心里总有几分不甘。茶博士送上两碗顶上的君山茶，我们接着没有回话，之后才由他那同伴发出来一个这样的议论："'不入虎穴，焉得虎子！'我们不如和那里面的驻兵去交涉交涉！"

由茶楼的侧门穿过去就是岳阳楼。我们很谦恭地向驻兵们说了很多好话，结果是：不行！

心里更加不乐，不乐中间还带了一些儿愤慨的成分，闷闷的然而又发不出脾气来。这时候我们只好站在城楼边，茶博士的手所指着的方向,看像电影画面里的远景似的,概略地去领略了一点儿"古迹"的皮毛。我们知道了那兵舍的背面有一块很大的木板,木板上刻着的字儿就是传诵千古的《岳阳楼记》。我们知道了那悬着一块"宫长室"的小牌儿的楼上就是岳阳楼。那里面还有很多很多古今名人的匾额。那里面还有纯阳祖师的圣像和白鹤童子的仙颜,那里面还有——据说是很多很多,可是我们一样都不能看到。

"何必呢?"我的同伴有点不耐烦了,"既然逛不痛快,倒不如回到茶楼上去看看山水为佳!"

我点了点头。茶博士这才笑嘻嘻地替我们换上两壶热茶,又加上点心和瓜子,把座位移近到茶楼边上。

湖,的确是太美丽了。淡绿微漪的秋水,辽阔的天际,再加上那远远竖立在水面的君山,一望简直可以连人们的俗气都洗个干净。小艇儿鸭子似的浮荡着,像没有主宰;楼下穿织着的渔船,远帆的隐没,处处欲把人们吸入到画图里去似的。我不禁兴高采烈起来了:"啊啊,难怪诗人们都要做山林隐士,要是我也能在这里做一个优游水上的渔民,那才安逸啊。"回头,我望着茶博士羡慕似的笑道:"喂!你们才快活啦!"

"快活?先生!"茶博士莫明其妙地吃了一惊,苦笑着。

"是呀!这样明媚的湖山,你们还不快活吗?"

"快活!先生,唉!……"茶博士又愁着脸儿摇了摇头,半晌没有下文回答。

我的心中却有点儿生气了。也许是这家伙故意来扫我的兴的吧,不由地追问了他一句:"为什么不快活呢?"

"唉!先生,依你看也许是快活的啊!……"

"为什么呢?"

"这年头,唉!先生,你不知道呢?"茶博士走近前来。"光是这岳阳楼下,唉!不像从前了啊!先生,你看那个地方就差不多每天都有人来上吊的!"他指那悬挂在城楼边的那一根横木。"三更半夜,架着小船儿,轻轻靠到那下面,用一根绳子!……唉!一年到头不知道有多少啊!还有跳水的……"

"为什么呢?"

"为什么!先生,吃的,穿的,天灾,水旱,兵,匪,鱼和稻又卖不出钱,捐税又重!……"看他的样子像欲哭。

"那么,你为什么也不快活呢?"

"我,唉!先生,没有饭吃,跑来做堂倌,偏偏又遇着老板的生意不好!……"

"啊——"我长长地答了一句。

接着,他又告诉了我许多许多。他说:这岳阳楼的风水很多年前就坏了,现在已经不能够保佑岳州的人了,无论是种田,做生意,打鱼,开茶馆……没有一个能够享福赚钱的。纯阳祖师也不来了,到处都是死路了。湖里的强盗一天一天加多,来往的客商都不敢从这儿经过。尤其是游君山和游岳阳楼的,年来差不多快要绝踪。况且,两个地方都还驻扎着有军队……

我半响没有回话。一盆冷水似的,把我的兴致都泼灭完了。我从隐士和渔民的幻梦里清醒过来,头不住地一阵阵往下面沉落！我低头再望望那根城楼上的横木，望望那些渔船，望望水，望望君山，我的眼睛会不知不觉地起着变化，变化得模里模糊起来，黑暗起来。美丽的湖山全都幻灭了。我不由得引起一种内心的惊悸！

之后，我催促着我的同伴快些会过账，像战场上的逃兵似的，我便首先爬下了茶楼，头也不回地，就找寻着原来的路道跑去。

一路上，我不敢再回想那茶博士所说的那些话。我觉得我非常庆幸，我还没有真正地做一个岳阳楼下的渔民。至少，在今天，我还能够比那班渔民们多苟安几日。

任白戈（1906—1986），四川南充人。毕业于南充中学。1929年与沙汀、葛乔等九人在上海创办辛垦书店。后又与沙汀组织编辑刊物《二十世纪》，在当时产生了较大影响。1933年后历任上海左联宣传部长、秘书长，延安抗大教师，1949年后历任重庆军管会、文管会主任，中共重庆市委副书记，中共中央西南局书记，重庆市委书记、市长。20世纪30年代开始发表作品，著有文艺评论《关于国防文学的几个问题》《现阶段的文学问题》等。

孔庙散步

任白戈

有一个期间，就是在两年以前的那一个年头，我差不多每天总要在孔庙中散步一次。所谓每天一次，当然是说的平均数，其实有时是一天就去几次，有时是几天不去一次的。

那时候，我就住在孔庙的隔壁，中间有条巷子就是阙里。白天，除了打发自己应做的事情以外，还要拿一部分精力打量那些和我一道吃饭做事的人们的脸色。晚间，自己的屋子总是被一些和我一样大的年纪或甚至比我还大的青年包围得气息不通，而要想逃脱又无处可走。所以，我只能利用早上或黄昏的时候偷偷地跑到孔庙中去散步，使自己得着深深地呼吸几口清静的空气的机会。

得到孔庙中去，只能从两边的侧门走入。为了路道的顺便，我们每次总是从阙里这边挨着孔府的侧门进去。一走进门，就见着许多像乌龟那样的东西躺在地下,背上背着高到一丈以上的大碑。全体都是由很坚致的石头雕成的,但看起来却不能不令人发生一点可怜的感觉。所以一般同事往往一走到这里就指着它们打趣别人说:"你是多么可怜啊。"同时,我亦从此知道了那里的青年们骂人迟缓动辄爱说"你被大碑压着了呀!"这句话的意味。

向右上去,穿过一道大门,就可以抬头见着大成殿。走下石阶,横在面前的,却是相传为孔子设教所在的杏坛。就在石阶下的左边,正是杏坛前面的对面,有一道上镌着"先师手植桧"五字的长碑,近旁矗立着一株桧树,侧边用玻璃框着一节枯朽的树头,据说那才是孔子亲手植的桧树,活着的一株是由它派生出来的。杏坛是一个四角形的亭子,前面有几株小小的杏树,只有倾斜着的一株算是老的,我见着它们开花结果,我曾摘过那杏子来吃,味道并不甜美,想来是新植不久的吧。杏坛中间,挂得有一个像钟铃那一类的东西,据说就是木铎,敲起来倒还好听,但不能不使人怀疑这是由"天将以夫子为木铎"一句话产生出来的附会物。一直走上,就到了大成殿的当门。

大成殿已经很古老了,一切都显出憔悴和颤抖的样子,只有那前面的十根龙柱特别雄壮动人。据说这龙柱在全中国要数第一第二,在中国的石刻历史上是很有地位的;我不懂艺术,只是见了它就想盘旋到那上面去大叫三声。现代的拜金艺术已经将我们室闷得连气都不能出了!前面是一片由砖瓦铺成的坝子。那砖瓦,只要用东西一啄,被啄的地方就会浸湿,据说是汉朝的，故叫作汉砖。但有一点令人可笑，就是那引路的人一定要津津乐道地向你解释，说那砖瓦会流汗，所以叫作汗砖。这只有待地质学家们去考究了，不干我们的事。殿内，正中自然坐的是孔子，两旁照例是四配十哲。孔子手中执的那个笏，实在不称，据说原是绿玉做的，后来才被孔府换成现在这个样子，怕的是被人盗劫。折出来向左走去，有几根石栏杆又可供给我们一点传说：以前乾隆到了这里，用手拍着这些栏杆，锵然有声，到了第三根的时候，乾隆说了一句笑话，"你敢再响"，于是以下的便不响了。这虽然是一个可笑的传说，但知道这个传说再去拍那几根栏杆的确要有兴味些。我每次往那里过都要去拍几下。

后来接连的是寝殿，辉煌夺目，一切阶壁瓦石都是崭新的，大不像大成殿那没落的光景。里面住着孔子的夫人，却是孤冷冷的。据说，这是前几年才由张宗昌拿出巨款来重修过的，张宗昌那家伙一生只想女人，所以竟对于孔子那样地薄而对于孔子的夫人这样地厚，大约是希望她用神力帮他拉得几个意中的女人吧。

再从左边折入，可以一直走到诗礼堂。在那里有唐朝的槐树和宋朝的银杏。银杏就是我们所常称的白果，有两株相对而立，据说一株只开花而不结果，一株只结果而不开花，那是孔庙的神圣的珍奇。最后，还有孔子的故井，侧边有一个壁头，据说那就是鲁恭王掘出诗书的鲁壁。到了这里，我们便被许多传说和神话驾到云里雾里去了。但在现实上却碰了壁，只得返身出来。

　　如果还有兴致的话,那还可以再从侧门入口那地方向左走到奎文阁去。奎文阁已经腐烂得没有阁了,甚至连楼都不能上去人,但那里有许多有名的碑迹,而且穿过一个庭堂就可以得着一个很好的散步的地方。那地方,这头是一座拱桥,那头是一朵红的照壁,两边又是参天的桧柏,一个人在那浓荫之下踱来踱去是会发生出一种不可名状的幽趣和雅兴的。所以我大部分的散步时间都被消磨在那里。不过,有大部分的时间我总是非常抑郁而沉闷的。

　　的确,那时候我在这里散步,是并无什么别的兴味的,只不过是为了那里究竟可以让我散步而已。但至今回念起来,尤其是想着那些常常用希望的眼睛望着我的青年们的熟稔的面孔,却不能不引起一些回恋的兴味。现在,我还可以想到那些青年也会常在这里散步,而且有时会忆念及,也许他们不会想到我是不容易再到那里去了。

附　录

在北戴河给孩子们书

梁启超*

对岸大群孩子们：

我们来北戴河已两星期了，这里的纬度和阿图利差不多。来后刚碰着雨季，天气很凉，穿夹的时候很多，舒服得很，但下起雨来，觉得有些潮闷罢了。

我每天总是七点钟以前便起床，晚上睡觉没有过十一点以后，中午稍为憩睡半点钟。酒没有带来，故一滴不饮。天晴便下海去，每日多则两次，少则一次。散步时候也很多，脸上手上都晒成黑漆了。

本来是应休息，不打算做什么功课，但每天读的书还是不少，著述也没有间断。每天四点钟以后便打打牌，和"老白鼻"玩玩，绝不用心。所以一上床便睡着，从没有熬夜的事。

---

* 梁启超（1873—1929），字卓如，号任公、饮冰室主人。广东新会人。20世纪初中国新旧交替时代著名政治活动家、启蒙思想家、教育家、史学家和文学家，戊戌变法领袖之一，民国初年清华大学国学院四大导师之一。梁启超学术研究涉猎广泛，在哲学、文学、史学、经学、法学、伦理学、宗教学等领域均有建树，以史学研究成就最大，被公认为中国近代史上百科全书式的人物，其著作后被合编为《饮冰室合集》。

我向来写信给你们都是在晚上,现在因为晚上不执笔,所以半个月竟未曾写一封信,谅来忠忠们去的信也不少了。

庄庄跟着驼姑娘补习功课,好极了,我想不唯学问有长进,还可以练习许多实务,我们听见都喜欢得了不得。

庄庄学费每年七百美金便够了吗?今年那份,我回去替他另折存储起来。今年家计总算很宽裕,除中原公司外,各种股份利息都还照常,执政府每月八百元夫马费,已送过半年,现在还不断。商务印书馆售书费两节共收到将五千元。从本月起清华每月有四百元。预计除去各种临时支出——一如办葬事,修屋顶,及寄美洲千元等——之外,或者尚有数余,我便将庄庄这笔提出。(今年不用,留到他留学最末的那年给他。)便是达达、司马懿、六六的游学费,我也想采纳你的条陈,预早(从明年)替他们储蓄些,但须看力量如何才来定多少。至于"老白鼻"那份,我打算不管了,到他出洋留学的时候,他有恁么多姊姊哥哥,还怕供给他不起吗?

坟园工程已择定八月十六日动工了,一切托你二叔照管。昨天正把图样、工料、价格各清单寄来商量。若坟内用石门四扇(双圹,连我的生圹合计),则共需千二百余元(连围墙工料在内);若不用石门,只用砖墙堵住洞口,则六百余元便够。我想四围用"塞门德"灰泥,底下用石床,洞口用砖也够坚固了。四扇石门价增一倍,实属糜费,已经回信你二叔不用石门了。如此则连买地葬仪种种合计二千元尽够了,你们意思如何?若不以为然,可立即回信,好在葬期总在两个月后,便加增也来得及。

　　我打算作一篇小小的墓志铭，自作自写，埋在圹中，另外请陈伯严先生作一篇墓碑文，请姚茫父写，写好藏起，等你们回来后才刻石树立。因为坟园外部的工程，打算等思成回来布置才好。

　　现在有一件事和希哲、思顺商量：我们现在北戴河借住的是章仲和的房子，他要出卖，索价万一千，大约一万便可得，他的房子在东山，据说十亩有零的面积。但据我们看来像不止此数；房子门前直临海滨，地点极好，为海浴计，比西山好多了。西山那边因为中国人争买，地价很高，东山这边都是外国人房子，中国人只有三家，靠海滨的地，须千元以上一亩，还没有肯让。仲和这个房子，工科还坚固，可住的房子有八间，开间皆甚大。若在现时新建，只怕六千元还盖不起。家具也齐备坚实，新置恐亦须千五百元以上，现在各项虽旧，最少亦还有十多年好用。若将房子家具作五千元计，那么地价只合五千元，合不到五百元一亩，总算便宜极了。我想我们生活根据地既在京津一带，北戴河有所房子，每年来住几个月于身体上精神上都有益。仲和初买来时费八千元，现在他忙着钱用，所以要卖，将来地价必涨，我们若转卖也不致亏本。所以我很想买它。但现在家计情形勉强对付，五千元认点利息也还可以，一万元便太吃力了。所以想和你们搭伙平分，你们若愿意，我便把它留下。

　　房子在高坡上，须下三十五级阶石才到平地。那平地原有一个打球场,面积约比我们天津两院合计一样大。我们买过来之后,将来若有余钱,可以在那里再盖一所房子。思成回来便可以拿作试验品。我想思成、徽音①听见一定高兴。

瞻儿有人请写对子,斐儿又会讲书,真是了不得,照这样下去,不久就要比公公学问还高了。你们要什么奖品呢?快写信来,公公就寄去。

达达快会凫水了,做三姊的若还不会,仔细他笑你哩!

老白鼻来北戴河,前几天就把"鸦片烟"戒了,一声也没有哭过,真是乖。但他至今还不敢下海,大约是怕冷吧。

三姊白了许多,小白鼻红了许多,老白鼻却黑了许多了。昨天把秃瓜瓜越发剃得秃。三姊听见又要怄气了。今天把亲家送的丝袜穿上,有人问他"亲家送的袜子",他便卷起脚来,他这几天学得专要在地下跑(扶着我的手杖充老头),恐怕不到两天便变成泥袜了。

现在已到打牌时候,不写了。

爹爹 八月三日

思成、思永到底来了没有?若他们不能越境,连我也替你们双方着急。

---

① 林徽因原名林徽音。——编者注。